爱情是奇迹

施天权 著

文匯出版社

前　言

吾生亦有幸，躬逢近半个世纪来中国之巨变。在国门封闭三十年后，中国终于改革开放，无数有为青年跨出国门，想看看世界的真实面目，闯荡自己的人生之路。我当年已届不惑，但还是有一颗美好的童心，愿随着时代的风潮，与年轻人一路同行。

1990年，我赤手空拳远渡重洋飞抵美国，与当时的留学生、新移民一起，开始了在一片陌生疆土的摸爬滚打、砥砺前行，在没有路的地方硬生生地闯出一条路来。其间亲身经历、耳闻目睹了许多催人泪下的故事，有感动，有叹息，有愤慨；深悟造化弄人，一如自然界的鬼斧神工，其情节的曲折离奇，实非想象所能及。

作为一名文学爱好者，多年以来，总觉得有一桩心事未了，有一件人生大事尚未完成；总想着应该记录下这一代勇敢者的足迹，让更多的人知晓这批先驱者的筚路蓝缕。奈何我大学所读并非中文专业，只能Just do it，以硬着头皮做起来的精神，写就了《海那边的中国女人：爱情三部曲》。第一部为《爱情是不可替代的》，第二部为《爱情是不离不弃》，第三部为《爱情是奇迹》。希冀借由爱情这种人世间最珍贵的感情，以此为红线，串联起两代新移民的喜怒哀乐，成长历程。美国谚语云："There is a will, there is a way." 中文意为"有志者事竟成"。中国留学生和新移民以顽强的意志和不懈的努力了解美国，融入社会，终于成为注入美国这个移民大家庭的一股新生活力。

整部小说的主要情节在美国展开,全景式立体地展示当时的美国社会。这里有美国的一些基本规章制度,比如12岁、16岁、21岁都可以做些什么;有点点滴滴的生活常识,比如申请中学、大学的做法,个人信用的累积,注册成立公司的程序等;还有美国老百姓的生活实景,他们的善良单纯,以及美国政客的狡猾险恶;等等。这些描述,既是小说主人公生活历练的背景,兴许也能帮助读者对美国社会有更感性的认识。

谢谢大家愿意阅读此书。

施天权

2019年6月

主要人物表

李若兰　上海出生，音乐学院女生
李玉海　李若兰父亲
沈碧霄　李若兰母亲
钱佩瑶　李若兰闺密
张经纬　银行经理，李若兰第一任丈夫
沈卓君　张经纬前妻
蔡小姐　张经纬情人
斯蒂夫　李若兰丈夫
托　尼　钱佩瑶男友
雅各布　斯蒂夫祖父
盖瑞特　斯蒂夫父亲
莉　娅　斯蒂夫母亲

目 录

前　言 ……………………………………………… 001
主要人物表 ………………………………………… 001

第 一 章　上苍垂怜的小尤物 ……………………… 001
第 二 章　一头栽进汪洋大海 ……………………… 009
第 三 章　偶遇"白马王子" ………………………… 016
第 四 章　月有阴晴圆缺 …………………………… 024
第 五 章　晴天霹雳柳暗花明 ……………………… 032
第 六 章　玻璃天花板 ……………………………… 042
第 七 章　幸福的样子 ……………………………… 050
第 八 章　多开了一家店 …………………………… 059
第 九 章　匪夷所思大开眼界 ……………………… 068
第 十 章　乱花渐欲迷人眼 ………………………… 076
第十一章　昂贵的MBA课程 ……………………… 083
第十二章　小西施为爱殉情 ………………………… 091
第十三章　父爱如山情深似海 ……………………… 099
第十四章　爱情的烦恼 ……………………………… 107
第十五章　风度翩翩老教授 ………………………… 115
第十六章　桃之夭夭灼灼其华 ……………………… 123
第十七章　往事历历难挥洒 ………………………… 131
第十八章　拯救生命的圣土 ………………………… 138

第十九章	熟悉的陌生人	145
第二十章	我们是地球公民	153
第二十一章	人人都有难念的经	161
第二十二章	后街男孩的歌	168
第二十三章	无冕之王显神威	177
第二十四章	盖瑞特和雅各布	186
第二十五章	宇宙合力助心愿	194
第二十六章	美韶容何啻值千金	202
第二十七章	归来仍是少年	209
第二十八章	快乐是宇宙的语言	217
第二十九章	雪纳瑞成新宠儿	225
第三十章	说走就走啊	234
第三十一章	斯蒂夫的学术论文	242
第三十二章	我们在世界之巅	248
第三十三章	给中国人露露脸	255
第三十四章	抬头望月摘星星	264

后　　记 273

第一章
上苍垂怜的小尤物

李若兰是那种自带光芒流量的小尤物,她的家族就充满了传奇故事。

李若兰的祖父是上海著名的大企业家,她的父亲和伯父都是美国留学生。伯父李玉山被老爷子从美国召回继承家族企业,干了几年后遇到上海解放,他听到许多谣传说要拿资本家开刀,吓得又跑回美国去了。父亲李玉海在美国读书时就特讲哥们儿义气,把老爷子供他读书的钱拿来与美国穷同学分享,还时不时地想出什么新花样来骗父亲多寄点钱给他,他就帮着付不起学费的美国同学垫付学费。他从来不想继承父业,也就赖在美国边读书边玩乐。本来凭着他的学位和良好的人际关系,他在美国找个工作待下去没有问题。偏巧这时他看到了新中国成立,国家号召留学生们回国参加祖国建设的消息,就义无反顾地要回国。他的哥哥劝他等一等看一看再说,他根本听不进去,潇洒地向美国同学说了声拜拜,毅然放弃美国的一切回到了上海。据说他回到上海那天,老爷子厂里的工人们列队在厂门口欢迎他,他按照美国的规矩,与工人们一一握手拥抱,这一被他认为理所当然的举动,却令工人们激动得热泪盈眶,他们觉得这个二少爷一点架子都没有,真是把工人们当朋友看待的。

但是李玉海仍然不愿意到家族企业工作,他说自己在美国读的不是工商管理,不会管企业,这样他就到上海的一所大学里教起了英语。

老爷子看到这样任性的儿子很生气，但也没有办法。真正让老爷子气出毛病来的，是李玉海不愿意按照上辈人的安排缔结政治姻缘。

已经老大不小了，老爷子早就替儿子物色好了一位贤惠的小姐。那也是一家祖传的老字号知名企业，那位小姐也留过洋，长得也好看，老爷子觉得简直是绝配，这样强强联手，将来对家族对企业都是上上大吉。可是李玉海却不屑一顾，约吃饭不去，连一起喝杯咖啡都不愿意。老爷子问他是否有相好了，他却说没有，那为什么呢？他说是不想被摆布就范，想要自由自在地恋爱。

老爷子冲着他拍桌子发火，他干脆搬到学校宿舍去住了，自己教书拿工资养活自己，不花家里的钱，其奈我何？

李玉海毕竟是公子哥儿，不会料理自己的生活。吃饭嘛，大学周边布满了各种各样的大排档小吃店，还比较好混，洗衣服熨烫就是问题了。他发现学校附近有一家小小的洗衣店，老板夫妇自己洗烫价钱公道，就把衣服都拿到那里去浆洗。

一天下了课，李玉海拐个弯到洗衣店去取回熨烫的衬衫。没看见老板夫妇，只见一位十六七岁的少女在那里看店。李玉海还在想着上课的情景，也没看她，随口问老板去哪里了。那小姑娘一开口，竟让李玉海一惊，声音那么悦耳，似乎这是他有生以来听到过的最好听的声音。再仔细一打量，李玉海吓得一哆嗦，这是一位怎样的姑娘哟，那粉嫩的脸蛋儿白里透红，柳叶眉，丹凤眼，樱桃嘴，小小的鼻子鼻梁笔挺，身子骨像是还没有长开，瘦瘦高高的个子，肩膀往下垂着，简直就是古书上的削肩美女。李玉海倒吸一口凉气，惊为天人，一下子头都晕了，不知道说什么好。只听那姑娘说爸妈有事，让她帮忙看一下店，要取什么衣服，自己拿好了。李玉海晕晕乎乎地拿了衣服赶快逃走了。

这个夜晚李玉海都无法入睡，人像是在发高烧，头脑却格外清醒，想来想去都是那个女孩，自己又不禁哑然失笑。在美国被同学们裹挟着去看脱衣舞、大腿舞，也不过就是嘻嘻哈哈身上发热罢了，这次自己是怎么啦？难道真是像聊斋小说里写的被摄了魂啦?

好不容易熬到天亮,他急急地走到那家洗衣店想去问个明白,人家都还没有开门。他只好回到宿舍去洗脸刷牙,再找了一家小吃店用过早餐。二进洗衣店,那个穷酸的小老板总算来了。他一想,怎么就忘了带件衣服来洗呢?灵机一动,只好脱下身上的毛哔叽西装送上去,说今天有重要人物来听他上课,请老板熨烫一下马上就要。老板嘀咕说,你又不是只有一件西装的人,也就接过来吹开木炭熨斗烫起来了。李玉海毕恭毕敬站在旁边与他搭话,问他昨天替他看店的小姑娘是谁,怎么从来没有看到过。老板边熨衣服边说道:"是我女儿啊,只是她打小就进了戏校学唱京戏,那边管得严,从早到晚练功吊嗓子,不能随便回家的。""哦,怪不得她的声音这么好听!"李玉海脱口而出。接着,他又慢慢套出了女孩的姓名和学校地址。

原来洗衣店老板的女儿叫沈碧霄,据说这是她唱戏的师父给起的名字。李玉海到戏校找到了她,对她展开了爱情攻势。李玉海是现代贾宝玉,在老辈人心中他是胡作非为的混世魔王,而对女孩子他却分外温柔体贴。入世未深的小碧霄,怎么经得起一个大哥如此的围攻呢?不久她也陷入爱河,两人很快就结了婚。

李玉海的父母起初肯定是不赞成这门婚事的。但新中国已经颁布了新婚姻法,儿女婚姻由自己做主,父母不得干涉。再说老两口毕竟都是见过世面的开明人士,很快两代人就和解了。沈碧霄也是冰雪聪明之人,在戏校听到的学到的是华夏历史经典人情世故。她明白女人任何时候都需要自立自强,结婚后她退出戏校,改学幼儿师范,毕业后当了个幼儿园教师。李玉海还不断地教她英文,慢慢地她也能开口说几句英语了。

李玉海生性活泼,在美国自由散漫惯了,回国后也喜欢随意评点议论,别人不敢说的话他都无所顾忌。遇到整风时,他听到"欢迎大家提意见",于是第一个发言,把心里话都掏出来了。之后他也就不可避免地成了学校里最早划出来的右派分子,工资降几级,不许再上课堂教书,改在校图书馆里整理书籍当个图书管理员。

这期间李玉海的父亲过世了,老母亲过来随他居住。在美国的大哥李玉山知道弟弟在大陆挨整了,又担负起了抚养老母的重任,自己作为长子不能赡养母亲承欢膝前,心里过意不去,于是每月都给弟弟家寄钱,作为母亲的生活费。李玉海觉得这钱反正是用在母亲身上的,也并无异议。

沈碧霄多年没有生育,直到1964年忽然有了动静,生下一个可爱的女婴,家里两代人都欣喜不已,老太太给取名叫若兰,寓意君子高洁气若幽兰。女婴越长越好看,家里视为掌上明珠。小妈妈抱着她唱道:"红红的嘴唇白白的脸,弯弯的眉毛大大的眼,观音送宝到我家,窈窕淑女李若兰!"李玉海捧着女儿教她唱英语儿歌:"Hello hello hello, small fellow fellow!"[①]李玉海在上班的地方虽然看不到一张笑脸,但是回到家里对着女儿还是笑声不断。

这样的温馨好日子过了两年,"文化大革命"开始了。李玉海又是最早被抓出来的"美国派遣特务",他哥哥每个月寄给母亲的生活费被认定是"特务经费"。造反派经过内查外调,批斗他说:"你在美国读了那么多年书,有那么好的生活,为什么还要回中国?肯定是派你回来做美国特务的!"还说:"你一回来就想笼络人心,还跟工人握手拥抱,一定是想在中国发展特务组织!"

那样的年代,欲加之罪,何患无辞?李玉海有一百张嘴也解释不清,他也就任由群众批斗。学校里逼迫他写信到美国,一定要他写明,从此与寄钱给他的哥哥、他们认定的"特务头子"断绝关系,然后把他遣送到住地居民委员会,停发工资,交由街道管理改造。李玉海就由那些阿姨妈妈管着,她们叫他扫地他就扫地,叫他洗阴沟他就洗阴沟。说来也怪,李玉海大大咧咧的脾气竟让那些阿姨妈妈很喜欢,过了一段时间,大家就都与他嘻嘻哈哈起来,开开他的玩笑,问问他在美国的情况,他一点不生气,每天到居委会报到,做好清洁工作之后就与大家闲聊,倒比在学校时轻松多了,只是

[①] 这是美国儿童顺口溜,意为:嘿,嘿,嘿,小伙伴,小搭档,小可爱!

没有了工资收入。幸好沈碧霄一直有一份工作,这时候就成了家里的经济支柱。

渐渐地,造反派的矛头指向了党内走资派,大家关注的是原来的大领导谁谁谁又被揪出来了,对李玉海那样所谓的"死老虎"不感兴趣了。加上几乎家家都摊上了什么事情,今天你还在那里耀武扬威整别人,明天你可能就被抓住什么小辫子挨整了。打击面越来越广,人人自危,慢慢地大家就变疲沓了。

那时国内正停课闹革命,沈碧霄在幼儿师范获得的那些才学无用武之地,就天天待在家里陪着女儿,把脑子里的学识以深入浅出的方式一点一滴地教给女儿。李玉海待在家里的时间也更多了,他闲着没事就教女儿说唱英文。李若兰3岁时就会背唐诗,唱好几首英文歌曲,以后越记越多,当然那都是只唱给爸爸妈妈听的。

之后来了什么革命样板戏,有京剧、芭蕾舞,还有钢琴。大城市的人对这些最敏感了,大家心中窃喜,原来唱歌唱戏、弹钢琴跳芭蕾舞不算资产阶级的东西了。李玉海适时地把李若兰送到了芭蕾舞班上,沈碧霄就在家里教她弹钢琴。

之后,"四人帮"被抓起来了,人们放鞭炮唱歌喝酒,打心眼里开心。爸爸妈妈抱着李若兰又哭又笑,说:"还是年轻好啊,若兰你等到好时候了!"

李玉海被请回大学教书了,学校里补发了克扣他多年的工资。不久,他的右派分子帽子也被摘除了。只是,写给哥哥的信一直没有收到回复,是不是他还在为那封断绝关系的信生气呢?

李若兰可以跳跳蹦蹦地去上学了,小姑娘长得真是秀气,跑到哪里都令人眼前一亮。李若兰在中学读书时,她写的作文,总是被老师拿到各个班级去朗读,不但是同一年级的,甚至比她更高年级的班上。还有生物课地理课这些副科老师,一般不像语文数学这些主科老师会记住同学的名字。但这些上课时严肃得要命、上完课夹着书就走的老师,居然也会在课上拿着考卷念名字:"谁叫李若兰,请站起来。"李若兰茫然不知底里地站了起来,老师竟朝她嫣然一笑:"你的卷子写得很好,坐下。"

到了高中毕业时,文科老师来劝李若兰考文科,说她文章写得这么好,将来一定是大记者大作家;理科老师来劝她考理工科,说她头脑聪明,将来也许能搞出什么新发明新创造来。可是,李若兰竟爱上了音乐,偏要去考音乐学院。

李玉海是美国派头,一切都让女儿自己选择。虽然文理科老师都扼腕痛惜,李若兰还是考上了音乐学院。

李若兰从小是美人坯子,眉清目秀,S形身材,上下比例完全契合黄金法则。只是她过去背着家庭出身不好的包袱,常常自惭形秽。她从来不打扮,夏天是白衬衫蓝裙子,冬天是蓝布罩衫黑裤子。然而少女的美丽并不需要花哨的装饰,简洁的衣装更衬托出女孩清新脱俗的魅力。李家缺少劳动力,总有不少男孩抢着帮他们干重活累活。李家爸爸妈妈都是教师,本来就喜欢学生,不论是若兰的同学还是自己的学生,只要他们来家里玩,他们都闲时茶点饭时好菜热情招待,家里进进出出的男女学生很多,谁是冲着李若兰来的,似乎也搞不清楚。李若兰一心读书,情窦未开,对谁都没有动心。这样也好,一碗水端平,有什么事她只要一张口,帮忙的人就都来了。

在这期间,李若兰的伯父李玉山也给沈碧霄来了信,表示愿意资助侄女到美国继续学习深造,只是他信中只字不提弟弟。李玉海知道哥哥还在为断绝关系的事情生气,要怎么向他说清楚呢?看来这个和解的任务要由女儿去完成了。他嘱咐若兰读好英文,考出托福好成绩,一定要申请到一个美国的好学校。

李若兰就去前进英语进修学校读托福班。当时,上海想出国读书的人几乎都到那里去读英语,白天晚上,风雨无阻。在那里,她认识了也想借出国读书寻找出路的周怡婷。虽然两人读的是不同的班级,但一次偶然的交谈,她得知了周怡婷的处境,对她深表同情。

李若兰得到了美国常春藤大学的录取通知书,又有伯父的经济担保,顺利拿到了美国签证。

赴美前夜,父亲嘱咐她见了伯父要尊重,向伯父说明一下国内的情况,当年实在是被逼迫写下那封绝交信,现在情况变了,中国改革开放了,一切都会好起来的,希望有一天哥哥能回国看看。沈碧霄拉住女儿说悄悄话,要她一定谨慎择婿,说嫁人是第二次投胎,一定要睁大眼睛看清楚。

出发当天,李若兰的中学同学、大学同学来了一大帮,家里都挤不下了。若兰跟爸妈拥抱话别。同学们都说:"两位老师别送了,这些体力活就让我们来吧。"

李若兰在众人簇拥下驰向机场之时,她的前进英语进修学校同学周怡婷在机场遇到了麻烦。前夫王进军带着母亲和一帮小兄弟到机场来阻拦。周怡婷的娘家人势单力薄,王进军的母亲大哭大闹,说是媳妇丢下丈夫女儿不管,出国去找野男人,引来众人围观。周怡婷的行李被前夫抢走,她有点不知所措。①

正在这个时候,人们自动地让出一条道来,只见一位艳丽绝伦的女生,有着一副魔鬼身材,凹凸有致,她细瘦高挑,却是波霸酥胸,屁股高翘,看起来二十三四岁,打扮得山清水秀,扭动着杨柳细腰,顾盼生辉,婀娜行来。她的身后跟着十来个时髦青年,有的帮她推着拉杆箱,有的替她背着名牌女包,有的捧着鲜花,有的拿着水果,还有的提着阳伞,跟随着她,像众星捧月一般,形成一支美丽生动的仪仗队迤逦而来,令大家眼前一亮,耳目一新。众人的眼光一齐从观架转到了这帮阳光明丽的青年男女身上。

这位女生就是李若兰,她远远地看到这个场景,眼珠一转,先声夺人地嗲嗲地叫起来:"怡婷姐,你也是今天走啊?怎么不早告诉我,你知道今天有多少同学来送我哟,我都叫我爸妈不要来了。早知道这样我们来接你一起过来了。"

周怡婷抬眼看到了李若兰,她知道这个小姑娘机灵有办法,立即转身叫

---

① 有关内容见《海那边的中国女人:爱情三部曲》的第一部《爱情是不可替代的》。

了一声："小妖精！"大家都被这个称呼逗乐了，跟着轻轻地说："小妖精。"

李若兰大大方方地笑着面向众人说："小妖精是我的外号，我们是前进英语进修学校的同学。"

她看了一下周围的情势，用一种上海聪明女孩的诚恳口气说："阿拉讲好一道出国到美国去读书的，周怡婷的婆婆以前仗着老公是革委会的头头虐待她，现在'文革'老早就结束了，我们要出国读书，让中国跟世界接轨，这不是好事吗？再说，他们早就离婚了，老太婆还想虐待她呀？"

围观的人一下子眼光全变了，盯着王进军的母亲说："老太婆真拎不清爽！"

李若兰对着送她的那帮年轻人说："哎，朋友，来帮我同学拿拿行李！"她指着王进军手上周怡婷的拉杆箱，对着王进军蔑视地说，"你拿得动吗？拿不动让我的朋友来拿！"

几个"仪仗队"的青年走过来，从王进军手中夺过了拉杆箱，王进军的混混朋友被这股气势压倒了，没有人敢动弹。李若兰挽着周怡婷的胳膊，向着送行的朋友们一招手，"仪仗队"加上周怡婷的娘家人，一起浩浩荡荡地跟着她们向安检口走去。李若兰和周怡婷从容地验了票，回过身来向送别的亲人和朋友们优雅地挥挥手，进了机场。

亲人和朋友们依依惜别。6岁的王爱华再没有哭闹，只是让妈妈抱起来亲了亲脸，招手跟妈妈说了再见。

王进军和他的母亲及混混朋友垂头丧气地斜眼看着她们走远了。

李若兰就这样离开上海进入美国。周怡婷被朋友接走，李若兰也被伯父家的车子接去了。

第二章
一头栽进汪洋大海

"伯父他身体好吗？您是我的堂兄吗？请问要怎么称呼您呀？"李若兰坐在轿车后排，一边问着前排来接她的中年男人，一边开心地对着车窗整理自己的衣领，纤细的手指轻轻地将一缕秀发别到耳后。

开车的男人一脸阴沉，瞟了一眼斜上方能瞧见后座的视镜，什么也没说。

李若兰心情太好了，她一点都没感受到冷遇，还是满怀憧憬，兴高采烈。她睁大眼睛看着车窗外湛蓝清澈的天空和广袤无际的大平原，嘴上喋喋不休地说着话："我的同学大部分都是到加州和纽约的，只有我来到得克萨斯州，就是因为有你们这些亲人在啊！我还自己查了资料，得州叫作孤星之州，与美国联邦是平列的。还说得州人大多是牛仔，特别彪悍，得州骑兵名气好大，不过中国人知道得州，都是因为美国总统肯尼迪在得州的达拉斯被谋杀了。哦，还有，得州在20世纪50年代发现了石油，之后又发现了天然气，真是一个富裕的大州啊！这是伯父为我们找到的好地方哟，我好想马上见到伯父，也想早点到我就读的大学，看看我的同学老师都是什么样的人呢！"

开车的人只是一言不发，听任这位不谙世事的小堂妹兴奋地自言自语。

车子终于开到了伯父家，与李若兰想象中完全不同，没有人出来欢迎她，甚至都没有人伸手帮她把行李从车厢里取出来。那位堂兄把车子开进了汽车间就从侧门进屋了，扔下一句话："自己把行李搬下来！"

与上海机场熙熙攘攘的欢送人群和热闹气氛相比，这里简直是冷若冰霜了。李若兰使出吃奶的力气，好不容易把两个大箱子推进了屋子。一进客厅，李若兰更是傻了眼，吃惊得打起了哆嗦。

　　客厅正中挂着伯父的大照片，周围镶着黑框，照片下面一个供桌，上面摆着各色水果和点心。两边地上是几个白色的花圈，缠绕在花圈的飘带上写着"沉痛悼念李玉山先生"等字样。散坐在各处的人默默地擦着眼泪，几乎没有人抬眼看她，更没有人搭理她。

　　"伯父他？……"李若兰带着哭腔叫了出来，腿一软跪倒在地上。

　　第二天，她跟着伯父家的人去参加了追悼会，跟着车子把伯父的棺木埋进了墓地。回到伯父家里，她心里空落落的，不知道今后的日子该怎么过，自己要去哪里，做什么事情。

　　夜里，她听到几个堂兄堂姐在窃窃私语，虽然说的是英文，她也听懂了大概："我爸的成功是吃了多少苦换来的，国内来的人想坐享其成啊？没门！让她自己挣钱养活自己！""她长得倒是不错，但只怕是绣花枕头一包草！""有用没用，放她出去练练就知道了！""那老爸的遗嘱呢？""不告诉她！""对，不告诉她！"

　　含着眼泪，李若兰迷迷糊糊地睡着了。

　　第二天，那位堂兄代表全家人告诉李若兰，这里的房子已经挂牌出售，让她在三天内自己找地方住出去，自己设法在美国立足谋生。

　　李若兰默默地点了点头，她明白，这是他们商量的结果。他们对国内过来的人有偏见，自己说什么也没有用。

　　她找出父亲写给她的一本美国亲朋通信录，上面写了好多父亲的学生和熟人的电话号码与地址，父亲让她在需要帮助时可以找他们的。她按照这些号码一个个打过去，想问问有哪里能够接纳她，让她暂住些日子，渡过这段人生地不熟的难关。有好几位学生她也认识，父亲曾经帮过他们的忙，譬如说替他们搞定毕业论文，或者为他们写过给美国大学的推荐信，甚至还有在经济上资助过他们的。听父亲说过他们已经在美国站稳脚跟了，觉得很有希望能得到他们的帮助。

可是，万万想不到的是，以为最有希望能帮助自己的人，回绝得最彻底。还有人说了一个很奇怪的理由：不知道怎么接待她，要她还是自己想办法吧。

李若兰几乎要崩溃了。绝望中，她想到小时候一起在业余芭蕾舞班学舞的小伙伴钱佩瑶，听说她也在得州，据说混得并不好，不过她还是把自己的电话号码给了同学好友，凑巧李若兰也存了一下。若兰有点犹豫，她一个小女子行吗？说不定是泥菩萨过江自身难保呢。再一想，反正病急乱投医，不妨试试吧。

没想到电话打过去，瑶瑶非常热情，还问清了李若兰现在的住址，说明天就可以开车过来接她。

李若兰喜出望外，又禁不住在心里感叹：以为最应该帮助自己的人，反而推三阻四拒人于千里之外；而以为最没有能力帮忙的人，却伸出了热情的双手。这算是自己来美国上到的第一课吧。

乌云慢慢散去，阳光铺在湿漉漉的草坪上，铺在坑坑洼洼的凹地上反射出晶莹的光。李若兰红着眼眶，刚刚悄悄哭过的她就像这场刚刚下过的小雨，她娇滴滴的样子在阳光下显得惹人怜爱。瑶瑶说好了当天上午十点钟过来，在独自辛苦地把行李搬出李玉山家门那刻，瑶瑶的车子也开到了大门口。两个女孩久别重逢又是在异国他乡，一见面就紧紧地抱在了一起。瑶瑶帮着她把行李搬进了车子后备厢，发动了汽车。

毕竟都年轻，再烦心的事也压不倒女孩的欢快。两个人叽叽喳喳地聊了一路。

原来，瑶瑶目前是在打工挣学费。因为没有正规的工作签证，所以只能打黑工，在酒吧间做女招待。瑶瑶说，这个老板开的有酒吧、舞厅和夜总会，可以说是娱乐一条龙服务。在酒吧里客人就是喝酒看电视聊天；舞厅里有舞池跳舞，台上有卡拉OK唱歌，还有钢琴等乐器演奏；而夜总会的客人就是来买欢过夜的。老板很得意地讲过，女孩可以自己选择到哪里上班，他不强迫任何一个女生。只是在酒吧做招待员，工作累收入少；到舞厅伴舞唱歌收入会比酒吧多一些；而到夜总会陪客人过夜收入最高。许多女孩经不住金钱的诱惑，慢慢地从招待员变成了三陪女。瑶瑶就是顶着不肯就范，一直在做着女招待。每天晚上手里托着沉重的酒盘，擦桌子收杯子，也就是有一点小费。白天还要赶到学校上课，以维持学生签证合法留在美国。瑶瑶说，这样虽然苦一点，但心里踏实，而且慢慢攒学费积累学分，总能拿到美国学位，找到像样的工作的。还说，大多数的中国留学生都是这样一边打工一边读书的。

李若兰听后忍不住为瑶瑶鼓掌，说自己也要像她那样一步一个脚印，在美国走出自己的路来。

瑶瑶有点半真半假地开着玩笑："若兰，你长得这么漂亮，又是在音乐学院读过书的，你来做招待员有点亏了，至少去舞厅跳跳舞唱唱歌吧！"

李若兰听后顿时羞红了脸，虽然她从小到大一直都受身边的男生追捧，但都是些正经人士，而且自己从小就以读书好著称，听到要去舞厅伴舞总觉得放不下身段。但她又转念一想，现在首先要自力更生，总不见得让瑶瑶来养自己吧，不如就听她所说，到那里先去看看再做决定。

瑶瑶先带她来到酒吧。确实，那里乱哄哄的，百多米的大堂里摆放着几十张圆桌，正中的吧台内摆放着一长溜威士忌、白兰地、伏特加及多个国家的葡萄酒，有几个调酒师在手中摇晃着酒瓶忙碌配酒。吧台上空，吊着一排木架，木架上放着各色自制啤酒的大木桶，若兰只能看懂从木桶水龙头放出来的有深黄色、淡黄色和黑色的不同啤酒。酒客们围着圆桌坐下点酒，还点一些简单的下酒食品。服务生就下单、上酒、上菜，托着沉重的酒菜盘子在各张桌子中穿梭往来。每当有大的体育赛事，酒吧生意就特别好，美国男人都喜欢来酒吧看球，隔着桌子大声议论，支持同一个球队的就成了铁杆好友，而不同球队的球迷就隔空叫骂，真真假假的，搞不好还会动手。瑶瑶又说道，这些托盘其实是很沉的，尤其是长时间托举，真是考验臂力体力。

若兰自忖是托不动那些盘子的，她自我解嘲地对瑶瑶说："我们那时跳芭蕾舞只练脚力腿力,就是没有练臂力。早知道要来美国干体力活,我们也该举举哑铃呀!"

瑶瑶嗔怪地白了她一眼:"事后诸葛亮!想想现在吧,带你去看看舞厅!"

舞厅就在离酒吧不远的小街上。毫不起眼的大门,推门进去却眼前一亮,五色花灯在黑暗的大厅里旋转闪烁,隐隐可见一圈圈舒适的软垫座椅围着一张张精致的小圆桌,中间一个宽阔的舞池,舞池的一边摆放着各种乐器,而所有乐器中最引人注目的,是一架在黑暗中仍发着光亮的三角钢琴,琴旁竖立在地上的一只通身镶钻的麦克风,让人想象着站在麦克风后演唱者的风姿。李若兰心中轻轻叹了一声,也许,这确实是目前最适合自己的工作了。她无意识地提起了裙边,踮起脚尖,情不自禁地以曼妙的身姿在舞池边上转了个圈。

"要不要去看看夜总会?"瑶瑶故意试探。

"不,不,免了免了!我端不动托盘,只好先从舞厅开始做起。你私下里再教教我如何做招待员,我练练臂力,争取过几个月跳槽到你那里去!"李若兰说的是真心话,如今形势已经容不得自己选择,而且这也毕竟只是个短期的活路,等挣够了学费生活费就回学校读书。

瑶瑶带若兰去见工时,老板简直喜出望外。若兰外貌出众,能唱能跳,钢琴演奏是专业水准,老板觉得是捡了个宝,来了棵摇钱树。

舞厅的工作还是与李若兰心里所想的有很大出入,到这来的人以喝酒娱乐为主,很少有人会认真地听乐池中弹奏的音乐。形形色色的人更像是一群动物,在酒精、灯光、音乐的作用下肆意展露着最原始的欲望,没有白天工作场所的种种约束,尽情地纵情声色。相比起她的琴声,人们更喜欢她挺拔的胸脯、细腰圆臀和五官精致的带着特别的东方美的脸蛋。李若兰从小是个喜欢新鲜事物的人,但在这儿的所见所闻还是给她不小的冲击。她的美貌很快吸引了其他人的注意,李若兰在一群亚洲小姐中显得尤其出众。比起越南小姐的天真、泰国小姐的敦厚,李若兰显得艳丽且有灵气。

得州是牛仔州,且拉丁裔居民占三分之一强,那里流行的是伦巴、桑巴、恰恰、吉特巴（牛仔舞）和棋牌舞等拉丁舞种，五个舞种各有各的风格：伦巴婀娜，桑巴激情，恰恰活泼，牛仔逗趣，棋牌强劲。其中伦巴是表达若即若离爱情的，身体内部有更多的积压和长线条的延伸，看起来摇曳多姿，变幻莫测；桑巴舞热烈奔放，胯部和腰部动作幅度大，充满激情；恰恰舞是拉丁舞中最受欢迎的舞蹈，欢快热情不能有严肃味道，其音乐中的断音奏法，使舞者更能制造出"顽皮"的气氛；牛仔舞的特点在于弹跳和吸腿，以灵活轻盈、精神焕发为重要标准；而棋牌舞音乐雄壮威武，舞蹈风格阳刚味十足，衣服需要比较厚重的颜色和大裙摆，对比强烈，颜色沉重，比如猩红之类。总之，拉丁风情舞最大限度地赋予舞者自由、随意和性感，是紧张压抑后放松舒展自我的极好途径。

钢琴声起，节奏轻盈悦耳，人群跟随着节奏在起伏波动，如同穿越了太平洋的风，虽杂乱、喧闹、欢腾但也有一种柔美的秩序，东方的女子在西方总是有种特殊的韵味。

李若兰从小学习音乐舞蹈，又生活在上海这个融汇中西领风气之先的大城市中，对拉丁舞并不陌生。她聪明悟性高，很快掌握了拉丁舞的要领，在舞池中独领风骚，成为众人口中的"Dancing Queen（舞蹈皇后）"。

一次她在舞池中弹奏钢琴时，竟然有两个男人为了邀她跳舞打了起来，其中一个还很年轻英俊。她惊慌惶恐，不知所措，最后一个40多岁的秃了顶的胖男人出钱替她解决了这件事，她从同事那里得知此人是一个有钱的大老板。

凌晨，舞厅的客人已经走光了，李若兰等几位小姐在卸妆换衣服。李若兰愁眉苦脸地对领班琳达说："琳达姐，你说今晚这个老男人帮我解了困，他是真的帮我还是别有所求啊？"

领班琳达说："若兰，你别傻了！那些男人来这里都是玩玩的，谁会真的帮你跟你动真格的？你可要小心别被骗了。你刚来不久，又年轻漂亮，男人最想骗的就是你这种小姑娘。你不知道美国的prostitute（妓女）有个规矩吗？你可以跟客人搂搂抱抱脱衣服脱裤子，但是不能跟客人接吻。为什么？接吻会接出感情来的,有了感情,你就被牵着走,身不由己了。"

李若兰说:"我哪里会跟这些男人动感情呢？我就是想多挣点钱,存够了钱回学校读书。"

琳达说:"读书？读书能干吗,挣得能有你现在多吗？陪客人喝喝酒,跳跳舞,一年存个十几万美元,这样轻松的营生你不做,要去做什么？趁着年轻多存点钱,到40岁以后找个老实男人过过日子,不是挺好吗？"

李若兰说:"你就这样把一辈子都安排好了？我可不想一辈子做这个,我要读书,要看看世界闯闯天下,我漂洋过海来到美国,不是为了轻松享受的。"

李若兰虽然在舞厅里干得十分出色,也有不菲的收入,但她不想一直在这里待下去,她不想靠男人得到财富,她要自己去争取。虽然在舞厅里她看起来光彩耀眼,但在生活中她省吃俭用。还是与瑶瑶合租住房,只从超市里买些打折食品来将就度日。瑶瑶把这些看在眼里,心里暗暗佩服。存下了一笔相当的现金后,李若兰打算把来美国后挣得的第一桶金存进银行。

第三章
偶遇"白马王子"

欧洲城堡式的大块石砌墙壁,象牙白的圆屋顶像是古罗马式的建筑风格,众多的入口门前赫然屹立着四根粗壮的石柱,大门上方歪歪扭扭的英文字体标示着银行的名称。第一次来到美国的银行,李若兰感觉庄严肃穆。她轻轻地吸了一口气,壮了壮胆子,推门进入。

里面安静得出奇,灯光和谐,不像国内银行那样有一个长长的柜台把顾客与银行员工隔开,这儿铺着地毯的屋子里摆放着几张精致的大写字台,写字台前面有两三张单人软垫皮沙发供顾客安坐,银行职员坐在写字台后面,轻声与顾客交谈。大厅一侧有几排舒适的座位给等候的顾客暂时休憩,一旁放着咖啡饮料和茶点可以随意取用。李若兰恍惚觉得自己来到了一个高档咖啡厅,她不知道如何询问该到哪里开户存款。

一位长相俊朗的年轻男子走到她跟前,微笑着礼貌地用英文问道:"Welcome! What we can do for you?(欢迎!请问我们可以为您做点什么吗?)"

见多了那些鲁莽色眯眯的男人,一下子看到如此彬彬有礼的男士,李若兰的英文有点结巴起来:"I, I want deposit some money.(我想存钱。)"

听到如此生硬的英文,那位银行男士微微一笑,轻声用中文问道:"您会说国语吗?"

李若兰看了看眼前这个亲切的亚洲面孔,又难得听到熟悉的乡音,开心地答道:"会,会的！您好,我想要开一个银行账号存入现金。"

"那么请这边来,我来帮您!"一个优雅的动作,略略弯腰,一手放在背后,一手展开,引导李若兰坐到一张写字台前的软椅上。

"我叫张经纬,是银行的大堂经理。今天我来为您服务。"张经纬坐到写字台后面,打开抽屉取出几张表格:"请您填一下您的基本信息。"

李若兰看着这些英文表格有点发怵,这些不熟悉的内容她还从来没有接触过。比如一开始就有一栏,写着"SSN:",她不知道该怎么落笔。

张经纬见状,猜想是刚刚来到美国的新人,亲切地说道:"这样,您来说,我来帮您写,可以吗？"

李若兰如释重负,赶紧放下笔,把表格送到张经纬面前说:"我刚来美国不久,还不知道这些缩写的意思,您能帮我写,那太好了!"

张经纬说:"SSN,指的是social security number,中文意思就是社会安全号码,每个美国人都有一个,国家与个人之间的各种联系都是凭这个号码的。"

李若兰说:"我不是美国人,没有这个号码。"

张经纬温和地说:"只要是以合法身份进入美国的人,都可以到社会安全局去申请这个号码的。你暂时还没有,那么就用护照证件号码来开户好啦。"

张经纬认真地帮助李若兰填写客户登记表。只是,看起来他在专心填表,其实在暗暗地打量着眼前这位姑娘。

女子一头乌黑晶亮的秀发束在脑后,扎了个松松的马尾,鹅蛋脸上五官精致,素面朝天,未见任何一点脂粉痕迹。上身穿着件简洁朴素的长袖白衬衫,下身是一条普通的蓝色紧身牛仔裤,脚蹬一双白色运动鞋。随意的装束,却衬托出她优美的S形曲线。她身上散发出一种优雅的艺术气质,这是长期的琴棋书画熏陶出来的高贵气质,不可言传却氤氲四溢,张经纬有点走神,一时像是丢了魂魄似的。

李若兰也在悄悄端详面前的男子。他身材高大,五官端正,皮肤白皙且洁净细腻,乌黑的头发梳着时尚的侧分头,一双大眼睛,瞳孔黝黑发亮。干净的白衬衫领子挺括,一条天蓝色领带,外套一件黑色的做工考究的西装。不似一般男人身上的烟酒气味,他身上透出一种淡淡的古龙香水好闻的味道,一举手一投足显得温文尔雅,李若兰似乎从未见过如此儒雅的年轻男人。

"你叫李若兰?这名字真好,若兰,空谷幽兰,有诗云:千古幽贞是此花,不求闻达只烟霞。采樵或恐通来路,更取高山一片遮。"说话间张经纬把填好的单子拿给李若兰看。

李若兰似乎醉了,她有点自言自语地说道:"哦,您还知道郑板桥的这首诗啊!"一边漫不经心地看着张经纬帮她填写的存款单子。

张经纬指着单子中空白的一栏说:"你自己只要填写一下存款数字就可以了。"又说道,"你核对一下整个表格,没有问题的话我就打进电脑存档了。"

一句话点醒了走神的若兰,她看了一下表格,感觉到地址写的是目前上班的地方有点不妥,略一思索,说道:"哦,把我的地址改成住宿地址吧,反正工作和住宿都是临时的,到时候有变化我再过来修正。"

沉浸在相互欣赏的氛围中,填写速度很慢,两个人都没有意识到。

李若兰心想,美国银行的服务态度真好,她自己存钱不多,却有人专门帮助打理,内心都有点过意不去。对面的这个男人礼貌温柔体贴,和她在夜总会看到的人真的不一样。她心想,在美国和在中国一样,人都是分不同层次的,要想做一个优秀的人,还必须与层次高的人在一起,这就需要有一个像样的工作,就像在银行,到处都是优秀的男孩子呀。想着想着,她就自己微微一笑。

张经纬见她在笑,反倒有点不好意思,抬起头问道:"你笑什么呢?"

李若兰赶紧回答道:"哦哦,没什么,谢谢你的帮助,真没想到在异国他乡能遇到你这么好的人。改地址麻烦吗?"

"没事没事。"张经纬撕下一联,重新帮李若兰誊写了一遍。

李若兰认认真真地逐一过目，对张经纬说道："没问题了，接下来我要怎么做？"

张经纬有点不情愿地站了起来，找来了一位女职员："莎拉，你帮这位小姐做一下存款。"又转身对李若兰说，"你把现金交给这位女士点个数，她会给你一张银行卡和存款证明单据的。"

这时候有个常客来找张经纬，张经纬笑着对李若兰说："记得赶快去申请一个社会安全号码！"便走开了。

李若兰完成了存款手续，临离开银行时想找张经纬说声谢谢，但找了两圈没看到人影，心中若有所失，自己安慰自己道，下次再来吧。

等处理好事务，张经纬匆匆回到大厅，潜意识里四处张望寻找着李若兰。这个女孩已经深深镌刻在他的脑海里，她的气质如此不同凡响，笑容直击人心，发丝蕴散的清香甜甜的，沁人心脾。他的心似乎被什么东西揪住了，竟然微微发痛。他心想，这是否就是恋爱的滋味呢，这么说来自己还从未恋爱过？他有点晕晕乎乎的，将手插进裤子口袋时，突然抓到一个纸团，刚才匆忙中把李若兰作废的存根团了一团，于是迅速掏出来铺展开看了一下，上面写着一个酒吧的地址名称，"这应该是她工作的地方吧？"他喃喃自语着，整个下午，他一直心不在焉。

下班后，他发动车子在车里闷坐了很久，仰起头脑子里都是李若兰的身影，他想着自己太夯了，那会儿应该留她再聊一会儿的，还没问问她是哪里人？在美国待了多久？现在在做什么？他有一连串的问号，可是对一个陌生人这样，会不会又太突兀了？张经纬猛然间发现自己已经很久没有这么细心地关照过一个人，去找到她！他迅速做出了决定，启动车子离开了银行，车子过了两个红绿灯口，总是恍神，他查看着车里的地图，循着李若兰说的那个地址开过去。

那条路有点隐蔽，有些门楼霓虹闪烁，酒吧也特别多，街边人来人往，醉汉扶着路灯杆不省人事，还有流浪汉拉着过往的人寒暄。他在这里读书的时候也有美国同学拉他去酒吧，但那时囊中羞涩，且中国学生的圈子没有酒吧文化，至多就是聚个餐，为助兴喝点小酒，他还从来没有踏足过只为饮酒的酒吧。在路灯照进车前挡风玻璃的时候，他忍不住低下了头，兴许是那道光芒太过刺眼。

"就是这家酒吧，Yes！"张经纬抬头张望了下，确认就是李若兰白天在银行填表时写下的那一家。他赶紧去找了个停车的地方，下车前翻开驾驶座上方的镜子，用手捋了捋自己的头发，往衣服内领喷了一点古龙香水。下车后不自然地把手插进裤兜，略有拘谨却又故作镇定地往酒吧的大门走去。

让张经纬意外的是，踏进酒吧大门后，里面人声嘈杂，灯光昏暗，他周遭被形形色色的白人、黑人、黄种人包围着，一下子摸不着北。有几个亚裔一看有黄皮肤进来，便赶紧凑上来拉着要一起喝酒，张经纬来不及拒绝便被拖到了一张圆桌前。

"先生，来点什么？"服务生问完吹着口哨，眼睛还是盯着不远处的电视，身体跟着电视转播的音乐节拍晃动着。

"哦，我不会喝酒。"张经纬略显尴尬，他以为有酒托把他故意拉过来的，警惕地婉拒了。

"你是第一次来吧，我叫托尼，今天我请客，我们人多热闹，你还是个学生吧？"为首的那个小年轻，操着带口音的国语问他。

张经纬没想到自己毕业工作好多年了，却因为拘谨还被人误认作学生，兴许是灯光太昏暗了，他虽想笑却还是忍住："我是第一次来，几位是来做什么的？"

"我们都是附近大学的学生，现在正是NBA Season（全国篮球比赛季），大家都喜欢到酒吧来看球，热闹，来劲！"托尼沉浸在兴奋劲中。

张经纬哪里顾得上和他聊天，听了一半，就从桌上拿起一只杯子向他碰了一下，喝了一口。他眼睛四处张望着，希望看到李若兰的身影，又应付似的问了小年轻一句："托尼，你们是经常来？"

"对呀，这条街上酒吧很多，华人喜欢到这家来，好像老板也是个亚裔。"

"哦，平常都这么多人吗？"

"也不是,但只要是球赛季,很多学生出来,所以人特别多,平时没有这么嘈杂。"托尼喝了一口,"你看这里还是年轻人多嘛。"他似乎看到了熟人,"嘿,斯蒂夫,我们在这儿呢。"他朝门口挥挥手。

那白人也挤了过来:"你们支持哪一队?火箭还是湖人?"

托尼朝他笑笑:"我们在得州,当然支持火箭队!"

斯蒂夫得意地笑了:"我出生在加州,当然支持有Magic Johnson(魔术强生)领导的湖人队啦!你们老是输给我们的啦!"他接过一只酒杯,和桌上的人挨个碰了,喝完一轮就去了湖人球迷那一桌。

托尼继续和张经纬聊天:"这个斯蒂夫,已经是教师了,却老喜欢和学生混在一起玩!"张经纬很喜欢这些充满朝气的小年轻,他为自己起先以为这些学生都是混混而有点愧疚,但没说什么,点点头又喝了一杯下去。

"你知不知道这边有个女招待叫李若兰?"张经纬终于忍不住了。

"你说什么?"小年轻重复了一遍。

张经纬本想打住,但还是不想放弃机会:"李——若——兰!你认识吗?"

托尼摇摇头,似乎一无所知。但他转念一想,这里有亚裔服务生,他向另一张桌子后的女招待招手:"瑶瑶,这里有人找一位叫李若兰的,你认识吗?"

听到李若兰的名字,瑶瑶立即走过来:"她是我的闺密,谁找她啊?"

张经纬有点激动,觉得找到了线索。瑶瑶打量了他一下说:"她不在这里上班。"

"那她在哪里啊?你能告诉我吗?"张经纬急切地问。

瑶瑶对张经纬端详了一番,觉得他不像是那种轻薄的男人,于是说了实话:"她是在对面的舞厅工作的,不过今天她休息,不上班。"

小年轻听到了张经纬和瑶瑶的对话,似乎明白了什么:"原来你是来找心上人的呀。哈哈,别丧气,天下无难事,只怕有心人嘛!"又让服务生给他加了一杯酒。

张经纬虽然有点失落，但是确认了李若兰的工作地点，还是十分宽慰。他与那群青年举杯畅饮，想到自己的学生时代还从没有这么放开过，不由得心生感叹："年轻真好！"

第二天回银行上班，张经纬心生一计。银行会经常举办与客户联络的各种活动，何不就在李若兰下次休息的时候办一场派对，这样既可以与她多交谈，也避免了在她工作场所人多嘈杂的不便。他给李若兰打去电话，问清了她方便的时间，请她来参加银行与客户的联欢活动。

女为悦己者容。这是李若兰来美国后最精心的一次打扮，淡淡的粉底铺在细腻洁白的脸颊，略微搽一点腮红胭脂，没有平时在酒吧里那样弄色重彩的眼影，就是平常随意地画眉，眼角稍稍上提。身上是一件在Macy's（梅西）百货公司打折时买的天蓝色旗袍。美国人做的旗袍，一点不比中国裁缝师傅量身定做的样子差。没有紧绷在身上的感觉，却是肥瘦适中，衬托出若兰高高的胸脯、纤细的腰身和微翘的臀部。旗袍又在贴近后领的背部，开了一个心形的镂空，让李若兰白皙娇嫩的肌肤若隐若现，又使中国典雅的服饰带上了现代活泼的味道。从美国女人这里学到了更多时尚要诀，若兰薄施脂粉，搭配了同色系的耳环项链，脚蹬一双蓝色半高跟的羊皮鞋，袅袅婷婷地走进了派对现场。

派对借座于五星级酒店的一座活动大厅，这里通常是举办高档婚礼的地方。讲台上艳丽的鲜花设计成别致的造型，正中挂着银行的标记，后面的一行金色大字格外引人注目：顾客永远是我们的上帝。大厅一侧是一溜长桌，上面摆着自助冷餐和各式软饮①，间距宽松的一批折叠软椅散落在另一侧，正中的空间是银行代表和宾客自由交谈活动的地方。来宾都是银行的VIP贵宾客户，个个光鲜亮丽装扮入时，在这群时髦显贵人士中，若兰的进场还是引起不小的轰动，众人的目光齐刷刷地聚焦在李若兰身上。若兰似

---

① 美国风俗，派对主办方一般只提供免费的无酒精饮料。各种酒类需要来宾自行购买。

乎找回了自信的感觉，落落大方地在迎宾小姐的引领下落座。

尽管有诸多富豪客户，张经纬心里真正期待的只有李若兰一位。他快步迎了上去，像老朋友似的与李若兰聊了起来。其实李若兰是新客户而且存款不多，但大型派对上多邀请一位来宾又有谁会介意呢？得知张经纬是银行经理，想起上次他热心帮助自己开户的情景，心中对他的赞赏油然而生。张经纬在派对上自信活跃，与在场的众多来宾相谈甚欢，一口地道的英语，又可以操广东话、普通话与同语种的客户无障碍沟通，李若兰看着他在派对上展现出的社交魅力，有了一丝心动。而游走在派对各处的张经纬，也时不时悄悄地往李若兰这边看来，发现李若兰也在看他时，两人心有灵犀地点头微笑。

派对进行到高潮，宾客们和着音乐翩翩起舞。张经纬来到李若兰身边，躬身邀她共舞。两人的手互搭在对方的肩和腰，身体接触的一瞬，两人都突然一震颤，心里的那朵火花被点燃，在音乐中绽放开来，随着派对上浪漫温馨的灯光一同摆动。整屋的彩旗、彩球、蛋糕、点心一下都成了陪衬，李若兰感觉身心雀跃，人有了微醺般的感觉。

派对结束后，张经纬提出送李若兰回家，李若兰也欣喜地答应了。一路上两人有说有笑，张经纬也更多地了解了李若兰。得知她仍是单身时，他的嘴角微微上扬了。他让李若兰以后若是遇到困难或需要帮忙尽管找他。李若兰听他这么说后，扑哧一声笑了，心里觉得暖暖的。张经纬还说同为华人，能在异国他乡相遇是种缘分，他作为一个男生，十分佩服李若兰一个女子独自在外生活拼搏的勇气。李若兰一边听着一边微笑，她扭头看着身边这个温文尔雅的男人，觉得他能懂自己的心，也觉得自己似乎找到了一位知己。

第四章
月有阴晴圆缺

两人关系日渐亲密,约会见面的次数也多了起来。

张经纬确实真心实意为李若兰好。他约在李若兰的休息时间,开车带着她去申领了九位数的美国社会安全号码,还告诉她,以后可以改用社会安全号码开银行账户,还可以申请信用卡。李若兰很开心,她邀请张经纬在街边小店里喝一杯咖啡稍事休息。

李若兰坐了下来感叹道:"真没想到在美国,社会安全号码这么重要啊。"

张经纬以老大哥的口气说道:"是的,申请到社会安全号码仅仅是第一步,你想要在美国立足,要学的东西太多了。"

李若兰虚怀若谷:"那你觉得我现在最应该学的是什么呢?"

张经纬以过来人的身份指点道:"当然是学会开车考出驾照啦!许多中国人说,会开车比会英语还重要呢!不会开车,等于没有自己的腿,到哪里都不方便呀!"

"对,对,我从住所到公交车站就要走一段路,等公交车又要好多时间,不会开车真的是浪费许多时间啊!"李若兰一下子若有所悟,一下子又愁眉紧锁:"不过,谁来教我开车呢?我又怎么买得起车子呢?不是说,在美国养一辆车比养一个人还贵呢!"

张经纬明白了李若兰的困惑,他用手指着自己说:"这里一个现成的老师你没看见?我可以教你开车啊。你年轻脑子灵,学起来很快的。而且,美国的二手车很便宜。车子便宜,保险费也就便宜,你可以先买一辆开起来嘛。"

李若兰拍着手笑起来:"好呀。"但转瞬又想到,毕竟她还不了解他的家庭情况,陡然接受他的所有好意会不会过于突兀了,于是说道,"那样会不会影响你的工作和生活呢?"

张经纬听到李若兰如此善解人意,又动了更多的恻隐之心:"放心好啦,我的时间很自由,只要是你的事,我都乐意安排的。"

两个人感情上又更亲近了一步。自然而然地,就聊到了为什么来美国的话题。

李若兰对他推心置腹,告诉他原本是来美国读书的,想看看中国之外的世界,想学到真本事可以改变自己和家人的命运。可是因为伯父突然去世,没有了经济资助,只能自己积攒学费生活费,现在她正朝着自己的目标一步步走下去,虽然要多花点时间,但她不会随波逐流,她会努力实现自己的人生规划。张经纬宽慰她:"若兰,你不要失去希望,既然踏出这一步,就坚定走下去。其实,我们都是为了追寻美国梦来到这里的,在美国,只要自己努力肯吃苦,就能实现自己的理想。你知道为什么吗?"

李若兰点点头又摇摇头。

"因为在美国你会有更多的经济自由,美国的社会还没有固化,社会流动性大,不像在欧洲,比如英国,社会阶级层次分明,你很难从社会底层跳到社会上层去。而且在美国不像在中国台湾那样,没有人会问你的出身成分,不会问你的父母有没有钱,不会打听你家亲戚朋友是否有人做大官。美国人只看你自己,看你够不够努力够不够聪明,在美国是机会均等的。"

李若兰觉得,这些事情她也能模模糊糊感觉到,但是说不清楚。张经纬说的什么社会固化啦,流动性啦,好像是有这么回事,也许这就是他在美国读了硕士学的东西吧!她的内心不似得知伯父去世之初那么痛苦了,她坚定了留在这边发展的信心。当然,现在第一步,就是要学会开车拿到驾照。

只是李若兰周末都要上班,休息时间不固定,张经纬只能在她休息的日子,自己下班后再去带她开车练习。

李若兰在美国的日子,第一次感受到云淡风轻,她给母亲的信中说道:"妈,我在这边一切都好,有个台湾来的朋友处处帮着我。你们照顾好自己,以后我会接你们也来看看这边的世界。"

这天,张经纬又约李若兰出来,说是先一起去吃个简餐再练车。李若兰一袭家常连衣裙,素面朝天,依约来到了一家法式餐厅。

李若兰坐下后,张经纬盯着她看了好一会儿,李若兰被他看得有些不好意思,红了脸颊,说道:"你看什么?想着要练车出汗,我都没有化妆。"

张经纬一边看着李若兰一边笑眯眯地说道:"你天生丽质,哪里还需要化妆呢?"

"就你的嘴会说,刚认识那会儿还以为你是位谦谦君子呢。"李若兰笑着说道,心里听张经纬如此夸赞自己,早已乐开了花。

"爱美之心,人皆有之。况且我也实在说不上是个君子,在别人面前我可能还要约束一下,但在你面前,我就是想表现最真实的自己,表白我所有的欲望,你带给我的欲望。"

张经纬点的法式晚餐一点不简约,先是开胃菜再是奶油浓汤,然后鱼虾烧烤沙拉甜点咖啡,两人在餐厅边吃边聊,忘记了时间,也忘记了练车。直到夜幕降临,忽然窗外的庭院里燃起了烟花,地上亮起了一圈心形的蜡烛,橘色烛光的中心,是闪亮着的"RuoLan"字样。看着窗外这些烟花与烛光,李若兰惊讶得呆住了,几乎有点结巴地问道:"这,这是什么?"

张经纬笑着没有说话,拉起李若兰的手来到了庭院。在静谧安寂的夜空衬托下,烟花显得格外明亮美丽,而那一圈烛光,像是在茫茫星空里的一片最闪烁的明星,深深地镌刻在了李若兰的心里。她的手,不自觉地握紧了张经纬的手。

"Happy birthday to you, happy birthday to you!(祝你生日快乐!)"柔美

的音乐响起，英俊的侍者一手捧着一束玫瑰，一手推着点着蜡烛的生日蛋糕缓缓走了过来。张经纬接过玫瑰，送到李若兰胸前，轻声说道："生日快乐！若兰。"李若兰顿时湿了眼眶，语无伦次地说道："你，你怎么知道……"随后一下扎进了张经纬的怀里。张经纬也被这突如其来的拥抱吓了一跳，他回过神来，慢慢地把手搭在李若兰纤细的腰上，空气中是李若兰身上淡雅沁人的香味，他闭上眼睛，感觉心里充满了幸福。

"经纬，谢谢你！"张经纬耳边传来了李若兰轻柔可人的声音。他像是想到了什么，突然松开了搭在李若兰腰上的双手，过了一会儿，他又抱住了李若兰，抱得更紧了。

"To be or not to be？"这是莎士比亚名剧《哈姆雷特》中的一句经典台词，这个矛盾现在就摆在张经纬面前。虽然大多数翻译者主张这段话应该翻译成"活着，还是死去？"但对张经纬来说，这句话的意思是"In or out？（进去还是出来？）"

尽管很不情愿，把李若兰送回住处后，张经纬还是没有进屋。他克制着自己的欲望，轻轻吻了一下若兰的额头，退了出去。街上已经稍稍有点沉寂，看来天色是很晚了，还好自己是清醒的，没有喝酒，那么，接下去要怎么办呢？

张经纬慢慢地发动了车子，开回了自己的家。他是有点疲惫了，也没有顾得上去喝口水，只到客卧从柜子里抱了一床被子，静静地躺在床上。朦胧的月光透过窗户洒在地上，他看了看窗外的夜空，雾月当空，天气并不是十分晴朗，回想起来美国的日子，总觉得这两年是越来越无趣了。当初自己是一个热血青年，大有一番抱负和追求的，可现在自己就像那夜空的星星，似乎越来越暗淡了，他长叹一口气："为了到美国来读书，付出了婚姻的代价，值得吗？"

原来，张经纬父母家在台湾算是穷人。他的大学女同学沈卓君出身富家。沈卓君长得五大三粗，而且娇生惯养不爱读书，但看上了读书优秀的张经纬，对他发起了爱情攻势。张经纬并不爱她，但也没有其他女朋友。沈卓君提出只要张经纬愿意娶她,就由自己娘家出资送他来美国读硕士。张经纬一心想来美国深造,稀里糊涂地答应了,两人就在美国结了婚。

但沈卓君一直看不起他家穷,总是挑他的毛病抓他的小辫子,常常冷言冷语挖苦他,把他当用人那样颐指气使。最令张经纬难以忍受的是沈卓君还总是轻视嘲笑他的父母,而且不许公婆来美国看望儿子,也不许张经纬回家看望父母。知识分子特别敏感,他当然心里不舒服。只是原来没有真正遇到心上人,也只能将就着过日子。谁知李若兰出现了,让他心里先是起了涟漪,继而到了翻江倒海的地步。现在他想跟老婆离婚,又觉得欠了她家的情,是她家里送他来美国的。他真不知如何是好。

沈卓君见张经纬待在家里的时间越来越少,回家多数也都是直接回房休息,很少搭理她,心里很不是滋味,她知道自己对张经纬的傲慢态度一定让他很生气,可是这冷战的时间也太长了。她又无法放下身段去跟他道歉,而随着张经纬一次次冷漠的目光和在家时间的不断减少,沈卓君产生了各种联想。其中最强烈的感觉就是,张经纬在外面有人了。

这天张经纬出门时,沈卓君装出漫不经心的样子坐在沙发上看书,其实从张经纬换了几套衣服,几趟进出卫生间她就一直在偷偷观察他。张经纬喷的古龙香水味已经散到了沈卓君坐的客厅,但他丝毫没有察觉。沈卓君早就闻到了味道,又见他梳了发型,打了领带,心想肯定有事,今天她一定要弄个明白。她貌似聚精会神地读书,见张经纬离开也故意不问去处。张经纬刚一出门,她就起身换了鞋悄悄地跟在他后面,也发动车子尾随着他。她一直跟随张经纬的车子来到了一处环境幽雅的咖啡馆。只见他跟侍者说了两句后便在一处靠窗的小圆桌旁坐了下来,那处透过落地窗正好能瞧见外面庭院里优美的环境。沈卓君在张经纬身后找了一处不起眼的散座坐下。

不多时,一位身材窈窕、年轻貌美的女子走到窗边,走到张经纬的对座,笑着说了句话之后坐了下来,这女子,就是李若兰。沈卓君顿时浑身一颤,碰掉了手边的水杯。不知是有意还是无意,她仿佛觉得李若兰像是笑着朝她这里看了一眼。她恨得咬牙切齿,又觉得心脏像是被冰冻了一般,她低下头,不知如何是好,她不能在此处发作,她还要她的面子,但她一定要他们受到惩罚,心上的冰裂开了,一股恨意充满了胸腔。她红着眼眶转身离开了咖啡馆。她以为抓到了老公的把柄,可以大做文章了。

待到张经纬回家时,沈卓君正在大发脾气,把家里摔得一片狼藉。

沈卓君叉着腰,一手指着张经纬,几乎要戳到他的鼻子了:"你说,你跟那个刚刚见面的妖女人什么关系?"

张经纬知道沈卓君跟踪自己了:"没什么关系,她只是一个客户。你为什么要跟踪我呢?"

沈卓君大叫:"我不跟踪你,我能知道真相吗?"

张经纬沉默不语,只是蹲下来收拾东西。

沈卓君一副得理不饶人的姿态:"我看就没那么简单。你这段时间心思根本就不在这个家里。你这个穷鬼,没良心的东西,你以为自己翅膀硬了,你不需要我们家的钱了,就想着到外面找野女人了,你这个忘恩负义的小人!"

张经纬站直了身子:"你怎么这样说话呢?我一直记得你家里对我的恩情。我已经把这几年的学费都还给你家了,我还会加倍地回报他们的。"

沈卓君有点歇斯底里了:"你以为这个钱还得清啊?还要加上利息呢!"

张经纬无奈地说:"好吧,那我就再付利息,每次发了工资我就先还你,一直到你说还够了为止,好不好?"

沈卓君哭出声来:"你以为光还钱就够啦?"

张经纬问:"那你还要怎样呢?要我一辈子给你做奴隶吗?"

沈卓君喊叫:"对,你就是奴隶!不许你再去找那个狐狸精!不许你晚上出去,不许你给她打电话!不许……"

张经纬不耐烦地打断她:"好了好了,我在坐监狱吗?"

沈卓君又哭又闹又抓起东西摔起来:"是啊,你就是变心了,你把这个家当作监狱了!……"

第四章 月有阴晴圆缺

张经纬知道沈卓君刁蛮胡闹的习性,以往遇到这种情况,都要他先认错告饶才能收场。但他已经厌恶了这一套,再不想低头将就。他叹了一口气,捡起自己的外套,头一昂走出去了。

张经纬悄悄地坐到屋子外面的街沿上,想让自己静一静,也希望沈卓君能停住漫骂。

沈卓君不知道丈夫去了哪里,她在家里等得心急如焚,一个人蓬头垢面地在屋里转来转去,心里想着,今天非要好好教训他一番,他不认错就不能让他进门!

张经纬坐在街上,看着车子一辆辆经过,心里千回百转。他想去李若兰那里,又一想,自己还从来没有把已经结婚的事实告诉过她,她能接受吗?能原谅自己的刻意隐瞒吗?思来想去,他觉得还是先息事宁人,看看李若兰的态度再做进一步决定。

等到他平息了自己的情绪,回转身去开自己家门,却发现大门已经从里面反锁上了。

张经纬敲着门:"卓君,开门,开门!"

隔着门,沈卓君冷嘲热讽:"你不是有地方去吗?还认识这个家呀?"

张经纬继续敲门:"开门,开门,有话到家里说,我都冻僵了。"

沈卓君还是一贯的挖苦口气:"你还知道有家啊?你还认识家门啊?有本事就不要回来,到婊子那里去住好了。"

张经纬有点不耐烦了:"你胡说什么呀?我只是在街边坐了一会儿冷静一下。快开门,开门!"

沈卓君是从不退让的:"你骗鬼吧!黑灯瞎火的你会坐在街边?"

张经纬的最后通牒:"你快开门,开了门再说好吧!"

沈卓君死不转弯:"我就不开,让你尝尝晚上出去的滋味!"

敲门的声音由响到轻,渐渐地,他浑身发软,在门前瘫坐下来。一阵冷风吹来,张经纬一激灵,下了决心,站起来,摸一下外衣口袋,车子钥匙在里面,他大步走出去,发动车子,开走了!

沈卓君听到车子发动的声音，打开门一看，丈夫已经走了，她歇斯底里地大哭起来。

李若兰与张经纬约会回家，她带着甜甜的笑容进入了梦乡。突然，一阵敲门声，加上张经纬的声音："若兰，若兰！"

迷糊中李若兰坐起来，听到张经纬的声音，不知是在梦中还是现实。

她披上睡袍出来开门。门一开，一阵冷风卷进一个大男人，啊，果然是梦中人张经纬！她欣喜若狂，扑上去一把抱住，拉进房里，喜出望外地欢呼雀跃，抱住他吻个不停。

刚才的冷遇与眼前的热烈，简直是霄壤之别，张经纬的眼睛湿润了。

"若兰，你听我说，我要向你坦白！"他的头脑还是清醒的。

"开什么玩笑啊？你在外面路遇不平拔刀相助啦？"张经纬的一本正经让李若兰蒙住了，她脑子里想的是武侠传奇之类的逸事。

"我是结过婚的男人，你还要我吗？"李若兰听闻，猛一哆嗦，全身开始发抖。

"你，你结过婚？"她有点结巴了。"她，她现在哪里？"

张经纬拉着李若兰坐下，把自己的过往一五一十地交代清楚。

李若兰眼睛一眨不眨地看着他，嘴唇咬住舌头，双臂环抱住自己，尽量控制着不让自己发抖。

"这就是我的过去，你如果不能接受，我马上离开这里！"张经纬讲述完毕。

第五章
晴天霹雳柳暗花明

"不,我相信你!你已经被她赶出来了,我是你最好的朋友,你不到我这里还能到哪里去呢?"李若兰有点吃惊,但她是有侠肝义胆的,略一思索,她便觉得,越是这种时候,越应该对张经纬好些。

"呀,你身上都湿透了。"李若兰赶紧找出一条新毛巾,"你先去冲个澡吧,当心着凉。"李若兰是真的出于担心。

"也好。"张经纬开始有点尴尬,但浑身湿透,又疲惫不堪,声音甚至有点嘶哑。

李若兰带着张经纬到淋浴间:"呀,你还是第一次进来吧,家里很乱,有点不好意思哎,拖鞋你就将就一下用我的吧。"李若兰突然发现家里没有大尺码的拖鞋。

"哦,没事没事,我冲下就好。"

"可是,也没衣服给你换呀。"李若兰咬了咬嘴唇。

"我拧干了就好。"张经纬倒是有点憨憨的。

"那不行,你就不要嫌弃,我找件睡袍吧。"李若兰也顾不得许多,"有了,衣服一会儿你从里面递出来,我给你用吹风机吹干吧。"李若兰很是认真地对他说。

张经纬笑了笑,也不好再拒绝。

外面天已经黑透,雨点也小了很多,窗户上的水流淅淅沥沥,似乎是演奏出的鼓点。吹风机的温度很高,李若兰对着领子处吹了很久,她边吹边想,接下来自己该做什么呢?一不留神,拿衣服的手指被灼痛,赶紧把暖风吹到其他位置。

张经纬在淋浴间很久才出来,他对着镜子有点不好意思,那睡袍有点短,裹在身上总觉得怪怪的,拖鞋又小了很多,于是他脚尖点着地,迅速走到了沙发上,坐在那里有点不自然。

李若兰见张经纬出来了,赶紧也从卧室出来:"你自己把电视打开。"

"好,你先忙你的。"张经纬朝她笑了一下。

李若兰从厨房端出一碗姜茶:"你先暖暖身子。"

张经纬看到她那开朗的笑容,阳光而丰满,他心中十分感动,情不自禁地放下茶碗,一把拥过去轻轻吻住李若兰的嘴唇。

李若兰睡意全消,精神抖擞地穿好衣服,翻出冰箱里新买的鱼虾和蔬菜,快速解冻,又找出一瓶平时舍不得打开的葡萄酒,一边烹饪一边开酒,好酒好菜招待张经纬。

收录机里播放着邓丽君的音带,"甜蜜蜜,你笑得甜蜜蜜,好像花儿开在春风里,开在春风里!在哪里,在哪里见过你,你的笑容这样熟悉,我一时想不起。啊,在梦里,梦里梦里见过你,甜蜜笑得多甜蜜。是你,是你,梦见的就是你!……"李若兰跟着音带哼唱,屋里一派温馨。

张经纬微醺,醉眼里看过去,若兰更加妩媚动人。他赞叹道:"世界上竟有像你这样又美丽又贤惠的女人,我真是好福气啊!"

李若兰坐到张经纬的腿上,抱住他亲吻他:"是我福气好,能遇上你这样的白马王子,又聪明又能干,我梦里都要笑醒了!"

张经纬吻着她说:"从来没有人这样夸过我,你不要说了,羞杀我也!"

李若兰在张经纬的耳边撒娇地轻轻说:"我就要说,就说!像你这样的人才,被埋没得太久了,我就是要挖掘你,推崇你,把你捧到天上去!"

第二天清晨,阳光明媚,昨夜风雨把整个城市洗得特别干净。李若兰打开窗户深深呼吸了窗外的清新空气,笑着自问自答:"我要开始新的生活了吗?对,全新的生活!"

张经纬被沈卓君关在家门外以后,跟李若兰同居了。

这个周末,李若兰、张经纬两人开车到附近的一家广东餐馆饮茶午餐。

这家餐馆远近闻名,一到周末就人满为患,许多人在等候,大家取了号码牌子,坐在餐馆门内的一排椅子上等待,依号码先后入座。领位小姐穿着紧身旗袍,用广东话和英语叫号后,袅袅婷婷地移步带着客人入座。餐厅内,好几位身穿唐装的中年妇女,推着装满色香味诱人的各式点心菜肴,在各张餐桌中游走。食客中意哪款食品就可以随手取到餐桌上来,既方便顾客选择,也鼓励多多进食增加生意。这种种中国风情也是在美国的中餐馆独有的特色。美国的华人喜爱到中餐馆吃饭,一是钟情家乡口味,也是留恋氤氲在此的一种中华文化归属感。此外,也常会有喜爱猎奇的其他种族食客来此,他们也是既满足口腹之欲,也欣赏中华风情,感受异域文化。今天已有好几位白人在餐馆里饶有兴味地等着用餐,他们时不时地向里张望,向带领他们过来的华人朋友询问食谱。

张经纬与李若兰有说有笑地坐着等位,张经纬对李若兰说:"你从上海来,对广东点心可能不大熟悉,此地的广东饮茶文化可是十分受欢迎,边喝茶边吃点心,天南海北地闲聊,是休息日的最好享受了。我看你平时的饮食,想来这家的虾饺你一定喜欢,还有肠粉和烤乳鸽,都是一绝。"说得李若兰食指大动。

两人正说笑间,突然有三个身影闯到他们面前。张经纬抬头一看,顿时吓得一脸煞白。来者正是沈卓君和她的两个虎背熊腰的弟弟,三人阴沉着脸,恶狠狠地盯着张经纬和李若兰。沈卓君满脸怒容,一句话也没说便朝李若兰脸上狠狠地扇了一记耳光。李若兰有点莫名其妙,张经纬赶紧站起来护住李若兰说道:"卓君,有事情你找我算账,打人家干什么?"沈卓君见张经纬一副怜香惜玉的样子,更加醋性大发怒火中烧,完全顾不得时间地点场合,指着李若兰的脸破口大骂:"你这个小贱人,你这个狐狸精,就会勾引别人的老公,你这种大陆来的穷瘪三,就想着傍上个有钱人,一辈子吃穿不愁,我可是见得多了。可惜你瞎了眼,找了个台湾的穷鬼,你们一对贱人,今天就让你们受点教训!"

李若兰叫起来:"你是谁?竟敢这么血口喷人!"

沈卓君大吼一声:"一对狗男女,奸夫淫妇,给我打!"沈卓君的两个弟弟就对着张经纬拳打脚踢起来。

沈卓君不由分说地抓住李若兰的头发就往外拉,还用指甲抠她的脸,叫她的两个弟弟拉着张经纬,想把他俩拖出餐馆猛揍。李若兰从来没有这么被欺负过,大声喊道:"Help! Help!(救命啊!)"

张经纬和李若兰没有一点思想准备,冷不丁被他们三人推来搡去,上下挨揍,张经纬抱着头大叫:"Call police! Call 911!(叫警察,打救急电话!)"

餐馆里本来就人挤,许多人过来围观,指指点点,有两个美国人见有人被打得惨烈,赶快拿出手机拨打911急救电话。"Chinese Restaurant, fight, fight. The address is...(中国餐馆发生斗殴,地址是……)"

警车声响起来,沉浸在愤怒中的沈卓君突然清醒过来,连忙拉着她的两个弟弟逃跑了。

美国警察赶了过来询问缘由:"What's happened? Why is that? Do you know them?(怎么回事?什么原因?你们认识他们?)"

张经纬和李若兰满脸流血,无力地摇摇头,昏了过去。

"Ambulance! Ambulance!(救护车,救护车!)"美国警察紧急呼叫救护车,用担架把他们两人抬走了。

两人被送进了医院的急救室,医生急急地给他们止血、包扎,幸好还都是外伤没有真正伤到筋骨,只是李若兰脸上有些划痕,医生说护理得好应该不会留下疤痕。

张经纬和李若兰躺在医院的病房里养伤。两人用眼神相互鼓励,相濡以沫。

沈卓君又做了蠢事,她用更大的压力把这两个人压到了一起,压得更紧密。

张经纬和李若兰的伤好了起来,他们互相搀扶着在医院的花园里散步。李若兰身体虚弱,脚下一软踏空差点摔倒,张经纬赶忙扶住她,两人相视而笑。

李若兰习惯性地说道:"谢谢。"

张经纬笑着纠正她:"从今以后,可以不对我说谢谢了吗?"

李若兰甜甜地笑着回应道:"嗯嗯。"

张经纬拉着李若兰的手,两人在花园长椅上坐下,张经纬感慨地说道:"我原本以为,自己可能就这样跟沈卓君没有感情地浑浑噩噩虚度一生了。你的出现唤醒了我,原来世界上真的有爱情,真的有人会让我梦牵魂绕,想与你在一起白头偕老。你独立自强,又善解人意,你总能理解我的烦恼和忧愁,和你在一起,我可以完全放开自己,做最好的自己。现在,我要做一个我这一生最正确的决定,与你结婚!"

李若兰正想说什么,张经纬止住她说:"请听我说完好吗?若兰,我也不想与沈卓君做冤家对头,我想求你,这次就放过他们,只说不认识他们,让他们自己内疚一辈子!你看可以吗?"

李若兰低头沉思后,眼睛看着张经纬说:"经纬,我总是支持你的决定的。只是,请你从此与沈卓君一刀两断,再不要有任何瓜葛了!今后也不要与任何别的女人有任何瓜葛,你能做到吗?"

张经纬也眼睛看定了李若兰,斩钉截铁地说道:"一定做到!"

两人的身体在逐渐恢复,警察局把张经纬和李若兰请去谈话,张经纬用熟练的英语说道:"We don't know who they are. We don't know why they did this.(我们不认识这些人,也不知道他们为什么要这样做。)"

张经纬、李若兰在警察局签字画押,了结此案。

沈卓君在家里惶惶不可终日,她后悔那天发了那么大的脾气,竟然会失去理智,在大庭广众之下大打出手。现在她真的害怕警察要来抓自己了。

沈卓君外强中干地对两个弟弟说:"不用怕,真的有警察来了,我去坐牢,跟你们两个无关。"

一个弟弟说:"美国人对女人宽容些,打人的是我们,要抓也是抓我们。"

另一个说:"姐姐你也真是的,美国结婚离婚自由,感情出了问题干吗非要打人?本来他还念着我们家帮过他的好处不好意思提出离婚,你这一打,他就真有理由要离了。"

沈卓君竟然还凶弟弟:"你当时不讲,现在事后诸葛亮有什么用?"

说曹操,曹操就到。外面的门铃响起来了。

沈卓君战战兢兢地去开了门,原来是送挂号信的。她签收下来,拆开一看,是一封要她签字的英文离婚文件。

内里还附着一封中文信,是张经纬写的:

卓君:

我们离婚吧!希望我们不要做冤家,毕竟我们是同学。

你们家帮我付的学费,我已经还清,但这份情我会永远记住。

警察局已经结案了,我没有提起你们,只说是被不认识的人打了,请放心。

经纬

沈卓君看着信,呜呜大哭起来。

电话铃响,瑶瑶接起电话:"啊,是阿兰啊?什么事?哈哈,要结婚啦?我是希望你能跟我做同学一起读书的,但你要嫁人谁又挡得住呢?恭喜恭喜。什么?请我做证婚人,还有托尼,明天上午十点到市政府结婚登记处。好,好,那就明天见!"

张经纬和李若兰决定举办一场隆重而简约的婚礼。他俩在当地都没有什么亲近的人。李若兰被堂兄堂姐赶出门后再也没有与他们联系过，张经纬也没有任何亲戚在这里。想起来，只有瑶瑶是雪中送炭的闺密，而托尼，张经纬虽然与他只是在酒吧相识，但之后与他有些联系，觉得是这个热心的小伙子帮他找到了李若兰，而且，他待人还挺不错的。

市政府结婚登记处，那是在一片绿树丛中的一栋白色洋房。进得门去，里面有一个林木扶疏的花园，花园里一对对新人在里面徜徉，等候登记结婚。

李若兰打扮得大方入时，她穿着一身洁白的西装套裙，上装的左边口袋露出一角红色的丝巾。张经纬是黑色的西装，戴着一根紫红色的领带，两人耳鬓厮磨你侬我侬，跟在一对对情侣后面排队等候领证。瑶瑶和托尼很准时地赶过来了，见面就给了新娘新郎一个大大的拥抱，当然还嚷着要他们请客。

轮到了他们，两人遵循工作人员指点出示了自己的身份证件，填写了申请结婚的表格，付了75美元申请费，表格上要请两位证人签名，证明新人目前是单身未婚状态。接下来，工作人员要将此申请表格送到相关机构审查核实，如无问题，过两三个星期，正式的结婚证书会邮寄到新人家里。整个程序庄严认真，大家都安静地按照要求完成这全套流程。

有人笑嘻嘻地走过来问他们，是否累了？有没有觉得太严肃了？看着几位都是华裔，那人还友善地询问中国的结婚风俗，并告诉他们说，还有更好玩的在后面呢。你们不是在电影电视上看到那么多结婚场面吗？现在轮到你们表演啦！你们看看，要选择哪一段话作为你们的结婚宣誓啊？

托尼悄悄告诉他们，要具有州政府颁发的执照才能为新人登记结婚主持宣誓仪式呢。

那人把他们领到了另一个房间，那里最显眼的是一个缀满了鲜花的拱形门廊，正中有一张大桌子，那位执照婚礼师站在中央，李若兰和张经纬站在两旁，瑶瑶和托尼站在新娘新郎身后。

"现在，你们可以选择一段经典的结婚誓言，也可以自己创作一段话。"

接着,那位婚礼师一改刚才的玩笑姿态,一脸严肃地问新娘。

"Are you willing to accept Mr. Jingwei Zhang as your legal husband?(你愿意接受张经纬先生作为你的合法丈夫吗?)"

李若兰严肃地回答:"Yes!"

问新郎:"Are you willing to accept Ms. Ruolan Li as your legal wife?(你愿意接受李若兰小姐作为你的合法妻子吗?)"

张经纬认真地回答:"Yes!"

"你们宣誓吧!"

张经纬从那张大桌子上摆放的几页纸上选择了一段念道:"我,张经纬,愿意娶李若兰为妻,我愿意你成为我合法的新娘,我永远的朋友,我忠实的伴侣和我的爱人。从今天开始,在上帝、我们的家人和朋友面前,我郑重地向你承诺,我愿意成为你忠实的伴侣,无论疾病或健康,无论顺境或逆境,无论欢乐或悲伤,我承诺无条件地爱你,支持你实现你的目标,尊敬你,尊重你,和你一起欢笑,一起哭泣,珍惜你,直到永远。"

李若兰是第一次听到这样的誓言,她的眼泪唰唰地流了下来,她有点哽咽得说不出话,于是选择了一段短小精悍的:"我,李若兰,接受张经纬成为我心爱的丈夫,拥有并拥抱你,尊敬你,珍惜你。我从心里向你保证:从今往后,不论境遇好坏,家境贫富,生病与否,誓言相亲相爱,至死不分离!"

那位执照婚礼师说道:"I now announce you as husband and wife.(现在我宣布,你们是法律承认的合法夫妻。)"又对着张经纬说,"You may kiss the bride!(亲吻你的新娘吧!)"

新人沉浸在幸福之中,瑶瑶和托尼也感动得一脸庄重,差点掉下眼泪。

四个人轻松地走出结婚登记处。张经纬说:"一起去吃个饭吧,我们请客。"李若兰说:"我们在这里没有什么朋友,周围的许多人不看好我们,只有你们能理解我们。以后我们要多联系,我们要争口气,活得好好的,让那些说三道四的人看看!"张经纬在旁边使劲地点头。

瑶瑶和托尼齐声说要赶去上班上课了。托尼拍拍张经纬的肩膀:"哥

第五章 晴天霹雳柳暗花明 039

们,一个午餐就想打发我们啦?没这么容易!我们要多找几位朋友一起吃顿大餐才对呀!"

瑶瑶拍手笑道:"说得对!"又对着李若兰说,"我找个时间到你们新房去看看!"说着,跟托尼各自走了。

李若兰对着张经纬自嘲地说:"新房,我们的新房在哪里?"

张经纬说:"新房在心里呀,房子虽旧,只要我们住着开心,就比什么房子都好。"

一对新人也在花园里坐下来,旁人看着像在喃喃情话,实际上在制订创业计划。

李若兰对丈夫说:"大陆放过一个苏联电影,里面有两句台词说:面包会有的,牛奶也会有的。大陆人在艰苦创业时都爱说这两句话。我们也来创业吧,我们一定要买比你原来的房子更好的新房子。"

张经纬垂下眼帘说:"我以前的工资都还给沈卓君家了。靠我现在的工资,要买大房子得等上好几年了。我倒不指望住什么大房子,我俩恩恩爱爱的,不就比什么都强吗?"

李若兰一改以往温柔软弱的样子,坚决地说:"不,我一定要买大房子,你看着吧!"

张经纬诧异地望着她,似乎见到了一个新的阿兰:"怎么买呀?我可没有钱。"

李若兰说:"没有钱可以赚啊!这是在美国,你的心有多高,你就能飞到多高,我们可以自己来做生意啊,你干脆辞职算了,我们一起来做。我的好几位朋友都是白手起家,有一位叫周怡婷的同学,现在加州就自己开公司了。"

张经纬头一回听到这样的建议,有点迷糊:"辞职?银行可是金饭碗哪,这是我读了多少年书才找到的工作啊!"

李若兰说:"不管你是白领金领,你总是在为老板打工,老板自己先赚到了钱才会分一点给你。只有自己做老板才能多赚钱,这是我爷爷传下来的话,无商不富嘛!"

张经纬说:"阿兰,我今天对你刮目相看了。没想到你的心这么大!"

李若兰这才恢复到她那娇媚的样子,轻轻地撒娇说:"中国人说夫妻要赤诚相见,让你见到一个赤裸裸的阿兰,这才叫结婚嘛!"

张经纬被她逗笑了,拉着她从凳子上站起来:"好吧,我们回家结婚去吧。"

两人牵着手,走向停车场。

第六章
玻璃天花板

餐桌上洁白的百合花散发出阵阵醉人的香味,浅蓝色的蕾丝窗帘边是一张小小的书桌,书桌上方的半空中挂着一株开得正盛的吊兰,所有的床上用品都是崭新的。室雅何须大,李若兰把她的studio(一种连带卫生间和厨房的单间房),也是跟张经纬结婚的新房,布置得精致整洁。

"I fell in love with you watching Casablanca.(我望着卡萨布兰卡这座迷人的小城感觉自己已经深深爱上了你。)"李若兰一边哼着电影《卡萨布兰卡》里的歌曲一边把锅里的汤盛到碗里,这时传来了开门的声音。

"回来啦,今天下班比平时晚呢,你快洗手换衣服,晚饭马上就好了。"李若兰一边开心地说着一边翻炒着锅里张经纬最爱吃的虾仁。

一双手从腰后面伸过来慢慢抱住了李若兰,张经纬贴到李若兰脸上轻轻地亲了她一口:"又做了这么多好吃的啊。"

"哎呀,你别打扰我,快准备吃饭吧。"

李若兰把刚做好的饭菜端上小小的餐桌。一共四菜一汤,装在考究的瓷盘和汤碗里,色香味俱佳的样子,摆盘亦很精致。"吃饭吧!"她招呼着丈夫。

两人坐到小小的餐桌前进餐,李若兰津津有味地吃着,张经纬却没吃多少就放下了碗筷,一只手杵在下巴上盯着餐桌看。

"怎么了,今天的菜不合你口味?怎么吃这么少?"李若兰见张经纬有些提不起精神,问道。

"没事,只是感觉今天不大有胃口。"张经纬又拿起放下的碗筷吃了两口。

"是不是这段时间上班太累了?"

"人倒不累,心累!"张经纬又放下碗筷,把身子靠在了背后的椅背上。

李若兰故意装傻:"我听不懂,你说具体点吧。"

张经纬说:"美国的玻璃天花板 glass ceiling,你听说过吗?"

李若兰这下真的听不懂了:"什么叫玻璃天花板呀?"

张经纬解释说:"就是美国实际上的种族、性别歧视。美国表面上规定人人机会平等,但是在真正升职加薪、重要岗位的任用等关键时刻,白人还是比其他种族的人优先考虑。对于其他种族的人,就好像有一层玻璃天花板一样,似乎看不见,但它就是阻碍着你,不让你升上去。"

李若兰问:"你碰到 glass ceiling 啦?"

张经纬叹口气说:"就是嘛!我在银行的这个支行,算得上是老资格了,学历也比他们高,每次来个总经理,都是我向他介绍情况,帮着总经理把业绩做上去。总经理高升了,人人都认为我应该被提拔起来,从副总经理变成总经理了,结果,银行总部又派一个不熟悉业务的白人来做总经理,我还是要帮着这个白人把业绩做上去。现在我们支行的总经理南希要生第二胎不做了,大家都说应该是我升上去了,但是,谁知道呢?"

李若兰也放下碗筷,若有所思地说:"男子汉志在四方,你有没有想过辞职干其他的行业呢?"

张经纬听了一惊:"其他行业?我还真没想过,我从毕业了就一直干这行,转行哪有那么容易啊。况且这也算是一份体面的工作,我做起来也得心应手的。"

李若兰说道:"可你刚才说了玻璃天花板,你想想你就是在那里一直做,做到老,也许就永远只是个副职,看着比你年轻的都上去了,你在那里坐着也不是滋味啊!我看在那里是浪费你最宝贵的时间和生命。你刚刚不是还说心累吗?与其在那里耗着,不如干脆些,我们都还年轻,肯定能有所作为的。现在可是我们人生最好的年华,我才不想一眼就看到头,看到一成不变的人生了!我们没什么怕失去的。经纬,我们自己创业吧,我俩一起干!"

张经纬心有不甘:"我想再试一次好吗?也许这次真的该轮到我了。最近总行要我们冲业绩,说是只要把业绩冲上去了,升职加薪都没有问题,说得活灵活现的,我心里矛盾,冲业绩不是那么容易的,那是要把全部精力所有的人脉都用上去的。不冲吧,怕失去机会;冲吧,怕还是白干了,真是左右为难啊。"

李若兰想着强扭的瓜不甜,还是鼓励他说:"那你就最后冲刺一次吧,否则心里一直不踏实。就算最后还是没有提拔你,你也不会后悔了。"

张经纬若有所悟:"还是太太帮我做的决定好,对呀,这里是华人聚居的地区,他们也真应该提个华人做做总经理了。"

说着,张经纬有滋有味地吃起了饭菜。

李若兰神秘地笑了一笑。

李若兰在教一个孩子弹钢琴。与张经纬结婚后,她辞去了舞厅的工作,改为教儿童弹琴。家里地方还小,她已经学会了开车,可以出去上门授课。

在一家华人家庭里,李若兰正耐心地指点着孩子:"你看看这是个什么音符?再弹一遍。"

屋内响起了悠扬的钢琴声,孩子的母亲在客厅里坐着旁听。李若兰教完孩子走出琴房,母亲准备了茶水招待老师:"李老师辛苦了,喝点茶吧!在美国能够找到语言相通还这么有才华的钢琴老师真是不容易啊,我们孩子有福气。"

两个人攀谈起来。

李若兰被一口一个老师叫得有点不好意思:"现在越来越多的中国人出来,像我这样在音乐学院学过钢琴的人也多了。"

家长随口说道:"对呀,不过大多数中国人是到美国来旅游观光的。你知道现在许多美籍华人已经把做生意的目标人群放到出国人员身上了。我前几天到纽约去,看到那里开了好几家中国出国人员服务部,卖的货品都是专门为出国人员量身定做的,生意好得不得了。"

李若兰好像听出了点什么:"哎哟,这真是个好点子呀,你能说具体点吗?"

这个家长一边想一边说着:"我在想,出国人员都需要买点美国产品回去送送亲戚朋友,这些东西必须是美国生产的,而且又不能太贵。他们在美国的时间不长,又有语言障碍,不知道到哪里才能买到这些东西。如果有商店能够满足他们的这些需要,那肯定就能门庭若市哟。"

李若兰点头称是:"你的分析很内行,很有道理哎!"

这位家长笑着说道:"不瞒你说,我老公就是做生意的,听得多了,也学到一点。真的,每一行都有一行的道道,不是这个圈子里的人,要入行都要付点学费的,也不是人人都能做生意的。"

回家的路上,李若兰一直在琢磨着这些话。

回到家里,她边做饭边等着丈夫回家,直到晚上八点张经纬才回来。一进门,他就直接躺倒在沙发上了。

李若兰问道:"怎么这么累?"

张经纬似乎连话都说不动了,轻声答道:"总行下达的任务,没办法。"

李若兰过去拉他起来:"那你也不用这么拼命呀。"

张经纬自己跳了起来,转而兴奋地对李若兰说道:"你知道吗,这次任务很关键,如果做好了,支行总经理一定就是我的了。"

李若兰有点嘲笑他:"这是你一厢情愿吧?"

张经纬很认真地说:"真的,支行的总经理走了。现在空出个位置,只要我这次能做好,总经理很有可能就是我的。阿兰,你一定要支持我!"

"我当然支持你,你回家就有热饭热菜干净衣服,你没有后顾之忧,放手去做吧!"李若兰虽然在心里嘀咕,但还是把对丈夫的爱付诸行动。

几天后,张经纬兴高采烈地回到家里,兴奋地抱住了妻子:"阿兰,我今天真是太高兴了!"

李若兰有点不相信:"什么事能高兴成这样?"

张经纬得意地说:"这是秘密,我们出去吃饭吧,你不用辛苦自己烧了,我们出去吃顿好的!"

李若兰放下厨具:"当上总经理啦?怎么忽然想出去吃饭了?"

张经纬有点显摆地说:"我是想犒劳犒劳自己,同时也犒劳犒劳你。我这次的任务完成了,哈哈!走吧,我们出去吃饭!"

李若兰不想泼他的冷水:"好好,看把你高兴的,我先去换件衣服。"

李若兰走到盥洗间换衣服,心中还是存着疑虑。

张经纬兴奋地催促着:"阿兰快点吧,你穿什么都好看的。"

李若兰拿起手提包和张经纬一同出门了。

在一家颇为讲究的中餐厅里,张经纬拿着菜单点菜:"阿兰,我们点个龙虾吃吧!"

李若兰有点啼笑皆非:"结婚都没舍得点龙虾,今天怎么想通开窍啦?"

张经纬信心满满地说:"阿兰,我可能马上就是一个支行的总经理了,我一年可以多赚六七万美元啊,如果把业绩做好一点,收入会更高!我们会进入真正的美国中产阶层行列,到时候,你就安心待在家里,生一堆又聪明又漂亮的孩子出来!"

李若兰闻之简直嗤之以鼻:"难道这就是你的美国梦吗?"

张经纬没有听出若兰的嘲笑:"是啊,可以这么说吧!美国梦不就是无论什么人通过自己的努力,都可以在美国有好房子好车子过上好日子。我们两个都是赤手空拳来美国的,我有了这样的收入,什么样的房子车子不能买啊?"

李若兰摇头不同意:"你说的只是物质的部分,我是要来美国自己奋斗过自己想要的生活,可从来没想过到美国来做家庭妇女留在家里生孩子带孩子啊!"

张经纬沉浸在自己的遐想中:"好了好了,阿兰,我就是想创造一个幸福家庭,我希望你就安安稳稳地留在家里享福,什么也不用担心,否则就是我这个做丈夫的不成功。你明白吗,现在可是我事业最关键的时期,你一定要支持我!"

李若兰感觉两人的想法不一样,但看他这种痴迷的样子,也不想争论,只是说道:"现在都还只是你的梦想,等真正升职后再点龙虾吧。今天我们先吃个油爆虾,味道也是不错的。"

第二天,张经纬精神抖擞地来到银行上班,他看到总经理室已经有新的人坐在里面。总行来了一位人事部干事陪同她过来,他向张经纬介绍说:"这是你们支行的新总经理雪莉女士。"

张经纬蒙了:"新,新总经理?之前怎么没见过她?她做过什么?"

整整一天,张经纬都有点失态,他把控不住自己也不想再装潇洒,只是迷迷糊糊地听了总行人事干事的一番介绍,心里想着真是该走了。好不容易挨到下班,他失魂落魄地进了家门,坐在沙发上叹气。

李若兰还是一如既往开心地叫着:"老公,快洗手吃饭,菜都要凉了。"

张经纬轻声呓语:"我一点食欲也没有,不想吃。"

李若兰一边端出炒菜一边问道:"又怎么啦?太累啦?"

张经纬的火气爆发出来了:"Glass ceiling(玻璃天花板)!新的总经理来了,你猜猜她原来是干什么的?美国M&M,那家著名的巧克力公司的经理,你看看,叫巧克力公司的人来我们支行做总经理,叫我这个学金融的硕士,又在银行干了那么多年的人做她的副手,为什么?不就因为她是白人我是黄种人吗?真气死我了。"

张经纬似乎要把积压多年的怨气都说出来:"原来的总经理南希,一个白人中年妇女,她自己什么事情都不做,样样都叫我做。天天上班就是经纬长经纬短的,叫得很亲热,让我做这个做那个,她自己坐在办公室里喝喝咖啡剔剔手指甲。她要笼络我,叫我做她儿子的God father(教父),想想自己真是傻,每到节假日还要去买各种玩具送给她儿子,就想着她能在上面说自己几句好话,以后可以接她的班!谁想到是这个结果!太欺负人了!"

李若兰倒是早有思想准备:"生气就别干了,欺负人就跟他说Bye-bye再见！我们自己干算了，我爸说过，美国是资本主义国家，它的政策就是帮老板的，你还看不出来吗？那我们就自己当老板好了。"

张经纬还是不敢踢出这临门一脚："你说得倒是容易！我这辈子还从来没有做过别的行业啊！"

李若兰鼓励他："你总是抱怨受气，为什么还舍不得走呢？你要受气受到老吗？你总要走出这第一步啊。记得有人说过，当你站在一个山头，觉得另一个山头更美的时候，你要做的第一件事，就是先走下原来的山头啊。"

张经纬听了，有点吃惊地看着李若兰："你还会讲哲理？"

李若兰说得直截了当："我可不懂什么哲理，但这不是个常识吗？"

张经纬还是在自怨自艾："可惜呀，可惜，美国硕士要辞职了，跟没有在美国读过书的人一样从头做起，总还是有点不甘心！"

李若兰说得苦口婆心："你还记得那边有一家中餐馆叫'China Blue（乡思）'吗？有一次我和瑶瑶晚上去吃夜宵，人少些，老板可能看到我们也是华人吧，出来跟我们讲话。他说自己在美国读了硕士学位，一直找不到合意的工作，有朋友出点子叫他开一家中餐馆，没想到生意非常火爆。他说请了好几个墨西哥大汉来洗碗抹桌子，因为生意太好，到晚上收工关店他们一个个累得七歪八斜躺倒在地上。这位姓赵的老板自己摇头苦笑着说：'Master so what？（硕士算什么？）好日子还是要吃苦换来的。'哎呀，我们就来自己做做看嘛，你在美国读的书总会有用的，起码你跟美国人沟通就比人家强吧？"

张经纬心动了："好吧，这口气实在咽不下，辞职就辞职吧！但做什么呢？老虎吃天，要从哪里下手呢？而且做生意要有本钱，我的积蓄都还给沈卓君家了，我们拿什么做本钱呢？"

李若兰转身走到床边，打开床头柜抽屉，从里面取出一个小首饰盒，再从小首饰盒里拿出一沓折子单子，一起摊到丈夫面前。她气定神闲地说道："我说要自己做生意，当然是心里有底的。我在美国打工也有好一段时间了，这些钱是我一直存下来的学费。现在一时不能读书，那就拿来做生意本钱吧!"

张经纬定睛一看,这些单子竟都是银行存款,有定期的,有活期的,他感觉自己似乎在梦里:"这,这是你的吗?你能存下这么多?"

李若兰有点得意地说:"你看过《杜十娘怒沉百宝箱》这出戏吗?我自己省吃俭用,把工资和客人给的小费都存下来,就是想找一个知冷知热、能够同甘共苦的伴侣,我们自己创业创造新生活。我才不想找有钱人靠老公过日子,我不想成为任何人的负担。我自己能挣钱,不需要任何人来养我。现在一时不能读书,这笔钱就是我们的起始资金。就算我们做生意不赚钱,我的积蓄也够我们过上一段时间,何况你又聪明又勤奋,我们还能不成功吗?"

张经纬有点激动地抓住阿兰的手:"阿兰,你才不是我的负担,你是我的贵人,我没有看错人,我一定不辜负你的期望!"

第七章
幸福的样子

城市最热闹地段的市场步行街，这里的游客来自世界各地，李若兰和张经纬在此地开了一个小小的店铺，门面不大，却装修精致。小店的横幅招牌是"GIFT & SOUVENIR（礼品和纪念品）"，店门右边竖立着一块中文招牌"中国出国人员服务部"，这是他俩听取了多方意见，尤其是已经开始自己创业卖打火机的同学周怡婷的建议，为自己店铺做的顾客定位——既能吸引世界各地来此的游客，更可以为出国考察旅游的中国顾客做精准服务。开张那天，他们把门口布置得花团锦簇，几十平方米的店面隔成互相连通的两间，一间的柜面摆着美国各式各样花花绿绿的旅游纪念品，有镌刻着得克萨斯孤星州旗图案的钥匙圈、帽子、瓷盘、皮靴等，还有彩印此地俚语笑话的咖啡杯、T恤衫，"Everything is bigger in Taxas.（得州什么都比别处大。）""Don't mess with Texas.（别来招惹得州人。）"热闹，风趣，煞是好看。另一间店面里摆着中国游客热衷的商品，有各式美国保健品，如深海鱼油、卵磷脂、Q10辅酶、叶酸片还有花旗参等，加上设计别出心裁的小瓶装法国香水、精致新颖的玫瑰金欧洲项链与挂件，令人目眩神迷的耳环戒指，以及可以在国人面前炫耀显摆的充满异域风情的各国小摆设，真是琳琅满目，美不胜收。

果然，两人的心血没有白费，店面门庭若市，游客们陆陆续续跨进店内，熙熙攘攘，济济一堂。有本地美国人，也有来自欧洲、阿拉伯、印度、墨西哥的客人，当然，最多的还是中国游客，他们一进门就惊喜交加大喊大叫："哦哟，这里什么都有啊！我们不用到处寻找东问西问了！"然后就忙不迭地换算，每样看中的商品折合人民币大约多少，看看自己带的美元够不够，打听国内的信用卡在店里能不能刷。张经纬是银行出身，早已做好充分准备，申请好了可以刷各国信用卡的POS机。李若兰、张经纬本来就是美女帅哥，两人都是白色衬衫蓝色牛仔裤，整洁养眼，干净利索，他俩眼快手快灵活热情，忙碌地接待着络绎不绝的顾客。

一天下来，两人真如那位中餐厅老板所言，累得七倒八歪了。但看着收银箱里满满的现金，又止不住心跳加快笑逐颜开。张经纬是知道疼老婆的，他看着还在擦拭柜台陆续添货的妻子，走过去扶着若兰的肩膀说道："别忙了，做不完的，我们回家吧，明天再来添货。"两人相视一笑，张经纬过去把收银箱里的现金装进一个大包里自己背着，搂着太太一起走向停车场。

如此这般十天半月，天天宾客盈门，两人舍不得关店休息，就这样天天忙碌。这一天正值周末，游客似乎比平日还多，好不容易忙到天黑关店，张经纬对太太说道："看来我们真该犒劳犒劳自己了。今天先不忙着回家，我俩出去吃顿大餐吧！"

入夜的城市霓虹闪烁，张经纬开车穿梭在街巷中，寻找两人合意的餐厅。此地的中餐馆分成主要面向老美顾客或是面向华人顾客两大类。面向老美的中餐馆主要在店面装饰上做文章，环境幽雅店面整洁，而菜品却是粗放的，或是辛辣或是酸甜，总之都是重口味。面向华人的中餐馆主要在菜式上下功夫，往往进门就是一个大鱼缸，养着活蹦乱跳的鱼虾，顾客指着缸里的鱼虾现点。猪牛羊肉也要求绝对新鲜，姜葱爆炒红烧焖炖可以随心所欲。他们开着车转过了好些个街区，找到一家喜爱的粤菜馆，入座后两人不假思索地点了大龙虾，还有经纬爱吃的各种小炒，若兰爱吃的清炒豆苗等，摆满了餐桌。

张经纬凑近若兰拉起她的手亲吻，若兰笑着抽手打他："怎么，你还等不到回家呀？"

张经纬涎着脸说道:"我是要谢谢老婆大人,都是你的idea(点子)好,做礼品店,出国人员服务部,看来我们选对了!照这样做下去,很快就能发财致富了!我们很快就能买房买车了!"

李若兰微微一笑:"是呀,我们俩在做自己的事业,无论大小都有成就感啊,我相信一定会比以前给别人打工好!哎呀,我们也是lucky(幸运),碰上好时机了,谁会想到有那么多中国人出来旅游呢?"

"我们披星戴月,真像是古时候陶渊明荷锄而归。记得亚洲首富李嘉诚说过,虽然赚了百万千万亿万,但感觉人生最开心的时光,是当年与夫人一起开个夫妻老婆店,每天关门数钱的时候。我现在也是,每天回家数钱,看着赚回来的实实在在的现金,心里说不出的开心满足呢!不过若兰,我可不舍得让你这么辛苦,等我们稳定下来,你就在家里做全职太太吧。"张经纬说得很是深情。

"那可不行,我才不要做什么成功男人背后的女人。"李若兰很是果断。

"哟,那你是想要我做你这个成功女人背后的丈夫吗?"张经纬有点嘲弄地哈哈大笑。

李若兰低头想了一下说:"也许我们从小到大成长的环境不一样。你听过一首诗吗?是大陆女诗人舒婷写的《致橡树》,我特别喜欢!"说着,她轻轻地背诵起来:

我如果爱你——绝不像攀援的凌霄花,借你的高枝炫耀自己;我如果爱你——绝不学痴情的鸟儿,为绿荫重复单调的歌曲;也不止像泉源,常年送来清凉的慰藉;也不止像险峰,增加你的高度,衬托你的威仪。甚至日光,甚至春雨。不,这些都还不够!我必须是你近旁的一株木棉,作为树的形象和你站在一起。根,紧握在地下;叶,相触在云里。每一阵风过,我们都互相致意,但没有人,听懂我们的言语。你有你的铜枝铁干,像刀,像剑,也像戟;我有我红硕的花朵,像沉重的叹息,又像英勇的火炬。我们分担寒潮、风雷、霹雳;我们共享雾霭、流岚、虹霓。仿佛永远分离,却又终身相依。这才是伟大的爱情,坚贞就在这里:爱——不仅爱你伟岸的身躯,也爱你坚持的位置,足下的土地。

李若兰略带痴迷地背诵着,眼睛似乎看着经纬,但却是望着远方;表情似有羞涩,但更是坚定。她脸颊有点潮红,似笑非笑,自己已然被感动,沉浸在诗歌的意境之中。张经纬被她可爱的神情迷住了,也出神地盯着她看。两人就这样默默地对视着。

还是张经纬先清醒过来:"我只知道《唐诗三百首》,不知道欣赏新诗。这首诗还是第一次听到,很有意思!"

李若兰回忆道:"我来美国时,父亲给我准备了唐诗宋词让我带上,说开心不开心时都可以看看。我自己把舒婷、顾城、海子几个年轻诗人的新诗集也都带着,有时间就读一读,好像什么烦恼都可以不放在心上了。"

"那回家后你把这几本新诗集给我看看,也许能让我也开化开化!"张经纬还是很愿意接受新东西的。

"那你以后再也不要叫我做什么全职太太了!"李若兰下了结论。

来时时间就不早了,吃好饭回家已经夜深。

一到家开了门进去,张经纬便打发李若兰去洗澡:"老婆大人,快去沐浴休息吧。"他笑着说这话,似乎还有潜台词。"好,我先去泡一杯红茶给你暖暖胃,你去结算下今天的业绩吧。"李若兰每晚都给张经纬泡好红茶。

张经纬坐在沙发上,打开电视,洗手间里传来哗哗的水声,厨房里的水壶也在低鸣,他细心地算着账目,嘴角突然一笑,心里想着:"幸福大概就是这个样子吧,热热闹闹,忙忙碌碌。以前和沈卓君在一起,住的房子很大,每天一回到家安安静静,好像也无话可说,真是冷冷清清,同床异梦啊。"想到此不禁摇了摇头。

"还没算好呀,小店的大业务可没难倒我们的硕士生吧?"李若兰从卫生间里出来,一边用毛巾搓着头发,一边和张经纬打趣。

"快了快了,你洗好了先去床上躺下来休息,一会儿我去洗啦。"张经纬头也没抬。

"好。"李若兰答应一声，去厨房端出一杯清澄带琥珀色的红茶放在丈夫面前，自己也去端了一杯往卧室走去，并说道："你快点，已经不早啦！"

"好的，一会儿就来啦！"张经纬抬抬头，又专注着他的账目。

等张经纬算好账目沐浴更衣坐到床上，看到李若兰还在反复读着上海父母的来信。

"想爸妈啦？"张经纬把妻子拥入怀里，拿起信纸陪太太一起细细看了起来。

原来，李若兰自从与张经纬恋爱以来，一直陆陆续续向父母透露感情经历，她自己不知道，当然也没有向父母汇报张经纬已有婚史。待到与张经纬结婚，她才把真相告诉母亲，还关照母亲在适当的时候可以让父亲知晓，算是先斩后奏的。这样过了一段时间，家中长辈才算慢慢消化接受了这个事实。

"爸妈还是不放心我呀！"张经纬感慨道。

"不是，他们接受你了，现在母亲还催我们早点有个家的样子，我都不好意思啦。记得我离开上海时，母亲千叮咛万嘱咐，说是千万不要被男孩子骗了，现在倒比我还着急。"李若兰有点不好意思，没想到妈妈催着她怀孕生孩子了。

"不过妈说得在理，你得给我好好生一堆娃出来。"张经纬开着玩笑，脸庞已在李若兰耳后凑近，李若兰一转头，便已吻上。

"哎，还有啊，你要给我爸妈写封信吧，他们虽然看了你的照片，但你亲笔给他们写信，见字如见人，这才像真正说过话一样。"李若兰看着老公，一边沉思一边说道。

"好，服从老婆大人的命令，立马就写！"张经纬开着玩笑故意掀开被子装作要起来。

李若兰舍不得老公熬夜，一手拉住他："不要演戏啦，快点睡觉吧，明天再写来得及的。"

张经纬钻进被窝里,两人四目深情对视,张经纬环抱住爱妻,一手伸进妻子内衣,触碰她温热细腻的肌肤,接着,两只手在她身上游走起来。

"还不肯老实睡觉呀?"李若兰的手也在张经纬腹部轻轻抚摸着。

"要完成岳母大人的指示,我们要快点生孩子呀!"张经纬突然用力抱紧了李若兰。

"哈,你倒是会——"李若兰还想说什么,被张经纬低头吻住,两人便交缠在了一起。

几个星期过后,李若兰还是没有一点点怀孕的动静,她自己也有点心慌起来,心里有时候嘀咕:会不会是真的太忙了?张经纬也希望她回去静养一段时间,可是看着店里越来越忙,李若兰总是不忍心让张经纬一个人受累。

三个多月后,李若兰实在憋不住了,她瞒着张经纬自己去了市中心医院做了检查,医生询问她房事的时候她还难以启齿,但医生说了句:"当妈妈都是伟大的决定。"她便十分坦然了,可医生说检查一个人还不够,得要丈夫陪同,李若兰又打了退堂鼓。

入夜,外面静谧一片,窗外轻起的风把树枝吹得沙沙作响,虫儿低鸣,像在絮叨幽幽情话。李若兰依偎在张经纬臂弯里,犹豫了很久,还是忍不住说了:"经纬,你明天陪我一道去下医院吧。"

张经纬以为若兰怀上了,一阵惊喜,内心扑通扑通跳起来,他一个起身端坐起来凝视着若兰:"老婆,太好啦,我是要当爸爸了吗?"

李若兰突然不知所措,她看得出来,经纬是真的喜欢孩子,可自己却是不争气,现在又如何启齿呢?她平静了一下说道:"没,就是一直没变化我才担心,我们去检查一下吧。"

张经纬有些失落,但他不能把情绪传递给若兰,假装没事地说道:"若兰,检查就检查,别东想西想了。"

他们二人特意抽了一日,店里客人不是特别多的时候停业一天,两人一同前去了医院。他俩被医生分头带过去检查,各种仪器都测了,镁光灯下,若兰感觉到似乎全身都被透视了一遍。

两人忐忑地等待医生宣布结果，出来后医生很平静地问了下情况："你们准备怀孕多久了？"

张经纬回道："有半年了吧！"

"哦，这种情况很常见，你们先回去吧，下周才能有结果。"医生很淡然地说道。

若兰以为检查结束，即刻便能知道结果，那样即使自己真有问题的话，也是早知真相早治疗，现在又要等上一个星期，真是一种难以言说的煎熬啊。回去的路上，太阳特别刺眼，长久照射，车内温度本就很高，若兰不由自主地摇开车窗，想要呼吸车外的新鲜空气，张经纬也是心事重重，但侧目看到妻子脸上有豆大的汗珠，宽慰她道："若兰，放宽心，不要太在意，总有办法的。"

"有什么办法？你妈妈不是一直盼望抱孙子吗？"李若兰有点无可奈何。

"老人的话也不必太当真，再说她又不在这里，天高皇帝远，管不了这么多的。"张经纬心里也着急，但还是在替妻子解压。

知道张经纬的苦心，李若兰再想说几句，但话到嘴边，终究没有说出来。

一个星期后，两人又同到医院，医生说："你们俩各项指标都是正常的，年轻的夫妇长时间备孕怀不上的情况也比较多，我建议你们多放松，调整心情，同时多注意休息，再过一段时间看看。"

张经纬满心以为医生会给个准信，面对这个医嘱也是哭笑不得，若兰也算松了一口气，总算自己身体没有问题，要不然真不知道如何是好了。

但医生紧接着却说了一句话："不过，医学上存在案例，一对夫妇怎么都怀不上孩子，其实身体都没问题，可离婚后与新的伴侣却各自怀上了，目前医学界还在研究这一现象。"

这医生多余的一句话却成了一直压在李若兰心上的石头，她总感觉如鲠在喉。张经纬察觉到妻子情绪的变化，想着要怎么去分解这种压力呢？

前些日子，有银行老客户朋友知道张经纬自己开起了小店，向他传授行内秘诀：要设法联系更多的旅行社导游，让他们带着整团的游客过来购物，当然，那是需要给导游回扣的。即便如此，也相当于薄利多销，还是能拓宽销路增加营收。这样，张经纬就时不时地要外出联系团队客人。

这一天阳光明媚，张经纬对妻子说他要去联系导游接团队，让若兰看着店里，他独自到外面去。

张经纬开车到了一条偏僻小街，这里一家家小店，养着狗狗猫猫各种宠物，等待着主人领养。张经纬走到一家小店，小店的玻璃橱窗里，有几个小铁丝笼里养着几只出生不久的小狗崽。走进店里，店堂两边都是各色小狗，有金黄色皮毛的，有全白色皮毛的，也有白底黑点皮毛的。张经纬没有养过宠物，只能按照皮毛的颜色来给狗分类。

美国人有养宠物的风俗，一半以上的家庭养着猫、狗、鱼、鸟等各种宠物，宠物往往成为家庭里的重要成员。看到妻子为一时无法怀孕郁郁寡欢，张经纬就想到去领养一只宠物取悦若兰。

有几只白色的小狗，温驯可爱，想到妻子若兰平日爱好兰花百合花这些白色芬芳的鲜花，想着她一定也喜爱白色的狗狗。正想着从白狗里面挑选一只，旁边又蹿出一只白底黑点的小狗，欢跳到张经纬脚下，在他裤腿上蹭来蹭去，很是亲昵。张经纬抱起它，指着这些小狗，向店主询问如何领养。

店主告诉他，这里的小狗都是有健康证明和纯种证书的，光这两样就花费不菲。店主人只是爱狗，希望每一条狗狗都能找到喜爱它的主人，其实并不赢利。

再细问，那种金黄色的狗叫作金毛狗，是美国人养得最多的品种。那种白色的小狗叫萨摩耶犬，而那只白底黑点的狗叫西施狗或者狮子狗，这个品种其实来自中国，以前是帝王将相家的宠物。

听到西施狗的故事，又见这条小狗对自己如此亲昵，张经纬觉得与它有缘，心里认定就是它了。一问价，店主说这是店里最名贵的品种，开口就要1000美元。张经纬还价，店主反复说它身体健壮，皮毛丰富又不脱毛，是敏感体质主人的优良伴侣。而且,尽管它体态貌似傲慢,其实富有爱心并不难养。几番压价,最后以800美元成交。

张经纬兴冲冲地带着西施狗回到店里。停妥车子,牵着小西施进入店堂,小西施向着李若兰奔去,张经纬一边对小西施说道:"我们到家了,快叫妈妈!"一边对着李若兰喊着,"给你领个儿子回来了!"

李若兰抱起小西施,把它贴在心口脸上,爱不释手。

小西施十分黏人,紧跟着若兰、经纬。从此,这"三口之家"一起进进出出,倒是羡杀旁人哦。

第八章
多开了一家店

"兰姐,我跟你说,我们大学居然也成了旅游景点,来看的游客还不少呢,中国人尤其多!"托尼一进店门就呼喊着。

"吓我一跳,你这么大喊大叫的有什么好事呀?"李若兰走出柜台,看到是托尼过来特别开心,小西施也汪汪叫着跳到托尼面前,这小家伙特别聪明,是敌是友爱憎分明,知道是主人的朋友,它也友善地过去贴近托尼转了一圈。

"对呀,想给你们增加生意啊!对了,经纬哥呢?"托尼一手抱起小西施,一边向四处张望。

"他在仓库盘货呢。哎,你先看看有什么中意的东西随便拿,等会儿一起吃饭。我去招呼客人啊。"李若兰看到门口有人进来了,三步并作两步匆匆迎了上去。

"托尼,你怎么有空来了?"张经纬从仓库门走了出来,一眼看到了老朋友。见到张经纬,小西施又一溜从托尼怀中跃下,跑到男主人跟前去了。

"当然是带好消息来了!"托尼故弄玄虚。

"什么好消息?"张经纬很是急切。

"学校现在也成旅游景点了,你们生意这么好,到那里去开个分店吧,怎么样,要不要考虑一下?"托尼替他俩开心。

"等你兰姐过来,你告诉她呀。"张经纬有点心动。

"你俩嘀咕啥呢？"李若兰送走客人后走了过来。

"若兰，托尼说大学里游客很多，要我们到那里去开个分店，要不要去试试？"张经纬转述了刚刚托尼说的情况。

"现在店里这么忙，哪里还有精力再开分店呢？不过谢谢托尼，一直在为我们操心。"李若兰向托尼道谢。

"我觉得可以试试啊！我俩一人管一家店，另外再雇人帮忙好啦！"张经纬是一心想多赚钱的，他倒是信心满满。

李若兰有点将信将疑，却也充满着憧憬。

之后的一段时间，张经纬都在忙着张罗成立分店的事。他在靠近托尼大学的那条街上租下了一个店面，很快挂起了牌子。李若兰因为那里靠近大学，心里感觉亲近，想象着也许有一天可以到教室里去听课，便主动要求去开拓新店。她雇了一名健壮的墨西哥裔男店员，帮着照看店面接待顾客。张经纬则在老店里雇用了一位白人女店员。这样，两个人分头坐镇，多开起了一家店。

李若兰和张经纬分别经营着一家店面，两边都生意红火。张经纬常去观察同类商店"偷师学艺"，又增加了欧美便携家用电器等新品。李若兰依据大学师生爱好，增加了更多艺术品和文具，并在两边墙面架设了顶天立地的大书架，摆上了《纽约时报》推荐的最新畅销书。两人谁都不甘后，各自努力经营。

这天，张经纬正在店里向柜台小姐吩咐售货时要注意的事项，客人里有一位服饰时尚模样风骚的年轻亚洲女子，一边看着样品，一边偷偷看向张经纬这边，观察着店里的动静和老板的神态。

"老板，生意很好啊，我想买货都排不上队啊。"年轻女子走到张经纬跟前，一只胳膊肘杵在柜台上，食指和中指间夹着一根细细的香烟，她嘴里朝张经纬缓缓吐出一阵烟雾，嗲声嗲气地说道。

张经纬扭头一看，竟是一个性感诱人的美女，一时被眼前弥漫开的烟雾呛咳了两下,他忍住咳嗽说道:"你好小姐,你看中什么东西了吗?我一定给你最好的价位。"说着不自觉地朝女子低胸的领口看去。丰满雪白的胸脯轻贴着上衣,露出诱人的乳沟,从她身旁经过的男人都会忍不住瞧上两眼。

女子身上还散发着浓烈的香水味,夹杂在烟味与空气中,她嘲弄道:"您一个男子汉大丈夫还闻不了烟味呀?"低头轻轻地喷笑两声,声音又尖又嗲,听得张经纬脑袋一酥。"不瞒您说,我在国内也开着一家连锁礼品店呢,你们从国内来的产品我们都有,我这次来是想进一点带有异国风情的特色小礼品,像这种阿拉伯国家的首饰、印度的纱丽、非洲的木雕,就很符合我们的要求。"女子继续说道。

张经纬听后赶快热情地回答:"只是一时被您身上的香味吸住了,实在太香了,国内?您也是中国人?"

"是呀,我姓蔡,在这儿遇到国人真是太高兴了,能一起做生意就更好了。"女子说道。

张经纬一听,是个大客户,更加热情了:"您好蔡小姐,我姓张,只要您有一定的订货量,我就按照最低价位转给您。"

蔡小姐故意放低声音说:"我是吃亏在不懂英语,所以就喜欢跟住在美国的中国人做生意。如果你们能代我们的连锁店订货发货,那你们赚一点差价也是应该的,我绝对不会计较。做生意就是大家都要有赚头,生意才做得下去。只想自己赚钱,巴不得别人都帮你义务劳动的人,我最看不起了。"

张经纬觉得她妩媚动人,说的话又句句在理,很高兴自己又发现了一条生财之道,热情又不失风度地说道:"蔡小姐说得对,您要是愿意,我们可以建立长期的业务关系嘛,我们也不想多赚您的差价,我们就跑跑业务量,您多一点订货,大家的价位都可以往下走啊。"

蔡小姐一听,也显得十分开心,她摆正了身姿彬彬有礼地回答:"好啊,张老板,第一次打交道,我先付钱你们再发货好了,我开一张清单给您,要哪些产品,请你计算一个总价,帮我发货到中国沈阳的这个地址,连运费加上去一共是多少钱,我马上给您。"

张经纬见她出手大方阔绰,生怕会失去这个大客户,连忙说:"不急,不急,您可以先付个定金,等我们的货发出去了,您见了发货单再付款也不迟。"

蔡小姐说:"张老板好心肠啊,做生意还有说不急的。张老板有趣,我们交个朋友吧,以后可以建立长期的业务合作关系。你们这些从国内来的货,我们也可以供给你们,我们是厂家直销的,也许比你们现在的价位还要好些。"

张经纬忙不迭地说:"那太好了,不知道蔡小姐今晚有时间没,我和夫人请您吃个便饭吧,我家太太也一定很愿意认识您这样的大客户的。"

蔡小姐说:"那真是太好了,张老板有太太,我还真想见见呢。不过今晚我已经有安排了,我们要长期合作,今后有的是机会,你帮我进货,还是我来先请你们吧。今天先订好这批货,吃饭我们再约时间好了。我先把要货的清单写出来给您吧。"

蔡小姐就一个一个柜台认真地看,认真地写着,写好了,把一张纸交给张经纬说:"麻烦张老板准备一下,明天我来提货付款。"

张经纬接了单子眉开眼笑,殷勤地说:"好的,好的。那么蔡小姐走好了,明天我们把您要的货包装好了,等您来提货,如果您要运回中国,我们也可以帮您联系运输公司,他们还包办进出口海关事务。"

晚上张经纬兴高采烈地回到家,准备把今天遇到蔡小姐这个大客户的事情向太太报喜。谁知李若兰竟没有在家,餐桌上留了一张字条:"经纬,早上走得匆忙忘记说了,店面里今天盘货,我要晚点回家。冰箱里有现成的菜肴,记得要热一下吃哦。"

张经纬见了摇摇头,叹了口气:"唉,一直想让她在家里当全职太太,没想到她却做得越来越起劲了。"

他俩自从多开了一家店便又多买了一辆车,两人各自开一辆车去自己商店,不能像原来那样同出同进了。

等到若兰回家已经入夜,张经纬把蔡小姐的事告诉她,李若兰看起来有些疲惫，听后也没有表现出特别激动。张经纬见她没什么反应，心里有些不悦："阿兰，这可是一位大客户，打理好了关系，以后肯定财源不断呢。"

李若兰平静地回答道："听你说的这蔡小姐确实出手大方，不过你们才见一面也没说过几句话，天上不会掉馅饼，我们做生意还是要谨慎，别是骗子才好。"

张经纬听了心里越发恼火，他觉得李若兰是见他生意做得红火，怕把自己的店面比了下去，故而有些嫉妒，忙解释说："你顾虑得太多了，骗子是要骗你的钱，而蔡小姐是说好要先付我们钱，是我自己不肯收，觉得不好意思，还是要按规矩办事，等发货了才收钱，这又能骗什么呢？"

阿兰想了想，没能说出什么来，两人无言安睡。

第二天张经纬下班早，关了店门来到李若兰的店面，帮着李若兰算账。夫妻俩边整理零钱收拾店铺边商量晚餐。张经纬说："阿兰，你每天回去做饭也累，今天我们就到快餐店去买点饭菜回家吃算了，省得回去做再费时间。"

李若兰笑道："好呀，老公想得周到！前面转角那家叫作熊猫的中式快餐店做得不错的，我那天去午餐时看到好多老美也在那里吃呢。"

张经纬摇头说："老美爱吃的口味跟中国人的不一样，你说的熊猫快餐主要面向老美，估计不会太好吃的，哎呀，还是我夫人做的菜最好吃！"

李若兰听到就笑了："不过你夫人的劳动力太贵了，估计以后要吃她做的菜还要算算时间成本了！"

夫妻俩开车买了快餐回到家里边吃边聊。张经纬开心地说："阿兰，最近的生意很好啊，今天那位蔡小姐又来店里要货，她说的话启发了我，国内现在发展很快，大家也都喜欢国外的小商品、小玩意儿。今后我们要多花时间发掘国内的大批发商呀。"

李若兰听他三句话不离蔡小姐，有些不开心："好倒是好，就怕客源不可靠，做生意还是要诚信为本，稳步积累的。经纬，我凭直觉总感到事情没有那么简单，英文说 too good to be true，事情太好了，反而不可能是真的。你不觉得这段时间的生意有些太顺了吗？人们都说做生意要双赢，可听你这位蔡小姐，怎么自己好像倒不想要挣钱。"

张经纬笑道："怪不得大生意都是男人做的，女人到关键时刻就胆小了吧？好吧，明天且看蔡小姐是不是按时来提货付款，你就看看这个生意能不能做。"

李若兰想不出什么理由来反对，只好勉强地说："好吧，再看看吧。"

翌日早上，李若兰陪着张经纬来到他店里，不一会儿蔡小姐就来了。张经纬看到，十分热情地给李若兰和蔡小姐彼此介绍道："阿兰，这位就是蔡小姐，蔡小姐，今天来得很早啊，这位是我太太，李若兰。"

"哎呀，张太太呀，终于见到你啦，张先生经常提起你说你能干漂亮呢。呀，张太太确实漂亮，亚洲小姐跟你比起来都逊色几分呢。"蔡小姐一边笑着恭维一边仔细打量着眼前的美人。

"谢谢，蔡小姐也是美丽动人啊，这么年轻就做了老板，是真的厉害人物。"李若兰看了看蔡小姐，打扮妖艳招风，想起了一些以前在酒吧时的场景，冷冷地回道。

"哪里哪里，不是什么老板，就是个中间人，今天来就是跟张老板提货付款的。"蔡小姐说着又妩媚地看向张经纬。

李若兰见状十分不快，但见她是来付款的也不好多说什么，借由说自己店里还有事就直接离开了。

蔡小姐提了一箱子美元现金放在桌上，张经纬见了很高兴，跟店里雇员一起把商品包装好了，说："来，我帮你联系运输公司，他们会替你代办海关事务。"

"喂，朝阳货运吧，我这里有一批货要运到中国沈阳，已经准备好了，请你们代理报关。好的，你们马上可以来提货。"张经纬打了个电话，又转过身笑着对着蔡小姐说，"等会儿运输公司就来车了，他们的老板也是中国人，我们是朋友，你可以跟车过去跟他认识一下，他会给你一个最优惠的价格的。"一边说着一边不忘时不时地朝蔡小姐深V低胸的领口和紧身包臀的裙子看去。

趁着等车的时间，蔡小姐在店里到处看，到处问，张经纬就在一旁热心地陪着她。蔡小姐用照相机把陈列柜上的产品拍摄下来。她指着一些造型别致的打火机和小礼品问道："我们做生意的都知道，现在很多出国人员服务部的东西其实都是国内生产的，浙江义乌就是最大的外销点，你要他们仿制什么东西都可以马上做出来的，而且活灵活现，真假难分。你们这些是从哪里进的货？我可以给你们更好的价位，像这种打火机，我给你们就是五毛钱一个，那种呢，只要一毛钱就可以了。你们现在拿货是什么价位啊？"

这可是店里的商业机密，当时若兰、经纬刚开店时，曾经向若兰闺密周怡婷赊账进了一批货，那时他们资金不足，周怡婷听说后二话不说就给了他们一批畅销产品，说好了卖出去才付款，卖不出去可以退回给周怡婷，张经纬为此还感动得热泪盈眶。

此刻，张经纬听了蔡小姐的比价提议，笑着回答说："进货是我太太管的。不过你可以把你们能供应的商品目录写下来，我们可以比一下价，如果确实是你们的价位好，那么以后也可以考虑从你们那里进货的。"

蔡小姐用余光瞥了一眼张经纬说："张老板还那么见外呢，我们可以交换进货嘛，以后我可以把国内生产的产品发给你们，你们就把国外生产的产品发给我们，以货换货，大家都还可以省税呢。"张经纬听后一边点着头一边笑。

过了一会儿，运货车来了，蔡小姐走时对张经纬说："我回国后马上把我们的产品目录传真给你们，我会标明给你们什么价，肯定比你们现在进的货便宜。我先走了，这是我的名片，我们保持联系！"

张经纬指挥着运输车上的搬运工把产品搬走，又扶着蔡小姐坐进了副驾驶座，这才跟她挥手告别。

不久，蔡小姐果然将她能提供的产品目录传真过来了。几天后，又有一本印刷精美的产品介绍册子快递到了店里。张经纬和李若兰晚上关了店门，回到家里一一对照。

张经纬骄傲地对李若兰说："你看你看，这是跟我们店里一模一样的东西哟，价格都比怡婷姐给的要低啊。"

李若兰也在仔细看："嗯，不错，她的价位是要便宜些。你看，这一种，怡婷姐给的是五毛三分，她那里是五毛二分；那种，婷姐给的是一毛五分，她给的是一毛三分。每一种都便宜几分钱。"

张经纬说："我们的订货量大，每只二分钱，1万只就是200美元，10万只就是2000元啦。我看我们可以考虑从她那里订。"

李若兰说："婷姐都是先放货，等我们卖掉了才付款，这份人情是不容易的。当初要不是婷姐帮忙，我们没有今天。再说了，就算我们现在有银行信用了可以贷款订货，那么婷姐放货给我们的时间也有一个银行利息在啊，加上利息，不也就差不多啦。"

张经纬坚持说："就算加上银行利息也还是从蔡小姐那里订便宜。而且我们这会儿已经有点生意了，也不能一直总靠着婷姐的帮忙啊。"

李若兰觉得似乎有道理，但她也有担心，坚持道："蔡小姐的货质量怎么样还不知道呢！要是质量不好，你退到哪里去啊？"

张经纬听了有些不耐烦，说："她不是也要从我们这里订货吗？我们双方交换货，都有个质量控制。而且，以货换货，还省了很多税金呢。"

李若兰听了他的语气，也生气了："你就认蔡小姐，不考虑别的，如果出问题了怎么办，我们现在还担不起那么大的风险。反正我不同意从她那里订货！"

张经纬也较真："做生意就是在商言商，价格划算，还可以省税，我就是要从蔡小姐那里订。有什么后果我来承担！"

李若兰说："你认识她才几天，从来没有合作做过生意，怎么就能随便相信人家？"

张经纬说："人家不是很守信用嘛，说付款就付款，已经从我们店里买了一批货回去了，这不就是信用记录吗？"

李若兰气得一下从椅子上站了起来："反正我就觉得这个人不可靠！"

张经纬大吼道:"做生意凭事实不凭感觉!"

李若兰也吼道:"要合作你去跟她合作!"说完把手中的钢笔往桌子上一摔,转身走到床边坐下,扭头不再理会张经纬。

张经纬说:"那么我们就试试,反正现在是两家店,我们分开核算。你去跟婷姐订货,我去跟蔡小姐换货,你做散客零售,我做批发客户,我们看看谁赚的钱多。"说罢起身从衣橱里拿了一条毯子躺在了沙发上。

李若兰不服输:"分就分,我看你不吃亏上当才怪呢!说好了,谁赢了以后这家里就听谁的!"

张经纬听闻,哗啦掀开毯子从沙发上站起来,气呼呼地走到门边,留下一句话:"我出去转转!"啪的一声关上了门。

李若兰一下子躺在床上,蜷着身子扯了被子抽泣起来。

第九章
匪夷所思大开眼界

清晨的空气十分凉爽,阳光还没有照向大地,商业街中心一个人也没有,店面也都闭着,几只鸽子飞到街上的座椅上,精致的路灯下不多时便会摆上许多移动的小食品铺,孩子们会围着嬉戏玩耍,不过眼下还很安静。一些鸽子飞到凹凸不平的石块地面上,啄着石缝里的一些食物残渣。张经纬来到自己商店门口打了个哈欠,打开了店门。

这天清晨张经纬到店来得特别早,他没想到刚一开门,蔡小姐就进来了。她在店里很自如地走了一圈,看得出来,她已经对这里十分熟悉了。"张老板,早上好啊!"

刚还打着哈欠的张经纬见她进来,精神一振,忙笑着说:"蔡小姐,今天怎么来得这么早啊?"

蔡小姐说:"昨天晚上我的干妈不舒服,没有搓麻将,大家都休息得早,也就起来得早些。今天我的大哥要来得州,我想把他介绍给你。这位大哥可是我们省里的名人,省长书记都是他的朋友,他在大陆可是路路通啊,你要认识了他,那生意想做不大也难啊。"蔡小姐那双化着艳妆的大眼睛盯着张经纬,自己很随意地找了个椅子坐下。

张经纬毕竟是个儒商,没有听过这样大牌的人物,有点将信将疑地应道:"哦,是吗?"

蔡小姐跷起二郎腿,点了一支烟,更加绘声绘色地说:"哎呀,张老板,我的这位大哥可是有名有姓的,是我们省的政协委员,全国劳动模范。我们的省长出国访问也都带上他,凡是有国家不能报销的费用,全部是他掏钱。我们省在法国巴黎买了一栋大楼,原来算计着国内的人出访都会来吃住稳赚大钱,没想到现在国内的领导出来,都还要挑当地最高级的宾馆住,省里买的大楼空关着赔钱,我大哥就仗义买下来了,替领导分忧。你看,领导就给了他一个全国劳动模范当当。他还照看着几位领导的孩子,帮他们在美国付学费生活费呢!"

张经纬搬了张椅子坐到蔡小姐面前问道:"你这位大哥也是做生意的吗?"

蔡小姐有点不屑地回答他:"那当然啰,不是说无商不富吗?不做生意,除非是做领导,要不然哪来这么多钱啊?"

张经纬点头说:"中国大陆现在发展得好快哟!大陆的生意人也跟台湾的一样了,要跟做官的交上朋友,才能做得大。"

蔡小姐笑着说:"哦哟,你没听说吗,现在国内做生意要三个结合:官商结合、内外结合、公私结合。没有这三个结合休想做得大!你们在美国也一样啊,也一定要跟国内的大官大商人合作才能做大生意啊。我早点来跟你说定,今天晚上我带你跟大哥一起吃个饭,我介绍你认识国内的几个名人,帮你提高做生意的层次档次!"

张经纬有点受宠若惊,幸好他脑子转得快,连忙说:"这么快啊,那麻烦蔡小姐了,我来请客吧,在曼哈顿大厦订一个大包间?"

蔡小姐嘲笑道:"哪里轮得上你请客?美国这边有头有脸的好多人都排着队请他呢!我是硬把你作为我的合作伙伴,才勉强让你参加宴会的。"

张经纬讪讪地说:"那好吧,告诉我在哪里,晚上我跟我太太一起去。"

蔡小姐故作神秘地说:"张老板,实在是不好意思,今晚的座位排得太满了,我是说一定要加一个人才硬把你加塞进去的,再说这不是家庭聚会,你就只能一个人去了。"

张经纬点点头,通情达理地说:"那好吧,我跟我太太解释一下就行。"

蔡小姐起身，纤纤细手搭在张经纬的肩上："那就这样说定了，晚上七点我来接你！现在我去各家店逛逛，再多订点货带回去。"说罢便欲告别出门。

张经纬忙一把拉住了蔡小姐的胳膊，说："蔡小姐，凡是我们店里有的货，你可不能到别家去订呀。"

蔡小姐嗲嗲地说："我心中有数的，我们是最早的也是最铁的合作伙伴，我怎么会把生意给别人做呢？"说罢朝张经纬抛了个媚眼。

蔡小姐走后，张经纬忙跟店里的柜员小姐交代工作，打点生意。他一直忙着招呼客人，几乎把告诉李若兰不回家吃晚餐的事情忘记了，直到傍晚他准备出发时，才突然想起。他连忙写了张字条让柜员送去李若兰店里。"阿兰，今天晚上台湾商会有个活动，我跟几个朋友一起去，他们都不带太太，你就自己先回家吧，我吃完饭就回来。"

张经纬到里间库房把挂着备用的一套正规西装取出来换上，系上领带，对着店里为顾客准备的全身镜用手指叉梳了一下发型，又拿出店里的男用香水轻轻地在脖颈和手腕喷了几下，就提前关上店门，三步并作两步匆匆出门了。

他提前了两分钟来到约定的地点，蔡小姐七点钟果然准时来了，张经纬跟蔡小姐一起到了停车场，他颇具绅士风度地说："还是我来开车吧！你说，去哪里？"蔡小姐甜甜地笑了笑，点头答应，张经纬张开右臂摆出请的姿势，两人开心地上了车。

蔡小姐指着前方，故意靠向张经纬的身边说："我们今天去远郊的一家中餐厅。此地中国人聚居的地方，像休斯敦啊，达拉斯啊，那里的中国餐馆味道不错，但主要客人是中国移民，所以不注意布置，总觉得档次不如美国餐馆、法国餐馆。我们要到一处僻静的中国餐厅去，那里的布置就高档了，那种格调、情趣完全不一样。"

蔡小姐身上的香水味刺到张经纬的鼻腔，张经纬觉得脸上一热，说："哎呀，蔡小姐，你现在对美国了解得这么透彻啊，许多来美国十几年的中国人都不如你知道得多啊。"

蔡小姐自豪地说："那要看他们接触什么样的人，做的什么事啊。我是做生意的，每次来都接触的是中国人的商界大佬，中国人是最讲究场面的，自然就得去美国最高档的地方，做久了当然就跟着见多识广啰。"

张经纬听了也跟着感叹："是啊，现在大陆来的人多，把美国的餐饮业炒得特别兴旺，房产也跟着炒上去了。美国人买房都要按揭贷款，分十几年甚至30年还清，大陆来的一些人，几百万美元的豪宅都是一次付清，连美国人都看不懂了，不知道大陆这些人怎么这么有钱。"

蔡小姐说："你看，原来都是大陆来美国的人给台湾人香港人开的公司打工，这两年变了，现在不少台湾人香港人在大陆人开的公司里打工呢！我也考虑要把公司开到美国来呢。"

张经纬听了开玩笑地说："好啊，蔡小姐来美国开公司，我来给你打工算了。"

蔡小姐说："那我哪里敢啊？我们还是合伙来做好啦！"

两人边行车边聊天，不一会儿便到了一家开在郊外的中国餐厅。进得门去，果然十分豪华。蔡小姐问了一个人名订的包房号，就由女招待把他们带到包房去了。

包房十分宽大，镶金嵌银的雕刻，融合了中国和希腊文化的意蕴。一张大圆桌摆在包房正中，大得可以坐下二十来人，圆桌的中央是一大堆开得十分鲜艳的各色鲜花插成的图案，给人一种既大气又高雅的感觉。每一张座位面前的桌面上，都摆着一溜大小酒杯，优雅的丝绸餐巾压在镶金的叠层英国瓷盘下，印刷精美的菜单竖立在瓷盘边。包间最里面的工作台上，摆满了茅台酒、威士忌、人头马等烈酒，张经纬在美国多年，还没见过这么豪华气派的中式餐厅。他们到时，已经有十来位宾客就座，一位向后梳着油头，大腹便便的男人来跟蔡小姐打招呼："哎呀，蔡小姐来啦，怎么，又换男朋友啦？"

蔡小姐大大方方地说："这位先生姓张，是我的生意合作伙伴，你们以后可要多帮衬他哟！"

这人爽朗地笑道："蔡小姐的朋友，一句话啦！"然后跟张经纬握了手。

两人入座后，蔡小姐跟好几位朋友打了招呼，看得出来，她在这个圈子里很熟。刚一坐下，就融入了他们的谈话中。张经纬在一旁反倒觉得有点不好意思，不知说什么好，只是随意看看精致豪华的包间。好在他一个人也不认识，大家只对他点点头笑笑，也没有人主动找他说话。

大家在喝茶聊天，等着主客的到来。忽然有人叫道："大哥终于到啦，我们都等得肚子饿了。"马上就有人圆场说："应该等的，应该等的！"

张经纬抬头看去，只见一位中等身材的壮实汉子，穿着一身黑色镶金图案的做工考究的绸缎唐装，老远就大声嚷起来："不好意思让大家久等啦，告罪，告罪！"边喊边大步流星地走进来，眼睛向全场扫了一遍。跟在他身后有七八个男男女女，个个盛装艳服，光鲜亮丽，簇拥着他，颇有气势地一起快步跟进。油头男子忙给让座，那位大哥也不客气，就在主宾位子上坐下，七八个跟来的人也一一入座，这张大圆桌就一下子坐满了。

"满上，满上！"油头男子吩咐服务生倒酒，一盏盏一两半的玻璃酒杯里斟满了茅台白酒。

蔡小姐站起身走到刚进来的一位中年妇女身边叫道："干妈，我在这里等着你呢，你看起来气色很好呀！"又对着那位大哥叫了一句，"大哥，你终于到啦！"打完招呼，她又坐回张经纬身边，轻轻地向他介绍起了这几位来宾，"我的干妈是个女强人，她也是从台湾过来的，老公是美国政府官员，儿子在做生意，美国、中国台湾、大陆都有他的分公司。他们家的花园可大了，开着汽车进去，只看见一片绿树，要绕好几个圈子才能看到房子。"

又指着另一位其貌不扬但衣着考究的男子说："这位冯大哥刚来美国时因为不懂英文，只能在餐馆打工。但他懂人的心理，知道领馆的一般工作人员都不能带家属，下了班无聊，一有时间就请他们吃饭看电影，跟他们交朋友。现在领馆的很多生意都介绍给他做，还有的工作人员回国后升官了，又有国内的生意给他做。现在他在美国买了大房子，在国内还有好多女朋友呢，可神气了。"

蔡小姐一边向张经纬介绍这些头面人物，一边站起身到各处敬酒应酬。"好久没见，小蔡更好看了啊。"冯姓大哥斜眼瞄着蔡小姐的胸脯说道，手掌在蔡小姐的屁股上快速地摸了一下。敬过一遍酒以后，她又坐回张经纬身边接着指点："你看那边的陈小姐，衣裳穿得性感时髦，其实长得也很一般吧，但她既帮中国的国家安全局做事，又帮美国的CIA（美国中央情报局）工作，她是双面间谍。她能直接跟中国的上层领导接触，拿到的都是大单子，我到她家的别墅去过，那是在美国房价最贵的地段，那个豪华气派啊，像欧洲的贵族庄园。"

她挪了下座椅，靠近张经纬，举起杯子跟他碰了碰杯说："张老板，你跟这帮人联系上，他们要给领馆送什么贵重礼物，或是有什么大领导来了领馆要买礼品，你能做上几笔这样的生意，那就大发了。要知道中国人做生意都是在酒桌上谈的，你可不要错过这样的好机会啊。来，喝一口壮壮胆，我给你介绍介绍！"

蔡小姐把张经纬拉起来，她清了清嗓子说："各位贵人，我今天给你们介绍一位好朋友张老板，他在得州开礼品店，生意非常红火，你们以后要采购礼品可以找他，我去看过好几次，他那里啊，什么世界上的好东西都可以找到啊！"说着蔡小姐举起酒杯，"来，张老板，我们向大家敬一杯酒吧！"说完，一仰头，把杯里的白酒一口喝干。张经纬看她竟这样豪爽，也学着她的样，把酒一口干了。

说话间，席上的几位男宾也开口了："蔡小姐，张老板做生意，为什么要你来敬酒啊？你先要把你们的关系说清楚了！"另一位说："用一杯酒敬一桌人，也太便宜了吧？要单兵教练，一个一个敬才算数！"

蔡小姐轻轻笑了，故作神秘地说："张老板是我的生意合作伙伴，照顾他也就等于照顾我，这样说关系可以吧？"大家嚷起来："不行不行，生意伙伴多了，我们照顾不过来的。只有特殊关系的我们才照顾。你还代他喝酒，说是合作关系我们可不信。"张经纬听到这里有些不好意思了。

蔡小姐嗲声嗲气地说："哎呀，大哥呀，有些话为什么要说得这么明白呢？不是说朦胧才最美吗？反正你们要照顾张老板就是啦！"张经纬听到蔡小姐这么说也红了脸。

大哥说："别的可以朦胧，喝酒可要清楚啊，少喝一点都不行，要诚心谈生意，你们可得一个一个地敬！"

喝过几轮，席上人都有些酒意了，眯着色眯眯的眼睛盯着蔡小姐，有的开始动手动脚，拉着身边的小姐喝酒，有的拉着蔡小姐喝酒。

蔡小姐故意扭扭捏捏地，拿着酒杯，迈着性感的步子，绕着桌子走到主客大哥身边，全场的目光跟着她，只见她弯身钩住大哥的脖子，亲热地说："我大哥最疼我了，一定会照顾我的，对吗？我先跟我大哥喝！"一仰头，干了一杯，全场拍手叫好，那大哥的手借机在她身上摸来摸去的，也笑着喝干了。

刚一敬完，又有人给蔡小姐斟满了酒，蔡小姐扭着身段过去钩住那个冯先生的臂膀："冯先生，我好佩服你啊，一直想向你学习，跟当官的搞好关系，就有大生意做，来，敬你一杯！"那冯先生也笑着喝干了。

蔡小姐又斟满了酒，走到那位陈小姐面前："陈小姐，你是巾帼不让须眉，咱们不搞重男轻女，来来来，我们也来喝一杯。"两个女子都也仰头喝干了杯中的酒。

蔡小姐敬了一遍酒回到座位，张经纬已经看得目瞪口呆了，他原来是个书生，因缘际会让他走进了商圈，但他只是个标准的小商人，从来不关心政治，更不会想到用政治手腕去做生意，他懵懵懂懂地本能地问道："蔡小姐，你行吗？"

蔡小姐见目的已经达到，便装出一副醉态说："我不行了，一会儿你送我回家吧！"她举手优雅地招了招，对着席中各位说，"我的表现还不错吧？我是舍命陪君子啊！各位君子慢慢喝，我就先失陪了！"

大家哄笑着说："蔡小姐还要赶场子吧？"看着蔡小姐挽着张经纬的手臂走了。

蔡小姐抓着张经纬的手臂，故意抓不牢，张经纬怕她摔倒，便用两只手臂搀扶着她，蔡小姐直接伸手搂住了张经纬的脖子，嗲嗲地说道："张老板，场面上的酒是一定要喝的，会喝酒才会做生意！今天我是为了你的生意舍命喝酒的，我要是摔倒了你可要负责哟。"张经纬只好让她搂着脖子，自己伸手搂住了她的腰。他没想到蔡小姐的腰那么细，那么软。蔡小姐搂着张经纬，柔软丰满的胸脯贴在了张经纬的身上，虽然是隔着衣服，但是张经纬的感觉还是十分明显，他忍不住看了一眼蔡小姐深深的乳沟，觉得身上发热，气血上涌，下面那东西不觉地硬了起来。

张经纬小心翼翼地把蔡小姐扶上车，按照蔡小姐说的地址把车子开到了一家酒店门口，蔡小姐故作失态地说："我喝多了，腿都是软的，你扶我上去吧。"

张经纬也喝了些酒，面红耳赤，只觉得心里现在竟有些兴奋。他下车来，把蔡小姐搀上了楼，越接近房门他觉得心跳越发地快。他紧闭双眼，脑中浮现出了李若兰的样貌，他用劲甩了下脑袋。到了房间门口，张经纬说："蔡小姐，你今天累了，好好休息吧，我回家了，明天见！"

第十章
乱花渐欲迷人眼

蔡小姐突然用力抓住张经纬的手臂,全身绵软黏在张经纬身上,她的热气吐在张经纬耳边:"张先生,我今天是为了你才醉成这样的,现在我好难受,觉得想吐,你就再陪我一会儿吧!"

张经纬看了看双眼迷离的蔡小姐,看到她盘起的发髻,这会儿已经松开随意散在肩上,越发性感勾人。他欲言又止,伸出手来看了看表,已经晚上十一点多了。

蔡小姐装作没看见,还是嗲嗲地说:"张先生,我只怕撑不住了,让你见笑了。"说着,她匆匆走进盥洗间发出呕吐的声音,张经纬急忙跟着走进去,帮着蔡小姐漱了漱口,说道:"你没事吧,那我再待一会儿吧。你有事就叫我。"然后坐到了外面沙发上。

蔡小姐在盥洗室内打开淋浴冲了起来。张经纬坐在外面,听着稀里哗啦的淋浴声音,汗湿的双手绞在一起,忍不住浑身荷尔蒙躁动,心中却又忐忑不安。

浴室的门啪的一声打开了,只见蔡小姐换上了一身黑色丝绸蕾丝边的性感睡袍,中间的襟扣故意松开露出白嫩的胴体,绾着湿淋淋的头发,像是走着模特儿的台步,扭着屁股抛着媚眼走向她的目标。

张经纬看了一眼,只觉得一股热血在身上升腾激荡,一直冲向头顶,然后又四处冲撞。这一晚的视觉、听觉、味觉、感觉的盛宴般的体验,简直匪夷所思，那是他从来没有经历过的。他仿佛置身于爱丽丝梦游的仙境，又好似一场大梦初醒，整个人迷迷糊糊地愣住了僵住了。随着蔡小姐身上一阵醉人的香气扑来，他一下子脑子发晕，眼前一片空白，身上像是被缠住了一般，想起身却无论如何也站不起来了。

蔡小姐见状，啪的一下关掉房灯，打开了床头的小灯，整个屋里只有些许柔和的光线。她慢慢走到张经纬身边，张开双腿缓缓地坐到了他的身上，轻轻地摸着他的脸，嘴唇贴着他的脖子开始热切地吮吸。张经纬先还是挣扎，想挣脱这个局面，他连连说："不，不行，蔡小姐，阿兰在等我回家。"他的脸颊发热，心跳越来越快。

蔡小姐又贴到他的耳边，轻轻地呼出一口气，他顿时觉得浑身一酥，蔡小姐在他的耳边柔柔地喃喃细语："张先生，我看到你的第一眼就喜欢你了，你这么儒雅、这么斯文，我愿意为你做任何事情，我不求任何回报，我只是喜欢你！"张经纬血脉贲张，下面的家伙已经在裤子里立了起来，正好贴在了蔡小姐的下面。他觉得有些难为情，想要调整一下坐姿。

"呀！"蔡小姐突然发出了一声娇喘，轻声说道，"求你了，张先生，千万不要拒绝我。"边说话边替张经纬宽衣解带，自己把臀部又往前挪了一下，贴上了张经纬已经是硬邦邦的下身。张经纬忍不住舒展着腰部向前面摩擦了两下。蔡小姐两只胳膊紧紧搂住了张经纬的脖子，整个上身贴在他的胸口，提腰转臀在张经纬的身上摆动了起来。

浓浓的香气和残剩的些许酒气冲进了张经纬的鼻子嘴巴，他已经分不清东西南北。突然蔡小姐的舌头伸进了他的嘴里，他的舌头不受控制地迎了上去，与蔡小姐的舌头缠在了一起。他微微睁眼，微弱的光亮照着蔡小姐温润细腻的脸颊，沐浴后的蔡小姐褪了浓妆，却更加艳丽诱人。她闭着眼睛，似乎在享受着这份甜蜜温馨，又将胳膊搂得更紧。在蔡小姐鼓胀的乳房贴到张经纬胸脯的那一霎，他的手抱住了蔡小姐柔软的身躯。

蔡小姐从脑袋后面取下发卡，让一头顺滑的秀发披散了开来，轻轻地甩了甩，她握着张经纬的手把他的手放在了自己大腿内侧，张经纬慢慢地朝大腿根部摸去，蔡小姐的皮肤是那么光滑细腻，如同白玉一般，张经纬突然心里一咯噔，她竟然没穿内裤，一直贴着自己下体的下面已经十分湿滑，张经纬咽了口口水，蔡小姐跟着娇喘了两声，又往前贴住张经纬，把他压倒在了床上，把手轻轻地伸进了张经纬的内裤。

张经纬躺在床上，脑海中浮现出一片蓝蓝的大海，大海忽然掀起了一层巨浪向他迎面扑来。他对蔡小姐的性爱动作从挣扎到顺从到回应，呼应着男性身体的本能反应，他全身充血，被蔡小姐拉到床上，脱光了衣服，两人赤裸裸地抱在了一起，云雨过后，张经纬沉沉睡去。

见张经纬已经熟睡，蔡小姐从床上起身披上睡衣。她悄悄地走到沙发旁，捡起掉落在地的张经纬长裤，从口袋里取出一个皮夹子。她拿着这个皮夹子走进盥洗间，打开明亮的化妆灯，翻检着皮夹子里张经纬的驾驶执照、社会安全卡，还有几张银行卡。她一张张取出来，用照相机对准这几张证件的号码、银行卡号和背面的持卡人签名一一拍照。等这些事都做完，她又将一切恢复原状，轻轻地回到床上挨着张经纬躺下。

月亮从云朵中探出了头，皎洁的月光照在安静的街道上，家家户户都闭了灯的公寓里竟有一户还亮着。李若兰守在餐桌前，手杵着脑袋一瞌睡掉了下去，又猛然警觉地抬起来，她睁开双眼看了看桌上张经纬最爱吃的清蒸海鱼，座位上空着，他还是没有回来。今天她还早些关了店，特意去买了张经纬爱吃的鱼虾回家做饭。菜凉了又热，反复热了好几次，她一直在桌前等到现在。这段时间她跟张经纬因为蔡小姐生意的问题吵了好几次架，她心里反思，似乎觉得张经纬也并没有做错什么，她只是因为蔡小姐的打扮相貌，甚至言谈举止总是让她想起酒吧舞厅那些三陪女郎，反应过激了。对峙冷战让两人心里都挺难受的，她是准备今天平心静气地与丈夫谈谈心，期望两人又能像以前一样同心协力地并肩奋斗。李若兰看着盘子里呆呆的鱼头，长叹了一口气。她又把鱼热了一遍，写了一张字条放在旁边，起身关掉了灯。"经纬，桌上有你爱吃的清蒸海鱼，不知道你什么时候回来，应该还是热的,你饿了就吃一点。"

李若兰躺在床上睁开了眼睛,天际漆黑,应该还是半夜,她起身走到桌前倒了一杯水喝下,凉水透过喉咙刺激她咳嗽了两声,她看了看桌上已经凉了的鱼,叹了口气,把它放进了冰箱。

又是个晴朗的天气,阳光透过酒店窗帘没有拉严实的缝隙,正好照在张经纬的脸上,他睁着双眼呆呆地望着天花板,眼里布满了血丝。他脑子昏昏沉沉,偏头看了看躺在身边还在睡梦中的蔡小姐,皱了皱眉头,若有所思。

张经纬满脸疲惫地回到家里,李若兰已经出门上班去了,他饿着肚子准备先找点吃的,打开冰箱门,看到了分毫未动凉掉的清蒸海鱼。他坐到餐桌旁,看到了李若兰昨晚留下的字条,双手抱了头疯狂地挠了两下,把脸埋进了手心中。

张经纬来到李若兰的店门口,透过窗户见到里面的李若兰,她看起来很倦怠,正拿着个本子在跟墨西哥店员交代事情。李若兰抬了抬头,看到了店外的张经纬,她面无表情,继续回过头跟店员小哥说话。爱犬小西施正俯伏在李若兰身边,它也许是闻到了张经纬的气味,一时间大叫起来。它蹦跳着跑到门外,扯住张经纬的裤腿往里拉。李若兰故意装作不知,只是与小哥商量事情。小西施急得两头乱跑,一下子跑到李若兰身边,示意她男主人来了,一下子又跳到张经纬身边,叫着要他赶快进去。李若兰只是不表态,张经纬见状,突然觉得一阵心痛,他也没有进门,低头走回停车位,发动车子往自己的店里开去。小西施跟着男主人的汽车跑了一阵,见车子一直往相反的方向开着,只得怏怏地夹着尾巴跑回李若兰身边。

晚上两人回到家里,皆是一言不发。平时俏皮活泼的李若兰也默默无声,对张经纬爱搭不理。张经纬见到这样的李若兰很是难过,觉得两人无形之中疏远了许多,而李若兰对他昨晚的行踪不闻不问,更是让他觉得心中不安。

他终于憋不住,主动打开话题,故作开心地对李若兰说道:"老婆,今天的晚饭我来做吧,每天都是你做,今天让我也来做了给你尝尝。"

李若兰没有回话,也没有停下手中正在干的活儿。

"老婆,我今天店里来了好多客人,生意可好了。"

没有回话。

"老婆啊,最近生意也辛苦了,要不这周末我们去放松一下？我们开车去郊外露营怎么样,叫上瑶瑶、托尼他们一起。"

还是没有回话。

张经纬见状有些无奈,说道:"你倒是说句话啊老婆,到底怎么了,你这样一句话不说我觉得很难受。"

李若兰这才回道:"哦,你也难受了？"

张经纬听了有些恼,说道:"我当然难受了,一天一句话不说,像个陌生人似的！"

李若兰一听,也终于憋不住了:"怎么一整夜都不回家也不打个电话来说一声,问你的朋友都不知道你到哪里去了,连你人都找不到,不就是陌生人啊？"

张经纬自知理亏,忙说:"昨晚有个朋友,一直在他那里聊天聊到很晚,他家还没装电话。"

李若兰嗔怪道:"那你也应该想办法告诉我一声,你知不知道我等了你一晚上多担心你,我还以为你被绑架了呢。"

张经纬听了也十分懊恼,想起清晨餐桌上的字条,自觉理亏,声音突然低了下来,说道:"对不起老婆,我这种人也没什么价值,没人会绑架我的。"

李若兰见他回答得很奇怪,又追问道:"你那客户是男的还是女的？"

张经纬回避说:"我有点累了,先去床上躺一会儿。"

夜里睡在床上,张经纬脑海中总是不自觉地浮现出与蔡小姐交欢的画面,他想强制自己不再去想此事,但是他越不想去想就越想得厉害,只要一闭上眼睛,就仿佛看到蔡小姐披散着的头发,性感睡衣下半露的酥胸。他头脑发热,从后面伸手,慢慢地抱住了李若兰的腰,她的腰是那么细,好像比蔡小姐的还要细一些,张经纬在李若兰的腰上轻轻地抚摸,顺着腰慢慢地往下摸去。李若兰背对着他,也一直没有睡着,她一直在想张经纬昨晚会去哪里了。而张经纬此时的这些动作突然让她有了不好的联想。她用劲地拨开张经纬的手,恼怒道:"你说!你昨晚到底去哪儿了?"

张经纬见李若兰这么一吼,一下慌了神,也不知如何回答,赶紧转过身装作睡去了。

第二天早上起来,张经纬编了个故事,他对李若兰说:"前天晚上台湾商务办事处找我们几个人吃饭聊天,想把外省人的力量组织起来,给国民党拉拉票。大家好久没碰面了,又都关心台湾选举,聊起来就不知道时间了。"

张经纬知道李若兰对他的台湾朋友不熟悉,想了一晚编出了这个故事。李若兰将信将疑地说:"反正随你说吧,以后总会知道真假的。"

张经纬也不辩解。两个人各自忙着到自己的店里去开门营业了。

张经纬懒洋洋地打开店门,心不在焉地看着柜台里各种精致的货物。那晚的经历对他来说非常震撼,让他看到了从未涉猎的领域,充满了未知、好奇和吸引力;但同时又是一种摧毁,因为它打破了他原来的价值观。如今的他,内心隐隐地有种负罪感,但也有一种兴奋刺激感。他徘徊在二者之间,竟有点不知所措了。一上午,他都魂不守舍,只是机械地应付着客户,对雇员小姐说道:"我身体有点不太舒服,你多向客人介绍一下我们的产品吧。"

蔡小姐拿到了张经纬的所有重要身份信息,有点轻飘飘了,她赶快到干妈家报喜。干妈指点她说:"这个张经纬长期在银行做事,知道怎么提高维护自己的信用,他的信用等级肯定很高。现在你有了他的驾驶证号码、社会安全号码,你以他的名义向各家银行贷款都是OK的。"停顿了一下,干妈有点故弄玄虚地说道,"当然啰,还是有一个问题的。"

"什么问题?"蔡小姐迫不及待地问。

干妈乜斜着眼睛上上下下地打量了她一圈,色眯眯地说道:"还要看你的本事啦,你要模仿他的签名,要签得跟他自己的签名一个样子才行!这里的银行只认签名,不认盖章的。"

蔡小姐有点显摆地说道:"这点小意思,我在国内就学会啦,不就是个技术活吗?我已经拍下他的签名,把签名放到玻璃门背面,前面垫张纸,依样画葫芦照着描就是啦!我已经老吃老做老经验,从来都没有穿帮过。"

干妈不屑地说道:"这里是美国,没有那么容易的。描字生硬死板,老手一眼就能看出来。你还是要多跟他在一起,看他怎么签名,哪里用力气,哪里转弯子。当然,最好是能哄他自己签名,那就弄假成真啦。"

蔡小姐搂住干妈发嗲:"知道啦,就是还要黏住他就对啦!"

接下来的几天里,蔡小姐以张经纬夫人的名义转往各家银行申请贷款,一天之中车子钥匙插进去拔出来至少二十次。只可惜,虽然张经纬的信用良好,但美国银行发放贷款讲究要有Collateral(抵押),无奈他名下没有几多资产,每家银行能贷个一两万美元也就到顶了。有热心做业务的银行雇员指点她,你家有房产可以做抵押吗?或者还有什么财产?抑或是有公司商店什么的,那么公司商店的业务量也可以做抵押物的呀。

"哎呀呀,我真是糊涂了,张经纬开了那么大的商店,业务量那么好,我怎么就没有想到呢?看来还是干妈说得对,得黏住他不放,不达目的不罢休呀!"

第十一章
昂贵的MBA课程

　　近午天气闷热,张经纬坐在柜台旁望着店外的街道,阳光灼辣,透过窗户他都能感受到那股弥漫在空气中的燥热。就在这时,蔡小姐来了。他略有些惊讶,又似乎有预感,皱着眉头既有些烦恼,又有些莫名其妙地怦然心动。蔡小姐像平时一样打扮得花枝招展,引人注目。她翘着兰花指,右手捏着一把杭州檀香折扇,一边轻轻扇着一边扭着身子走进店门,好像什么事情也没发生过一样,进来叫了声:"张老板好。怎么样,我请你去吃个午餐吧。"

　　张经纬见了她唰的一下红了脸,有些不好意思,讷讷地说:"还是我来请你吧。去哪里呢?"

　　蔡小姐说:"今天天气热,店里也还要做生意,就到附近找个地方吧。"

　　张经纬对着雇员小姐说:"你辛苦一下多照应照应,我们帮你把午饭带回来。"跟着蔡小姐走出了店门。

　　两个人徒步走到附近的一家安静的美国餐厅。坐下来张经纬先开了口:"对不起蔡小姐,那晚我酒后失态了,不好意思。"

　　蔡小姐说:"我也喝多了,不过酒后吐真言,我一点也不后悔。男女两人要合伙做生意,要么是夫妻,要么是情人,两个人要把生命都糅合在一起,才能齐心协力做好事。"

　　张经纬红着脸,没想到蔡小姐竟说出了这番话,一时不知道说什么好,只好点点头。

蔡小姐又说:"你看那天那些朋友,都有办法从领馆从国内拿到大订单。我们也要走这样的路线,才能快速把生意做大。"

张经纬说:"他们太厉害了,可我又不认识大陆的领导,连这里中国领馆的人也不熟啊。"

蔡小姐忙说:"你不认识没关系,我认识啊!你就多多地准备世界各地的特色礼品,我会帮你,也是帮我们拿回大订单的。"

张经纬也只有点头的份儿。

蔡小姐又说:"你能不能把店里的那位小姐换掉,现在这位虽然听不懂中文,但她知道李若兰,知道你家里的情况,也许她早就被李若兰收买,已经做了她的眼线向她汇报情况。你另外找一个新人,她不知道店里任何关系,这样我们在店里说话办事就方便多了。"

张经纬听着蔡小姐说得头头是道,一时也失了主见,他略微点点头:"你说得有点道理。但那位小姐工作很努力,找不出什么理由解雇她。"

蔡小姐嘻嘻轻笑了两声,说:"我的好冤家,那还不容易,你随便说少了东西少了钱都可以啊。老祖宗早就教我们了,欲加之罪,何患无辞?"

张经纬只盯着蔡小姐那双勾人的大眼睛,呆呆地又点点头,好像已经被下了蒙汗药,完全被她牵着走了。

蔡小姐转入正题:"我很快要回大陆,我想带一批货回去,作为我们两人一起做的第一单大生意。货一脱手我们就赚大发啦,我会负责马上把货款汇到你的账上,我们两人争取早日从假夫妻变成真夫妻!"说完,学着美国人的派头,抱着张经纬就亲吻起来。张经纬偷眼环顾四周,生怕碰到熟人。

蔡小姐变戏法似的从自己的提包里取出一套贷款申请表推到张经纬面前:"你在这张表格上签个字吧,这是我们进货需要的资金。"

张经纬被耍得有点晕头转向,但他在银行工作过,听到要签字还是有所警觉,忍不住问道:"签什么字啊?"

蔡小姐的声音嗲嗲的:"经纬,我好不容易拿到了一个大单子,都是大陆最热销的家用电器什么的,我在这里都已经找到,发到国内马上就能翻倍赚钱。只是,订货需要资金担保,你就签个字担保一下吧!"

张经纬说:"你应该让订货的单位发一张银行的LC(指letter of credit,信用证),任何公司商店都是要收到银行的信用证后才能发货的。"

蔡小姐运足了功力在发嗲:"哎呀,经纬,你还在跟我打什么官腔,我不就是最好的信用证吗?我的人都是你的,我们都快要有自己的孩子了,你还在跟我公事公办。这不就是咱们家的事吗?我会亏待别人,我还会亏待你吗?亏待你不就等于亏待我自己吗?"

"什么?孩子?你有孩子了?"张经纬一听孩子突然头脑发热起来。

"是啊!我从咱俩在一起后,就再没有来月经了,这两天胃里还老是泛酸水,动不动就呕吐,根本没法吃饭。本来我想等几天去医院化验之后再说的,刚才一激动就说出来了。经纬,你是不是把我当自家人?你要对我负责的,我可没这么好欺负的!"

张经纬一听,顿时愣在了原地。他整个人头都晕了。确实,他跟蔡小姐的云雨之欢令他心旌摇荡,但他知道那跟与李若兰的爱情是不一样的,他并不爱蔡小姐,理智告诉他要尽快跟蔡小姐撇清关系。但现在蔡小姐给他带来了新的赚钱机会,他一心想尽快发财,觉得这是个捷径,他没有勇气拒绝。他还没有时间认真思考这些事情,他的内心,还是想跟李若兰过一辈子。可是现在,现在蔡小姐又说有孩子了,这,这怎么办呢?

"经纬,还犹豫什么呢?快签字吧!"蔡小姐扯着张经纬的衣袖不依不饶。

"蔡蔡,那可是要用真金白银担保的。"张经纬倒是在说实话。

蔡小姐咬住不放:"你做那么久生意了,你这两家店不就是真金白银吗?你还是不相信我会把赚来的钱汇给你?你跟李若兰也是分得这么清楚的吗?"蔡小姐在发飙了。

张经纬心里想说:"李若兰是我老婆,她赚的钱都在我们家里啊。谁知道你贷款干什么,你赚的钱又放在哪里呢?"但他不敢说,只好支支吾吾地延宕。

蔡小姐紧盯住说:"好,你不签字,那我就去跟李若兰摊牌!反正我现在有了孩子了,为了这个孩子,我什么都做得出来!"

张经纬不知道说什么好了。他昏昏沉沉的,只觉得左右为难。签字吧,实在不知道她用这笔钱到底要干什么;不签吧,蔡小姐去找李若兰摊牌,那家里要鸡飞狗跳,他跟李若兰的关系就彻底破裂了,说不定最后还会离婚,后果究竟怎样,他简直不敢再想下去。

他就这么稀里糊涂地签上了自己的名字。

李若兰的店里生意兴隆,除了那位墨西哥年轻人外,张经纬店里的那位白人小姐也转到李若兰店里来做帮手。李若兰带着两位雇员动作麻利地接待顾客,包装商品,收款找钱。相互之间说说笑笑的,气氛很融洽。

快到打烊时间了,李若兰伸了个懒腰,心里想着,这几天生意很好,大家都辛苦了,晚上应该请大家一起上馆子吃个饭,于是笑着对两位雇员说道:"We'll go to a nice restaurant tonight!(今晚我们去一家好的餐馆吃饭!)"

墨西哥青年朝她竖起大拇指说:"You are a good boss!(你真是个好老板!)"

李若兰给张经纬店里打了电话:"经纬,今晚我们店的几个人一起到新开的那家餐厅去吃海鲜,你一起去吧,把你的那位新员工也带上啊。"

张经纬在电话里回道:"我们关门的时间可能要晚一些,你们先吃吧,不要等我们。"

张经纬店里,他正愁眉不展地在店里踱步,店里展示的商品少了,生意冷冷清清,那位新雇来的墨西哥女郎坐在柜台后面剔指甲消遣。

张经纬似行尸走肉般在店里走动,毫无表情,把那位墨西哥小姐吓得以为是老板生气了,大气都不敢出。

张经纬盘算着蔡小姐已经离开好几天了,至今没有得到她的一点音信。

他店里资金紧缺,他都不敢再去订货。他提心吊胆,却还心存侥幸,盼望蔡小姐能把贷款还回来。然而他总有极坏的预感:这笔贷款会如石沉大海,杳无影踪了。

正在他无比焦虑的时候,李若兰又打电话来催了:"经纬,你们怎么还不过来哦?我们都已经吃饱了。"

张经纬只好应付说:"我们这里还在盘货,你们不要等了,等会儿我就直接回家吧。"

张经纬回到家里,见李若兰笑盈盈地哼着小曲对着账本,他自己却没精打采的。

李若兰说:"经纬,你吃过了吗?我给你带了菜和炒面回来,你快吃吧!"

张经纬说:"我吃过了,没有胃口,放冰箱吧。"

李若兰说:"经纬,你这几天是怎么啦?成天没精打采的,是生意不好还是身体不好啊?你倒是说说啊。"

张经纬说:"可能是身体不好吧,天天累得要命,只想睡觉。"

李若兰关心地过来摸了摸张经纬的额头说:"哎呀,好像有点发烫,要不要去看看医生啊,我们买了医疗保险还没有用过呢。"

张经纬把她的手挡开说:"明天再说吧,我现在一点力气都没有。"

两人洗漱后躺下,张经纬假装睡着,一个人在黑暗中唉声叹气。

张经纬发出去的问询电报、寄出去的催款信,迟迟得不到蔡小姐的回复。一开始他还担心蔡小姐在国内是不是遇到了什么困难,怕是两边传递消息太慢,生怕蔡小姐一个人在中国难以对付,但他也不敢回家对李若兰讲什么。

若兰察觉到经纬最近似乎多了些沉默,晚上吃饭的时候聊起开心的段子,丈夫笑得总是有点敷衍。

李若兰给加州的闺密周怡婷打电话倾诉,周怡婷顺便告诉她:"若兰,你的大学城店进货量持续上升,看来效益不错呀。只是经纬那边的店怎么了？是不是遇到了难题？这段时间一点货也没从我这里进。"

李若兰心里有点沉重："是吗？婷姐，怪不得我总觉得经纬最近状态不大对，你这么说我都惭愧了，看来是我对他关心不够啊。"

李若兰是失落的，张经纬以前有事情不会瞒着她，现在他的店里要是出了什么事情他还不对自己讲，当初就真不该分两家开店，这是在夫妻二人之间挖了一道鸿沟呀。若兰想着，额头出了点冷汗，心里似乎压了一块铅。她最近越发感慨，原来感情的经营比生意的经营还要难。

"经纬，你最近是不是有什么心事？"若兰终于憋不住了。

"没，没啥事。"张经纬应付道，侥幸想着，兴许蔡小姐过两天就有回信了，再等等吧。

"那就好。"若兰装作若无其事，她没有提起周怡婷告诉她的事。

张经纬从家里出来后又去了一趟邮局："你给我仔细查查，有没有从中国大陆寄过来的挂号信件。我的名字是张经纬，Jingwei Zhang，会不会把信送到别的地方去了？"

邮局工作人员仔细输入他的姓名，又在工作日志上查找了一遍，最后一脸无奈地回复道："张先生，实在是抱歉，真的找不到寄给您的信件，我们的工作登记都很完备，不会有疏漏的，不好意思。"

张经纬很是失落："谢谢！请帮我发个电报好吗？"

"好的，没问题，请告诉我要发送的内容。"工作人员很是热情。

"你在哪里？请速还款！"张经纬发去了八个大字。

张经纬失魂落魄地回到店里，他慢慢地挨到太阳落下，月亮也不见踪影，只听见乌鸦在呱呱地叫，天一下子暗了下来，他的脑子是空的，不知道怎么办才好，他左思右想，总要找人一起商量想想办法。鬼使神差，行尸走肉似的，他犹犹豫豫地把车子开到了那家酒吧。

酒吧里还是那么热闹喜庆，客人们饮酒作乐，天下太平，什么事情都没有发生过呀。在黑暗中待得久了，张经纬被灯光刺痛了眼睛，他眯着眼四处寻找，是否有认识的人。很幸运的是，他看到了托尼。感觉是久旱逢甘霖，他紧锁的心张开了一条缝,走到了托尼桌前。

托尼看到张经纬故地重游,既开心又诧异,拍着他的肩膀说道:"张老板天天忙着赚钱,今天太阳从西边出来啦?"

张经纬突然失态:"托尼,我恨死我自己了,原以为自己在银行工作了许久,经营生意也这么长时间了,但居然还是吃了贪念的亏,真应该全部听若兰的。"张经纬就把蔡小姐是如何给他下套骗钱的事情一五一十告诉了托尼。

托尼一听事态这么严重,也一改嘻嘻哈哈的常态,他拉着张经纬走到外面安静处:"你怎么这么糊涂?我真想揍你一顿!回去赶紧向若兰姐坦白。钱的事情都不是事,实在还不出来,最后一步还可以申请破产。关键是要吸取教训,大事情都要跟若兰姐商量决定。"

"我老实交代,我被蔡小姐骗了,她走时要我帮她借贷一大笔款子,说是可以翻倍赚钱,还说以后从她那里可以给我们弄来更便宜的货,我就以我们两家商店的流水进账给她做了贷款担保。"张经纬向李若兰坦白,当然,他隐瞒了一夜情和所谓孩子的事情。他以为李若兰会破口大骂,甚至呼天抢地大哭大闹。

"我早就知道了!"李若兰只是沉重地叹了口气,平静地说道。

张经纬一脸不解,李若兰说:"女人的直觉。这个蔡小姐为什么要接近你?不就是为了骗财吗?这么明显的事情,我多次提醒你,可你就是听不进去。记得是鲁迅还是哪位老先生说过,一辆车子要翻倒了,旁边的人喊叫,可赶车的就是不听,那就只好让车子翻倒,叫赶车的自己接受教训。我看你状态不对,就知道你肯定是被骗了。我到银行对账,银行给我看了贷款表,要我们以商店进款先归还利息。"

张经纬怔住了,他一把抓住若兰:"这么一大笔钱,我们怎么还得起?要不就申请破产吧?"

李若兰摇头:"破产法是一种对失败者的保护,申请破产后,你的坏信用记录至少会保持七年,在这七年中你没有办法得到任何贷款,也没有办法再做生意。我还不愿意承认失败，我们就咬咬牙挺住，好好经营商店，按期归还利息，逐步还清贷款，苦上一两年吧，等于我们交了学费学MBA（Master of Business Administration，工商管理硕士）课程。"

张经纬腿一软跪了下来，把头埋在李若兰怀里："老婆你太好了，都是我不对，轻信了外人，这个学费太贵了，这个学费应该是我来缴的！"张经纬带着深深的忏悔，他咽了咽口水，还想说点什么，终究没有说出口。

"我也有责任，我不应该赌气把两家店分开算账的，以后我们还是集中精力做好一家店吧，夫妻一条心，黄土变成金。"李若兰还在思索。

张经纬没想到若兰这样宽容大度："阿兰……你真是我的好太太。"

李若兰边想边说："噢，我现在想起来，从小到大一直听祖父和父亲讲他们过去做生意的事情，说做生意就是做人，守信用善待人才能做好生意。还说一夜暴富是做梦，财富是逐步积累的，这些话当时不太懂，但也都刻在脑子里了。现在越想越觉得有道理。"

张经纬也注意地听着："这么说你是有做生意的家传基因的。"

李若兰突然缓解了一下紧张的气氛："那我亲爱的老公认输啦？"

张经纬傻笑着："嗯。"

李若兰半真半假地笑道："我们不是说好了两家店比赛，谁赢了谁当家做主吗？你现在承认是我赢了吧？经过这次事情，是不是看出我的情商比你高？我的脑子比你灵？不要看你书读得比我多，可是处理问题还是不及我吧？那么从此以后，再不能自说自话自己决定大事。家里和店里的所有事情，都要由我最后说了算，怎么样？"

张经纬耷拉着脑袋说："我认输。"

李若兰笑了起来："看来这点学费付得还是挺值的，这可是一辈子的把柄啊！"

张经纬也笑了："这是我的MBA课程，以后要把学费加倍赚回来！"

爱犬小西施似乎听懂了一切，它开心地在经纬和若兰之间转来转去，时不时过来依偎在男女主人身边磨蹭几下叫几声，家里又是一片祥和了。

第十二章
小西施为爱殉情

接下来的一段日子,恰似一场冷静的反间谍战争,不断有银行的催款通知寄到店里来。李若兰要求张经纬仔细鉴别,哪几张是他自己真正签过名申请贷款的,哪几张是别人冒充模仿他的签名骗贷的。美国的银行也真厉害,张经纬一指出来,银行马上能分辨真伪,并立即承认是自己失误,完全解除张经纬的责任。最后清算下来,张经纬亲笔签名的,也就是被蔡小姐声称有了孩子逼着他签下的担保贷款,现在蔡小姐失踪,必须由张经纬向银行负责还款。只是,虽然只有一笔,但数额巨大,要让张经纬和李若兰奋斗若干时日才能还清的。

李若兰并不抱怨,觉得自己还年轻,花钱买个教训嘛。张经纬心里却总有个阴影,有块石头压着,甚至是住在火山边上的感觉,不知道火山还会不会爆发,哪天会爆发。

张经纬连续几日守在店里,心里默念着祈盼蔡小姐永远都不要出现了,但冥冥之中又预感到这个关隘没这么容易通过。这一天他去外面会见客户,那是一个阴雨连绵的上午,白人女店员在整理着货架上的物品,李若兰带着墨西哥小哥在仓库里验货,爱犬小西施围绕在她的身边转圈。突然,小西施汪汪大叫起来,只见一个戴着墨镜的时髦女性走进店里,她环视一下周围,没见到想见的人,张口问道:"张老板在吗?"

女店员抬头一看,随口问道:"您好,请问您今天找他做什么?"

"哦,我找老板有事。"

蔡小姐显得瘦了些,又是风尘仆仆赶过来的,但还是浓妆艳抹想要掩盖倦容。女店员让她稍等,她走到仓库门口往里探了一下:"老板,有个客户。"

若兰赶紧走了出来,她乍看没认出蔡小姐,脸上的笑容还在:"您好,有什么能帮助您的?"

"若兰姐,你还记得我吗?"蔡小姐的脸皮厚到无耻。

"你终于出现了,怎么,是回来还钱的吗?"李若兰气场十足,空气已经瞬间凝固,若兰脸色阴沉,语带讥讽。那位白人女店员也认出她了,一看大惊失色,赶紧走到若兰耳边说道:"Madam, here comes the trouble.(夫人,麻烦来了。)"

李若兰情不自禁地念道:"该来的还是来了。"

蔡小姐似乎预估到这一幕,低下头来:"很抱歉,李小姐,我该向你道歉。"

李若兰还算比较淡定:"没什么,你遇到什么难处了吗?把你借的钱还清,我和经纬就跟你两清了!"

蔡小姐感觉到李若兰的语言中有股肃杀的味道,她也没有料到第一个见面的人竟然是老板娘,原先准备好的对张经纬的解释说辞全部没有用上,她苦笑了一下:"张经纬呢?"

"他去见客户了,有事情你就跟我说吧。"李若兰平静地应对。

"附近有个公园,我们出去说吧。"蔡小姐想找个没人的地方容易发挥演技。

"好,你俩照看着店里。"李若兰对两位店员说道。

小西施一直对着蔡小姐狂吠乱叫,李若兰蹲下来抚摸它安慰道:"没事的,你在家里等着爸爸回来。"示意它留在店里。她自己随着蔡小姐往最近的公园走去。

一路上相对无言,她们两人都从刚才的平静中转入了沉思,偶尔有逆向的行人还会从她们两个中间穿过,她们像熟悉的人,又像陌生的人,并肩走着,这距离的尺度把握得相当好,大概双方只要一开口都能听到对方的声音,但又不是特别听得清那种。

到了公园,人也比较多,她们都不由自主地往人少的草坪角落走去,李若兰先打破了沉默:"你贷的款都派了什么用场?什么时候能归还?我和经纬每个月在帮你还利息呢!"

"我也被骗了,那个大哥跑了,干妈也找不到了。原来大哥和干妈对我说,只要我能弄到一笔钱,他们就可以帮我办理投资移民很快拿到绿卡。我到处弄钱,弄到钱就交给他们,可是他们拿了钱都失踪找不到了。我在国内追踪了很久,在美国也到处寻找,这两个人经纬都见到过。"若兰注意到蔡小姐不经意地说了"经纬",而没有喊全他的名字。

"那你准备怎么办呢?"李若兰还想知道更多。

蔡小姐有点意外,她原以为李若兰会狠狠地数落她一番,突然她扑通一声跪倒在李若兰面前,李若兰被吓了一跳。

"你这是怎么了?"李若兰赶紧弯腰想把她扶起来。

蔡小姐对着李若兰声泪俱下:"若兰姐,我叫你一声若兰姐,希望你原谅我,我真的是走投无路了。"

李若兰扶起蔡小姐:"你不要这样,先起来,我和经纬都度过了最困难的时期,差不多已经原谅你了,我们可以一起商量个解决的办法。"

"不是这个,我……"蔡小姐说着从包里拿出一张白色的单子递给了李若兰,李若兰接过一看,原来是一张医院的化验单,她一下子愣住了:"你,怀孕了?"

蔡小姐点点头:"嗯,经纬的孩子。"

李若兰几乎不敢相信自己的耳朵,但又听得真真切切。一霎时她如五雷轰顶,六神无主,周围似有电闪雷鸣,大雨滂沱。她感觉最亲密的人背叛了她,欺骗了她,她冰冷彻骨,身子发抖,人几乎站不住了。

"你说的都是真的,你确定这是经纬的孩子?"李若兰好不容易让自己镇定下来,她严肃地问了两个问题。

"我确定,我说的是真的。"蔡小姐有点哽咽,接着说道,"若兰姐,我对不起你，但这孩子真的是无辜的，我想留下孩子，你帮帮我。"她拉着若兰的手臂。

若兰没有挥开她的手臂，她只是喃喃地自言自语："我，要怎么帮你？你要我把丈夫让给你？这算帮你？"

小西施的叫声由远及近，它带着张经纬追过来了。

蔡小姐抬眼看到张经纬走了过来，她忽然一激灵，叫了声："经纬……"声音中五味杂陈。

"你来干什么？……"张经纬有点无奈，他不想让李若兰知道真相，幻想着跟蔡小姐私了，悄悄地把前面的事情抹掉。

"经纬，我真的有孩子了。"蔡小姐摊出王牌。

"什么？"张经纬有点震惊，他赶紧拉着李若兰的手说道，"若兰，你听我解释……"

李若兰不想听他的解释："你不是说她只是你的生意客户吗？你不是说跟她什么都没有吗？这么说她是在诈骗威胁你啦？她不可能有你的孩子啦？"李若兰的情绪有点失控。

"我跟经纬是有了孩子。经纬，你敢说不可能吗？你自己做的事情自己不敢承担责任吗？"蔡小姐再一次肯定。

"张经纬，你敢说不吗？"李若兰有点撕心裂肺地喊着。

"若兰！……"张经纬看看李若兰又看看蔡小姐，面如死灰，恨不得挖个地洞钻进去。

"我们走！"李若兰回过神来，招呼小西施，爱犬跟着她，一路哀叫着往店里走去。

"若兰，等等我！"张经纬紧紧跟上，企图去拉她的手，李若兰一甩手，自己昂首挺胸快步走去。

"经纬，你不能不管我呀！"蔡小姐又亦步亦趋地跟着张经纬。

李若兰回到店门外的停车场，发动车子要离开此地。去哪里？她自己也不知道。小西施跟着上了车，它似乎感知到了什么，叫了几声，寻找张经纬，它记得原来一直是男女主人都上了车子才发动的。李若兰沉浸在自己的悲伤之中，一时疏忽，小西施刺溜一下跳下车子。

张经纬见李若兰神情异常深感不安，他见李若兰发动车子开走，立即发动了另一辆车子去追赶李若兰。小西施认识两辆车子，但它搞不懂为什么男女主人各自开了一辆车上路。于是它在两辆车子之间奔跑兜圈子，想着要把两辆车上的人拉到一辆车上。

张经纬眼睛紧盯着前面的车子，没有留意自家的爱犬也跟在那辆车子后面狂奔。突然，前面亮起了红灯，那鲜红色的灯光夺目异常，这种暖色调此刻却显得异常冰冷。他讨厌血红色，这种鲜红带过来的一种妖娆让他感到压抑烦躁。张经纬全身心都放在前面车上，只生怕跟丢了前车。天气闷热令人窒息，他打开车窗，感受到海风吹来的一点点凉意，空中突然飘起雨丝，那长长的线条打落在玻璃上留下一道道痕迹，雨越下越大，很快那痕迹又被新的雨点冲散，他打开了雨刮器，只刮了一下又关掉了，他要看到一条条雨丝打落在玻璃上，让这明净多点瑕疵。前面绿灯亮了，他右脚放松刹车，两手紧握方向盘继续往前冲。似乎眼前有一个小黑点闪过，前面的车子突然急刹，他紧跟着一个急刹，车轮惯性地往前冲刺后猛然停下，他的前胸重重地撞在了方向盘上，他恍神了，隐隐地感觉到车子压到了什么滑溜的东西。

恍惚间，他听到有人大叫："血，血！谁家的狗？小狗被车子碾压了，快快快，快送到兽医院！"

张经纬闻声下车，风雨中，只见一条小狗躺在他的车轮底下滴着血，他蹲下身子细看，那不正是自家爱犬小西施吗？

张经纬大叫一声："小西施，你不在妈妈的车上吗？"

小西施向他投去一个哀怨的眼神。

张经纬浑身冒着冷汗，牙齿咯咯颤抖，战战兢兢开着车子把小西施送往最近的兽医院抢救，一边打电话给李若兰让她赶紧过来。

李若兰正准备去找闺密瑶瑶倾诉。若兰曾几次邀请瑶瑶加入她的商店一起创业，都被婉拒了。瑶瑶一心一意在大学读书深造，徜徉在知识的海洋中乐此不疲。

李若兰冲到医院哭着抱起小西施,小西施已经是最后的弥留时刻了,它把软软的爪子伸出去想抓住张经纬,张经纬赶紧过来两只手拥住小西施的双爪。小西施看看李若兰,又看看张经纬,仿佛在叮嘱他们要好好在一起。在李若兰的拥吻中,小西施闭上了眼睛。

李若兰一边哀哭一边恨恨地对着张经纬大叫:"是你杀死了它!"

安置好小西施,李若兰匆匆收拾了几件衣物,搬到瑶瑶宿舍去住了。她不想看到张经纬,她需要冷静思考。

钱佩瑶已经是大学生物化学系的学生了。她不如若兰长得那么艳丽,但绝对是第二眼美女,即经得起细看,越看越觉得赏心悦目的那种女孩。她也是从小就课余学舞蹈的,走起路来轻盈灵巧,自带一种美感。虽然有不少男生追求她,包括托尼在内,她只装作不知,专心读书,心无旁骛。她对若兰说,我们已经花费那么多时间打工挣学费,好不容易可以定下心来读书了,真没有心思精力再去想别的事情。对于若兰的婚事,她开始是不赞成的,觉得既然出国的目的是读书深造,就不应该打断这个进程。现在若兰又回过头来找她,她一声叹息,也不想追问太多,只建议若兰静静心,早点回来读书吧。

但若兰是需要倾诉的,她还是对着瑶瑶哭诉。瑶瑶比较冷静,问她:"如果你认为张经纬还爱着你,你能否原谅他?要不要跟蔡小姐商议,让她生下孩子来归你们养着?"

李若兰喃喃自语:"可我也不想孩子一生下来,就离开自己的母亲,这有点残忍。再说……"

瑶瑶沉默了,她知道,若兰还需要时间。

这个再说中,有太多的因素。

张经纬去找到了托尼,托尼先是不理他,因为当初他向托尼求援时,隐瞒了与蔡小姐的关系。现在,这颗地雷爆炸了,你又能怪谁呢?

张经纬只有厚着脸皮再求托尼:"其实这个孩子不一定是我的。蔡小姐为人轻浮,可能跟好多男人都有一腿,谁知道这个孩子从哪里来的呢?我真正爱的是李若兰,我也不希望蔡小姐是自己孩子的母亲。你去找瑶瑶说说,请她劝若兰回来吧。我会跟蔡小姐一刀两断,与若兰重新开始。"

托尼正好想找机会与瑶瑶接近,他去张罗了一个小聚,把张经纬和钱佩瑶、李若兰请到了一起。

李若兰一看有张经纬在场,马上就要退出。托尼赶快拦住:"兰姐,来都来了,看在我的面子上,就当是老朋友一起坐坐,有什么关系呢?"若兰勉强坐下。

张经纬赶快表白:"若兰,我知道错了,那天是酒喝多了,第二天清醒过来的时候,她说是安全期,让我不要多想,我以为没事,一直没敢告诉你,对不起。我这辈子真正爱的,只有你一个人!"

"不要解释了,事情都已经这样了,想想怎样解决吧。"李若兰已经冷静下来。

"我给她一笔补偿吧,以后孩子我来负担。"

"这么容易吗?"

"可,那怎么办?"

"蔡小姐不是说她已经走投无路了吗?你觉得她会放过你?你是她最后一根救命稻草了,她会抓住你不放的!"

张经纬赶紧堵住话题:"不,我只爱你。"

"我们离婚吧!"李若兰特别镇静。

"阿兰,真的没有挽回余地了吗?"张经纬苦苦哀求,他没想到李若兰会这么快就提出这个方案,他还不能接受。

"那么,你想怎么安置蔡小姐和你那没有出生的孩子?"

"我不敢肯定这是我的孩子。但就算是我的孩子,相对孩子,我更爱你!"

"人跟动物的不同,就是能克制自己的欲望。我不能原谅一个不遵守社会道德的男人!"李若兰已经有了自己的结论。

"阿兰,你就原谅我这一次吧!除了离婚,我们肯定还有别的办法的,肯定。"张经纬含着眼泪去抓李若兰的手。

李若兰也含着眼泪,但很坚定地拿开了张经纬的手:"经纬,你自己做错的,你自己要承担。人生的学费有时候是很贵的。"

托尼和瑶瑶只是坐在一边观看,实在不知道该说什么好。

李若兰和张经纬约定时间去法院解除婚约。

这一日,跟那年两人去登记结婚时一样是个大好晴天,张经纬欲哭无泪,行尸走肉般不知所措。他待在一个人的家里心中发痛,又拖延着不想去法庭。他开着车子在路上慢行,进入高速公路后他还在犹犹豫豫黏黏糊糊慢慢开着。走不远,一辆警车呼啸着过来了,截住他的车子逼停,警察问他是怎么回事,说在快车道上慢行车会影响交通。张经纬想要解释却又说不出什么来,于是,警察向他敬个礼,罚单就开出来了。张经纬只觉得倒霉事都到自己身上来了,车子开得慢也吃了张罚单。

鬼使神差地,张经纬把车子开到了登记结婚的地方。那里还是阳光灿烂,鲜花盛开,还是挤满了一对对洋溢着幸福笑容的男男女女。他情不自禁地回想起自己当初结婚的日子,或许那时候的李若兰就和眼前的新娘一样吧,紧张又兴奋;或许那一刻她心里有太多的话要对自己讲,虽然最后只说出了"我愿意"三个字,他知道这三个字的背后承载了太多的情感。可是,可是自己没有对得起她的信任,是自己砸碎了这美好的一切,是自己作孽该死,他的心又隐隐作痛起来。

等他从反思中警觉,突然看到了李若兰的背影,原来她也在这里徘徊。张经纬赶紧迎了上去:"若兰,你也来了。"

李若兰默默地立在原地,一句话也没有说。

张经纬最后表现了一下男子汉气概:"若兰,是我对不起你,我自己犯下的错不应该再连累你。店里的一切债务由我一个人负担,你不要管了。"

李若兰点了点头:"真有什么难处,你还是可以来找我。"

两个人各自上了自己的车子,往离婚法庭开去。

第十三章
父爱如山情深似海

雨点缠缠绵绵,打湿了校园树丛下的青草,李若兰把雨伞撑开,这是父亲送给她的中国丝绸伞,苏杭美景三潭印月印在伞盖上,清秀雅致,让她想起父亲带着母亲和她坐船在西湖里荡漾的温馨时刻。周边的人脚步匆匆,她落在了散学队伍的最后,但她并不着急,依旧走得不忙不乱,她颇为享受这雨中的安静。脚踩在潮湿的草地上,那青草下陷处似乎随着她抬起的脚步一道反弹了起来,脚底的温软舒适让她想起与父亲的通话。

从小就听说,父亲因为反对父母包办的"政治婚姻",不愿意娶一位上海大企业家的千金小姐,耽误了婚期,直到遇见了自己的母亲,生下自己时已经三十出头。父亲视她为掌上明珠,宝贝得不得了,只要她开口要的东西,父亲千方百计地会双手捧到她眼前。记得她的少女时代,刚刚萌芽的少女心特别爱美。她与同学逛街时看中了南京路朋街女子服装店里,玻璃大橱窗内仿真模特儿身上穿的一件嫩黄色呢子大衣,那个颜色,那种款式,就跟电影里看到的好莱坞女明星穿的一模一样。她回家兴奋地向母亲诉说,要母亲带她去买。母亲带着她到店里,一看大衣上挂着的价目吊牌上标价480元,那时上海青工一个月的工资是36元。她默默地低下头,悄悄对女儿说:"我们先回家吧,你再想一想看。"少年不识愁的自己还是不依不饶,又以热情洋溢的语言告诉父亲这件大衣怎么时髦好看。母亲轻轻责备道:"这件大衣要花我们几个月的工资啊!"父亲昂头向母亲眨眨眼,也跟女儿一样兴奋地说:"哎呀,千斤难买喜欢,女儿喜欢,再贵也要买!"他二话不说,用珍藏的小钥匙打开家里锁钱的小抽屉,把里面的现金悉数取出,牵着女儿的手说:"走,到南京路去!"至今还记得自己穿着这件崭新的呢子大衣,神气活现地走在上海的马路上,羡杀了学校的女同学,赢得了多少回头率啊!

父亲是自己的靠山,感觉什么事情跟父亲一说,他都能四两拨千斤扭转乾坤。这次,她拨通了父亲的电话,一开口就掉下了眼泪:"爸爸,经纬出轨,我离婚了!"接着,她似乎终于找到倾诉对象,絮絮叨叨语无伦次地叙述起这个痛彻心扉的历程。

只听得电话那头略一停顿,老爸轻轻的一声嘀咕:"什么?难道是老天来提醒我吗?"

李若兰简直不敢相信自己的耳朵了,觉得是自己神志恍惚中的错觉:"爸爸,你说什么呀?"

其实,李若兰并没有听错,李玉海也正面临着人生的一道难题,他正交着桃花运,年轻的美女在向他进攻。这是好事还是坏事呀?李玉海一声长叹!

我们也来学学中国说书中的套话,花开两朵,各表一枝。

李玉海从中学开始就被父亲送出去与哥哥一起在美国读书,他从骨子里已受到欧风美雨的熏陶,做人乐观宽容豁达幽默,轻钱财重情义,即使在"文革"被打倒靠边站的日子里也没有消沉,在街道寓所扫地清洁阴沟时还嘻嘻哈哈与那些老姐姐说笑,有他在的地方就有笑声。之后中国改革开放,李玉海这个美国通成了香饽饽,在学校里的地位也一下子提高了。他虽已过了知天命之年,但也许生性乐观生活优裕,仍然显得年轻充满活力。他上课时谈笑风生,随便做个手势就引得女生眼睛闪亮心生爱慕,每次他讲课时,第一、二排都被女生早早占好了位置;下了课还有学生跑过去问这问那,有的是真想求知,也有的只是想多听他讲话。他推着自行车在校园行走,迈出的步子简直像是舞步,跳跃灵动又潇洒大方,看呆了许多刚来这个大城市的学生。学校还成立了美国研究中心,邀请李玉海做研究员,时不时地向全校师生做个开放讲座,总是场场座无虚席,人满为患。

李玉海陶醉在成为学生"大众情人"的氛围中,感觉是改革开放使自己迎来了第二春,心情舒畅劲头十足。他心里明白,既然是大众情人,对学生就要一碗水端平,很长时间来都岁月静好天下太平。

没想到,居然有人向平静的水池投下了石子,水中起了涟漪,甚至还有了风浪。

有些事情真是在情理之中,意料之外。居然有一位老友过来拜托,说是自己的外甥女林璐璐就在他的大学读研究生,父母家不在上海,最近男友与她分手去了日本,她心绪不宁寻死觅活的,能否在他家借宿一段时间,请李玉海夫妇关照一下生活也督促一下学业。想想正好女儿去了美国房间空着,李玉海是性情中人,一向待人热情,沈碧霄也是通情达理之人,两夫妇就应允了下来。

那个林璐璐与若兰年龄相仿,开始她以女儿后辈的身份居住在家里,虽说要多做些饭菜多一点家务,但家里多了一个年轻人也就多了一份勃勃生机,每到傍晚三个人聚在一起晚餐,倒也是说说笑笑气氛和谐。那个林璐璐逐渐从失恋的痛苦中解脱出来,又有李玉海带着她一起去学校,叮嘱她用功读书,替她勾定哪些课程必修哪些可以选修,还能释疑解惑,甚至出科研点子告诉她怎么写文章在高校学术刊物上发表。林璐璐幸福感爆棚,觉得李玉海真是自己的贵人。渐渐地,她对他有了一份依恋,有了一点跟对父辈不一样的感觉,那是女人对男人的感觉,单身女性对男性魅力的敏感,甚至是一种挡不住的诱惑。

李玉海感觉到了林璐璐那火辣辣的眼神,那种眼睛里冒出的星星,他已经多年没有从沈碧霄的眼中看到了。年轻人毫无顾忌,什么事都敢做。大学教师不必坐班,他在家备课的时候,她也逃课不去学校。沈碧霄此时已是一家著名幼儿园的园长了,她一颗心都扑在园里的孩子身上,每天早出晚归,在园里的时间长,家里常常只有李玉海和林璐璐两个人。林璐璐就有点肆无忌惮了……

李玉海恍了恍神，很快回到现实中，他以铿锵有力的语气说道："离了就好，不要再多想了！"

"爸爸，我……"若兰还是忍不住在哭。

"哭是可以的，多哭就没有意思了。你20多岁的人了，想要试试恋爱结婚不是很正常的吗？世界上没有什么事情是一次成功的，上帝就是给你们年轻人一个特权，犯点小错有什么关系呢？不许再哭了！你知道吗，多少人羡慕你能到世界上最发达的国家读书啊？快快！回到学校读书，听见没有？"

"嗯，嗯！"李若兰重重地点了点头，止住了眼泪。

这样，李若兰又回到大学读书了。

这之前，她去过那个酒吧。

酒吧还是那个样子，墙角的钢琴经许多人触摸，琴键被磨得闪烁着光泽，反射出的光芒有些晃眼。

"哈，Dancing Queen（舞蹈皇后），你已经有两年没来啦！"服务生惊喜地叫了起来。

"想我了吗？"若兰伸出一只手去。

年轻的服务生有点受宠若惊地捧起若兰的手背，轻轻吻了一下，挤弄了一下眉眼："欢迎回归。"

若兰接过一杯调好的鸡尾酒，她敏锐地嗅到一股熟悉的气息——自由的味道，她想起自己来美国的初衷，就是要换一种生活方式，改变大多数中国人一成不变的生活轨迹。虽然伯父的意外过世、张经纬的突然闯入都打乱了她原先的设想，感觉自己的目标还没有达到，但是那个初衷是不能违背的。她想起周怡婷姐姐说过，在国内是为父母、为孩子活着，到这里才知道要为自己好好活一把。唉，恋爱真的会让人变傻呀，自从与张经纬结婚，自己似乎是活在另一个人的世界里，把他的目标当成了自己的，几乎迷失了自我，若兰心中想：从现在起，我要回归自我。

"男人变心出轨让女人清醒自立!"脑子里突然蹦出了这句话,她自己也吃了一惊,端起酒杯轻轻啜了一口,微微一笑,自我解嘲似的想:"这倒是一句经典语录呢!"

那么,我要的究竟是什么呢?在外国语大学当教授的父亲总是爱说"知的快乐",求知,获得真知是最快乐的事情。孔子说"朝闻道,夕死可矣",恐怕也是这个意思吧。

一首欢快的钢琴曲闯进了她的耳廓,这首曲子太熟悉了,轻快,典雅,"《加沃特舞曲》!"若兰心中叫了起来,她知道这种舞曲起源于法国的加普地区,作曲者是戈赛克,现在这个《加沃特舞曲》已经是一种音乐风格的代名词了。人群随着节奏欢腾着,她放下杯子往钢琴边走去,看到侧脸才发现是托尼坐在琴凳上,身子前仰后合,动作夸张地在演奏。若兰又惊又喜,忍不住拍了他一下:"嘿,是你在弹琴啊?"

"哎,兰姐,快来快来。"托尼也是十分惊喜,他没想到李若兰还能来这里放松自我。

若兰坐到托尼的身边,两人灵活地在键盘上四手合奏起来。这首《加沃特舞曲》的节奏轻快,如同枝头的黄雀在树枝间跳跃,托尼一边弹奏一边不由自主地震颤着,若兰也跟随着他兴高采烈地晃动身子。曲子很短,曲终托尼想要停下来的时候若兰又起了头,跳舞的人兴致也高,见弹奏者没有停下来的意思,也都拉着舞伴在人群中间穿梭舞蹈着。

演奏结束,托尼拉着若兰的手臂离开座位到了角落里,找到一张空桌子坐了下来,还没坐定就问道:"最近怎么样呀?"

若兰有些尴尬:"我俩离婚了,也没告诉你们。"

托尼还是有点震惊:"What?(怎么啦?)他的哀求没有用啊?"这声音提高了好多个分贝。

"哎呀,不要说这个了。"若兰岔开话题。

"那我可以追你了?"托尼冷不丁冒出这么一句。

"你是认真的吗?认真我可就答应了啊。"若兰知道他在追瑶瑶,也幽

第十三章 父爱如山情深似海 103

他一默。

"当然是认真的,那你可要天天来弹琴哟!"托尼是想逗她开心。

"你有本事就把瑶瑶约出来弹琴啊!"若兰将了他一军。

"哎哟,兰姐你可要帮帮我啊!"托尼装出一副可怜相。

"和你说真的,我准备去上学啦,我要跟你和瑶瑶做同学啦!"若兰很是开心。

"那应该好好庆祝一下!"托尼拉着若兰的手臂扎进了人群,一起舞动起来。

"好,我把瑶瑶约出来,到时候就看你自己的表现啦。"若兰觉得托尼和瑶瑶还是合适的一对,有意撮合他们。

"下周我们有个橄榄球赛,你和瑶瑶一起来看吧,我好好表现一下!"托尼对打球还是有信心的。

"好呀,不过拉上瑶瑶是要费点劲的,你可得请客吃饭哟。"若兰打趣道。

"你们都是请都请不到的大美女,能赏光一起吃饭那可是我的福气呀!"托尼说的是真心话。

李若兰自从离开张经纬后还是回来与钱佩瑶住在一起,两个人都是从上海过来,又是打小就认识的。李若兰两次遇到不测之难,瑶瑶都义无反顾地接纳她,让她觉得瑶瑶就是自己的亲人家人。现在两人又一起进入大学都在选修硕士课程,不同的是瑶瑶读的是自然科学,若兰读的是亚洲研究,主攻文学艺术。若兰约瑶瑶一起去看学校的橄榄球比赛,瑶瑶想着要让若兰摆脱阴影开心起来,也就改变了去图书馆啃书本的打算,陪着若兰一起去看球赛了。

那是一个周末,两人早早地开车出门了。夏天的朝霞是如此艳丽,那些紫的、蓝的、青的色彩交杂在一起,天空如同一个巨大的调色盘,云朵就如同墨点,是造物主不小心留下的印迹在天上飘逸。若兰一边开着车子,一边想象着自己要是也能翱翔多好,她喜欢这种五彩斑斓的世界,美丽的女人就应该沉浸在五彩颜色的海洋。车窗全开了,海风吹着额头,许是昨夜下了露水,那风有一点点湿润,有一点点清凉。

沿路的小别墅点缀在丘陵的绿树丛中,这景象太美了,朝霞如此明媚,让一向沉稳安静的瑶瑶也心旌摇动,她把车载音响打开,放起她们喜欢的中国歌曲,两人轻轻地跟着音响哼唱起来,歌声由轻声变成大声,又变成了大笑,好天气好景色真的可以让人心旷神怡啊。

校门口托尼已经等待了很久,他看到若兰的车子赶紧挥手:"兰姐,这儿呢!"李若兰把车子开过去,瑶瑶问道:"怎么?你还约了人?"李若兰笑着说:"今天是两校比赛,托尼要我们来为自己学校摇旗呐喊呀。"瑶瑶说:"不是有啦啦队吗?我可没时间看到底的。"若兰牵牵瑶瑶的手说:"哎呀你就给点面子嘛,你坐在球场看球,人家就有劲儿啦!"

托尼没听到这些,他等车子一停下就跳上了车喊道:"离球赛场地近的地方都停满了车,不过我知道有个地方停车方便还车子少,我们往南边稍微开一点,停好车走过来也不远。"

"好,早就听说在美国是不是老土地,就看知不知道哪里有免费的停车位了。托尼,跟我们比较你就是老同学了,要多带带我们这些新同学啊!"

托尼心领神会:"一句话,没问题!"

停好车子三个人快步往球场上跑过去,球场看台上已经坐满了人,这和国内的大学真是大不一样,国内的大学很多都是清净的读书地方,可这里热闹得跟个集市一样。托尼的步伐很快,边走边介绍道:"平时也没这么多人,今天是周末,学校里有各种体育比赛。美国人喜欢户外运动,他们周末都不会待在家里。这里的大学都是没有围墙开放式的,很多周边的美国人都会来用这边现成的场地。"

"原来这样。"两个女生也加快了步伐,被这里的勃勃生机感染,她们也兴奋起来了。

球场上已经有啦啦队在场地上进行赛前热身表演,双方的球员都在各自的等候区域活动身手蹦蹦跳跳,托尼安排瑶瑶、若兰坐在几个熟悉的同学中间,还跑着跳着去买来饮料爆米花。若兰和瑶瑶都笑着说:"好啦,不要照顾我们了,你赶紧去吧,都快要上场了。"托尼便赶紧归队了。

比赛前是cheerleader(啦啦队)表演。各校的啦啦队都是本校的颜值担当,经过精挑细选由外貌靓丽身材一流会舞蹈吸眼球的男女同学组成。球场的看台上已经坐得满满当当了,观众本就群情激昂,啦啦队的俊男美女们在场上蹦蹦跳跳,一边翻筋斗弯蛮腰做出各种高难度的舞蹈杂技动作,一边高喊着为本校球队加油的夸张口令,把全场气氛调动到沸腾起来。

若兰和瑶瑶笑着边观看边议论打趣。瑶瑶说:"兰兰,我看你加入啦啦队一点都不会比她们差。"若兰说道:"你也是啊,不如我们就去报名参加好啦,让他们看看我们中国女生的厉害!"两个人相视大笑,各自伸出右手互相击掌:"说好啦,明天就去学校报名啊!"

第十四章
爱情的烦恼

两个女生参加学校啦啦队的相互打趣,睡了一觉就忘记了。不过,她俩倒是认真商量了在学校附近一起开店的事情。李若兰已经做过老板,让她再去找地方打工有点难了。但是读书要学费生活费,光靠之前开店的积蓄不够,中国人还是相信"金山银山不如日进一分",不愿意坐吃山空的。她好说歹说终于说服了瑶瑶,当时正流行一本书,一位名叫罗伯特·清崎的作者写的 *Rich Dad, Poor Dad*(《富爸爸,穷爸爸》),说打工人的收入要先交掉税款之后才可以自己派用场;而做老板是先扣除各种花费之后才缴税。一句话,美国是资本主义,鼓励自己做老板。瑶瑶这个书呆子是认书理的,既然书上都这么说了,那么好吧,就一起来开店学做老板赚学费吧。

开什么店?开在哪里?李若兰跟张经纬一起时在大学附近街上开过一家礼品店,虽然也考虑了大学生的需求,但更多是面向把大学环境当作旅游景点的外地游客,现在自己进了大学读书,站位和体验都不一样了,她心里有个谱,但也不想一人专断,就拉了瑶瑶一起考察,真主意假商量,以求尽快达成一致付诸行动。

两位女学生在学校附近的街上转悠。正是放学的时候,街上光线璀璨,人流纷至沓来,满眼看去都是意气风发的年轻人。瑶瑶显得有点尴尬,她看若兰左顾右盼眼睛放光,轻声问道:"若兰,你看出啥名堂来啦?我怎么看来看去都是人啊?有什么好看的?"

"那你看这些人都往哪里走呢？他们在街上干什么呢？"若兰朝她笑笑，抬起手来指指点点，"你看看这里都开了些什么商店，哪些店里人气旺，哪些店顾客少，仔细观察观察，一会儿我要考你的。"

瑶瑶这才醒悟过来，到底若兰是开过店做过生意的，懂得一点生意经，已经做过老板，自己只是个新手，真要打起精神来学学怎么做生意啦。不过她一听若兰要考她还是有点紧张："哎呀，若兰，你做商业考察还想听听我的建议对吧？干吗说考我呢，我最怕考试了！"李若兰看着她笑了。

瑶瑶把背后的双肩书包从肩上拿下来抱在胸前，放慢了脚步，她有点累了，实在想找个地方坐下来。但与其说是走累，不如说是心累，这段时间，她正经历着从未有过的烦恼。

瑶瑶与若兰年龄相仿，她的父母都是中学教师，中规中矩的人家，从小受的教育就是多读书读好书，瑶瑶不负家长厚望，在班级里成绩总是名列前茅。"文革"时期不上学的时候，家里也让她进了舞蹈班受点艺术熏陶，在那里她与若兰相识成了好朋友。两个人性格迥异，若兰灵动活泼，瑶瑶文静安稳，若兰在那里滔滔不绝地发表观感，瑶瑶就笑眯眯地听着点头。看来闺密不一定要相像，可能不一样才更能互补互相欣赏。两个豆蔻年华的少女，相处得十分亲密。之后李若兰考上了音乐学院，而钱佩瑶上了师范学院，还比李若兰先一步到了美国。她遵从父母的教诲，两耳不闻窗外事，一心只读圣贤书。为了缴学费去打工，也是不管闲事只埋头做自己分内的活儿。她的生活就是读书和打工，两点一线，时间安排紧凑但内心十分平静，直到李若兰在伯父家碰壁找到了她。在美国并未站稳脚跟的瑶瑶热情地接待帮助了困境中的若兰，而若兰出现在瑶瑶的生活中也吹皱了她的一池春水，一惊一乍的李若兰把瑶瑶的作息时间全打乱了。但即便如此，瑶瑶还是一寸芳心未动，一来她的心思都在上学读书上，父母教诲，先立业后成家，一定要拿到学位找到稳定体面的工作之后再找对象。二来她的母亲告诉她，美国人对婚姻爱情太儿戏，今天说爱你，明天就拜拜，像个神经病，千万不要上当受骗，所以她见到男生就退避三舍，铁板着脸不理不睬，叫人无法接近。

然后，托尼来了。托尼是越南华侨，托尼的爷爷辈上从广东到越南去闯荡讨生活，在越南定居下来。他的父母在越南开了个小饭馆谋生。只是在他出生前后，越南就动荡不安，一下子美国兵来了，一下子游击队来了，一边要发展资本主义，另一边要发展共产主义，冲冲杀杀，乱乱哄哄，覆巢之下，安有完卵？小饭馆难以为继，一家人还要活下去啊，怎么办？幸好托尼的母亲会几句英语胆子也大，她到美国兵那里去低价回收他们的军用食品，再倒卖给急需食品的越南人。二战之后美国的军需物资供应大有改善，有冰淇淋、啤酒，还有奶粉、牛肉罐头，等等。冰淇淋和啤酒那些美国大兵是不舍得放手的，但是奶粉对他们可有可无，他们用来换点零花钱。托尼的妈妈就大量收购，转手卖给养育婴儿的越南人家，由此赚取差价存下一点积蓄。

女人的直觉最准确，做母亲的又对整个家庭最有责任感。托尼母亲冥冥中感知，越南的乱象一时难以改观，她听说可以移民海外为全家寻找更好的栖息地，于是将积蓄换成黄金，那是她花了多少心血精力积攒起来的哟。黑心的偷渡生意人要价极高，偷渡一个人要交出300克黄金，他妈妈把从牙缝里省下的钱换出的黄金兜底托出，沉甸甸的，含泪冒险交给做偷渡生意的船家，把托尼和他哥哥送上了快艇小船，叮嘱他们要为全家闯出一线生机。

15岁的托尼和19岁的哥哥在海上漂荡，把生命交给了上苍，不知命运会将自己送往何方。快艇在海上疾驶了三天两夜，在南中国海域被撞坏，正在生命垂危之际，有一条香港渔船驶过近旁，他们打出求救信号，香港渔船迅速出手救起他们，又在海上行驶了一天抵达香港。

当时越南难民大批出逃，香港已经设了难民营。小哥俩先在难民营住了一段时间，之后被安排住进宾馆。托尼只记得住宿条件比家里还好，吃得也好，人还胖了，适龄青年还可以出去打工。就这样在香港住了一年，之后先期赴美的亲戚帮助他们申请移民，很快被批准，他和哥哥坐了飞机来到美国。

美国人民是讲究人道主义的，而且知道反省悔过。打越南的时期，美国国内的反战运动风起云涌，各大城市都有大规模的反战游行示威。越战结束,美国接纳了大量越南难民,还给予这些难民极其优惠的待遇。托尼到美国来免费读了高中,之后又拿到全额奖学金进入大学读书,两兄弟还依据美国移民法的规定,为父母弟妹都办理了移民申请,现在全家都已来到美国,过着安逸小康的生活。

托尼是陆陆续续把这些故事讲给瑶瑶听的。

起初瑶瑶并没有把托尼放在眼里。在酒吧初次见面,托尼对她简直一见钟情,他说越南华侨青年最大的心愿就是能找个真正的中国人结婚,那是一种寻祖归宗的潜意识?还是同文同种的认同感?抑或是亚洲人的美貌最能深入同种异性的内心?反正托尼简直如痴如醉,欲罢不能。

托尼中等身材,长圆脸,眼睛大,鼻梁正,是亚洲人中长得很端正的男人。瑶瑶开始把他当作一般的顾客,只知道他是一位亚裔大学生。中国当时刚刚打开国门,一部分人还没有先富起来,除了公派学生,自费的都要自己打工挣学费。而这个托尼似乎从不打工,优哉游哉地读书打球,好像跟美国大学生的生活水平相当,比国内出来的学生条件优越得多。瑶瑶心里好奇,不知道他家里是做什么的,但也仅此而已,毕竟跟自己无关,管什么闲事呢?

可托尼的强项是语言啊,语言是最能打动人心的!托尼祖辈从广东过来,家里说的是粤语;小时候在越南生活,当然会说越南话;在越南上了华侨办的中文学校,又能说一口流利的国语,还识华文,会写一点简单的中文字,字体还很好看;15岁到的美国,英文基本没有口音,与土生土长的美国同学相差无几。哎哟哟,简直是懂得多国语言的外交大使啦!

看着托尼与他的美国同学一起来到酒吧看球打闹,瑶瑶习以为常,可是当托尼用纯熟的中文与她搭讪讲话时,瑶瑶吓了一跳,什么?这家伙还会说中国话?当托尼写了字条塞在放小费的盘子里,瑶瑶就不由自主地揣起字条藏到口袋里,带回家仔细端详了。

托尼写的是"我也是中国人,有什么需要帮忙的尽管盼咐"。瑶瑶拿着字条哆嗦了一下,是吓坏的感觉。

再次见到托尼,瑶瑶低下头来,渐渐地竟有了害羞的心理,说不出是啥滋味。

不过她内心还是设防,爸妈关照过,不拿到学位不能谈恋爱的。

那么,这算恋爱吗?不是没谈吗?

瑶瑶在纠结,托尼可是在进攻。他找机会与瑶瑶单独说话,把自己的身世一点点讲给她听。这些故事真是惊险有趣,与意大利作家薄伽丘的《十日谈》,甚至阿拉伯民间故事《天方夜谭》相比也毫不逊色啊!她被故事吸引住了,渐渐地,也被这个人吸引住了——他是个忠厚诚恳的好青年!

张经纬和李若兰结婚邀请他俩做证婚人,似乎是撮合了这两个人在一起。不过瑶瑶是矜持的,不轻易表态的。她还嗔怪若兰太冲动,这不,匆匆结婚,又离了。

而若兰住回瑶瑶处,倒是给钟情的托尼又一次机会了,他借着找若兰的名义,可以常常登门入室拜访她们了。

现在,是他的最后冲刺!每天早上,他用越南传统方式榨出最新鲜的水果汁,开了车子亲手送来,自然由若兰接住收下的。

李若兰是托尼的助攻手,她觉得托尼是个忠诚可靠的好男人,值得瑶瑶托付终身。

瑶瑶啊,虽然心旌荡漾,可她还是拿不定主意。父母之命不可违,奈何?所以,她心累。她有时候真是佩服若兰,她也是独自一人在异国他乡,还刚刚离了婚,可永远劲头十足,好像什么都压不垮她,真是个女强人呀。哎呀,自己也该坚强一点啦。

若兰注意到瑶瑶的步子放慢了:"快到啦,走吧,加快点步伐。"于是拉着瑶瑶的左手,瑶瑶用右手又把背包背到肩上。两人踏着窸窸窣窣的步伐走到了星巴克,瑶瑶像是得到了解救,赶紧找到靠窗的座位坐下来:"若兰,我就一杯美式咖啡好啦。"

李若兰径直走到点餐区在那里排着队,瑶瑶正想着若兰会问她什么问题,李若兰已经取了餐过来:"哎,你看这沿街什么店铺最旺呀?"

"啊，若兰，你点了这么多，吃不了呀！"瑶瑶见她点了蔬菜沙拉还有汉堡苹果派。

"我们当晚饭的。问题还没想好？刚刚看得不仔细呀！"李若兰想逗她开心。

"我看了一路下来，也就是咖啡店生意最好，几乎都是满座。"瑶瑶随意说着观感，她一路都在走神。

"其他没了？"李若兰追问。

"那就是24小时便利店啦，不光卖些小商品，里面还有不少简餐，你看学生平时都不去饭店吃饭，没时间也没钱，大多在便利店买简餐啦。"瑶瑶想了想。

"嗯，那么我们就来开个店，既卖学生平日需要的文化用品小商品，也供应咖啡简餐，你看怎么样？"李若兰问她。

"哎，好主意呀，你看我这包包就是托尼从文化用品店淘来的，我觉得学生都喜欢淘这种有点艺术性有文化品位的小玩意儿。"瑶瑶不经意说漏了嘴，不好意思地笑了笑。

"哎哟，你这个丫头终于承认托尼啦？"若兰忍不住用手指头去戳她的额头。

"我承认什么啦？"瑶瑶还要嘴犟。

"你又不比我小多少，到该谈恋爱的时候啦，托尼是个不错的人选啊。"若兰想，到了直面这件事情的时候。

"可他是个越南人！"瑶瑶说出了她最后的顾虑。

"哎哟，他是华人好吗！再说啦，你在美国这么多年啦还说这种话，自己想想好笑吗？美国不就是世界各地的移民组成的国家吗？"若兰去刮她的鼻子。

"他们家就是越南难民嘛！"瑶瑶干脆一吐为快。

"可他还比我们先到美国呢，他对美国的了解比我们深，融入美国社会比我们快。"若兰说的是真话。

"我还是怕……"瑶瑶犹犹豫豫的。

"怕什么呢?"

"我也说不上来,怕他们家人太多,怕跟他共同语言少,不像我们一起长大的,到时候跟他话说完了怎么办?"

"哈哈哈哈!"若兰忍不住大笑起来,"你还怕什么,怕天会掉下来?"

"不知道。"瑶瑶低下了头。

若兰突然灵机一动:"哎,托尼说了好多次要请我们去他家吃饭,说他妈妈做的菜特别好吃,那么我们就一起去看看,不入虎穴,焉得虎子嘛!"

这下轮到瑶瑶来戳若兰的额头了:"你把人家比作老虎?还要我到老虎洞里去?"

若兰愣了一下,才回过神来醒悟到自己用词不当,"哈哈哈哈!"两个女生一起大笑起来。

李若兰做事雷厉风行,回到住所,她赶紧给加州的周怡婷打去电话,她知道,在做生意这件事上,周怡婷先走了一步,多听听她的意见才能少走弯路。果然,周怡婷给了她许多有益的建议,比如,店面不要租得太大,必须量入为出,宁可先小一点,积累了顾客有了收入再扩大不迟。还有,先不要雇用全职员工,美国用人的成本很高,既然在大学街,那么就请大学生兼职,付最低工资还不用给他们提供各种保险福利,而且他们还能带来自己的同学朋友提升店面人气。有些话,听起来有点俗气,但确实是做生意不得不考虑的呀。

而且,怡婷姐还有很多进货渠道,文化用品与小礼品小商品,本来就难有明确界限,她这些年在美国积攒了许多人脉,都可以介绍给李若兰,有周怡婷做担保,若兰就可以享受先赊账进货,到卖出商品后再还款的优惠。至于这个额度的大小、时间的长短,还要看自己的经营状况。

李若兰躺在床上盘算着怎么开好这个大学街新店,想着想着又坐起来扭开床头小灯,拿出笔记本勾画起来。窗外没有星星和月亮,只有路灯微弱的光亮透过窗户射进来,她起身走到窗前,打开窗感受了一下湿润的空气,长长吸了一口,还能听到虫儿的低鸣,抬头看一眼漆黑的天空,心里想着,前面的路或许永远都是未知的,但遵从内心意愿走下去就是了。关上窗户,合上窗帘,她钻进了被窝。

  隔壁房间,瑶瑶在床上辗转反侧,脑子里一下子映出托尼英俊的脸庞,那张脸越来越靠近她,对着她笑着说着,一下子又出现了她父母的模样,严肃地关照她先立业后成家:"女孩子一定要经济独立才能谈婚论嫁!"她觉得脑子发涨,似乎一点睡意也没有了。

第十五章
风度翩翩老教授

20世纪八九十年代的中国,各种思潮蜂拥而入,林林总总,五花八门。教师学生都似乎憋了一股劲,跃跃欲试,想要接住这颗"头朝下栽进我们生活中来的魅力陨石",在闪耀着流星雨光环的时空中,做点什么不寻常的事情。

李玉海毕竟已经过了知天命之年,知道自己的努力方向是做好教书和科研工作,利用自己的海外关系,为学校寻找更多与国际接轨的机会,让学生打开眼界看世界,为中国培养更多的人才。他觉得自己又当过右派,又被"文革"耽误了那么多年,现在终于可以施展才华大干一场了。他写信发电子邮件去寻找美国的老同学,研读本专业英文杂志报纸,思考当前业务发展趋势,又奋笔疾书写下心得体会向国家权威刊物投稿。几次下来,那些刊物的编辑都知道他的大名,他的文章常常被刊登在醒目头条,他也成了学界的知名教授。

住在他家的林璐璐,没想到李玉海的业务能力这么强,在业界名气这么响,感觉自己就像老鼠掉在米缸里,那么好的运气,那么轻易得到的机遇,她心里激情荡漾,喜不自禁,心想,要怎么利用,怎么最大效益地发挥这个优势呢?

她知道李玉海虽然生性开朗,但毕竟是个老派的知识分子老教授,最喜欢用功读书的学生。她就要做出一副认真苦读的样子来,博取李教授的信任。所以只要李玉海在家里，她就故意捧着一本书，摆出各种姿势来读着，还时不时地找出几个问题，去向李玉海请教。

　　林璐璐家在江苏某城市，也算是个发达地区，她是独生子女，也是养尊处优长大的，父母盼她能读书成才，无奈她天分不高，又早早谈了恋爱，没有心思做功课。之后男友去了日本甩了她，失恋的痛苦让她有了轻生的念头，父母托了关系找到李玉海，开始只是希望李玉海夫妇能看着她管住她，不能让她自杀。没想到女儿在李玉海家住下后，不但不再寻死觅活，还激发了读书的热情。父母大喜过望，就利用周末时间从江苏到上海来看望女儿，给李玉海家送来土特产，还说女儿打扰了人家，他们夫妇过来帮助做点家务搞卫生，抢着扫地抹桌拖地板。李玉海是男人，对此大大咧咧的无所谓，沈碧霄就觉得有点哭笑不得，自己难得的一点休息时间被他们侵占，感觉他们做事一厢情愿，简直是喧宾夺主了。

　　更有意思的是，每次他们过来，要单独给女儿带上七个苹果，放到女儿借住房间的床头柜上，关照女儿每天要吃一个保证维生素的摄入，并说下周他们过来时再带。沈碧霄以开玩笑的方式忍不住说了一句："哎呀，这个独生女儿真是被你们宠大的！"哪知道她母亲听了还加码说："真的是哎，她是被我们'抱着'长大的，希望老师能继续'抱着'她成长！"沈碧霄闻言只有摇头苦笑。

　　林璐璐是从小要啥有啥任性惯了。这次她尝到了有一个好导师的甜头，心里忽然灵光乍现，要是能把老师变成老公，一字之差，那自己今后更加轻轻松松前程似锦啦！而且李玉海虽说比自己年长二十来岁，但往往是老男人成熟潇洒风华正茂，比自己的同龄人更有男人味更能吸引女性，当年孙中山不是就比宋庆龄大26岁吗？人家不是也结成夫妻了吗？长期养成只想自己对别人不管不顾不考虑的习惯，她是胆大妄为说干就干的。

　　先是她黏住李玉海，要与他一起去学校一起回来，同出同进，说是一路上可以向老师请教也可以陪老师说话免得路途枯燥乏味。李玉海一直把她当女儿辈分看待，没有多想也就同意了。只是林璐璐走着走着越来越靠近李玉海,甚至要挽着他的胳膊走路,从背影看,俨然就像是一对情侣了。林璐璐扬扬自得,同学都以为她是李教授的得意门生,要高看她一眼啦。

李玉海在学校是大众情人,喜欢他的学生很多,男生女生都有,他一向的原则是一碗水端平,学孔夫子的有教无类,一视同仁。现在看着眼前的这个林璐璐不太对劲,碍于面子又不好直接说什么。而且这件莫名其妙的怪事要对谁去说呢?不知道!对妻子说?那简直是"天下本无事,庸人自扰之",没事找事啊!对林璐璐的父母说,那更是笑话,人家会嘲笑你想多了,老头子小姑娘之间能有什么事呢?对同事教师说,那竞争对手甚至居心不良的人可能会举报你性骚扰女学生,那就有口难辩了。莫,莫,莫,可不能轻举妄动呀!

李玉海就这么忍者,林璐璐就得寸进尺了。

这一天,沈碧霄早早去幼儿园上班,李玉海在家备课,林璐璐见状,也就赖在家里不出去,想找机会让李教授上钩。她假意看了会儿书,就跑到李玉海面前大叫太热了,要洗澡了。

李玉海瞪了她一眼,意思是关我什么事,顾自低头备课。林璐璐没羞没臊地跑进浴室,打开水龙头脱光了衣服,哗啦啦地冲了起来,一边模仿周璇的嗓子,妖里妖气地唱起了《花好月圆》:"浮云散,明月照人来,团圆美满,今朝醉。清浅池塘,鸳鸯戏水;红裳翠盖,并蒂莲开;双双对对,恩恩爱爱。这软风儿向着好花吹,柔情蜜意满人间……"突然,她停止了歌声,大叫起来,"李教授,怎么洗发水都没啦?我房间里还有一瓶新的,帮我拿进来好吗?"李玉海装作没听见不搭理她,林璐璐竟然在浴室里发起嗲来,"哎哟,我亲爱的老师,就帮我一个忙吧,我等着用呢!"李玉海有点左右为难,不给她吧,等会儿她自己赤身裸体冲出来更难看;给她吧,又像什么样子呢?林璐璐又大声叫了起来:"亲爱的老师,帮帮忙呀!"李玉海一看,窗子还开着呢,要是让邻居听见了多不好,算了,心一横,只好到她房间找到一瓶洗发水,让她把浴室门关好,只留一条缝,他侧着头闭上眼睛,把洗发水递了进去。这边林璐璐心中窃喜,哈哈这个老师哥还是听我的!她让水龙头哗哗地流水，自己赤身裸体从门缝里偷看李教授在外面做什么，只见老先生走过去把窗子关上了，林璐璐一阵狂喜，认为老头子也想关门关窗做秘密事情啦，马上联想到看过的一篇文章观点，说什么柳下惠坐怀不乱，全是胡说八道，柳下惠要么是同性恋，要么是体虚阳痿。她痴痴地笑着想着，匆匆地洗浴完毕，往身上猛洒了一阵香水，用个大浴巾把裸身一裹，就想冲进李教授的怀里。

　　李玉海关窗其实只是为了防止邻居听见只言片语产生误解，关好窗户他径自回到书房去备课。林璐璐风风火火冲出浴室，以为李教授会在房间等候，她媚笑着进去扑了个空，只好边叫边转到书房来，还是裸体裹着浴巾。李玉海闻声抬头一看吓了一跳，脑子里第一个闪出的是茅盾小说《子夜》中描写的，黑心资本家赵伯韬挑逗风骚交际花徐曼丽的画面，不就是这般模样吗？他皱着眉头说："胡闹什么，快回去穿好衣服！"林璐璐一不做，二不休，忘了世上还有"羞耻"二字，干脆把浴巾一甩，嘴里呢喃着："老师我真的好喜欢你呀！"肉乎乎的身子就往李玉海怀里扑去，还捧着教授的脸强吻起来。李玉海一时热血升腾，下体不听使唤地变硬勃起。林璐璐心里得意，心想，就没有男人不喜欢年轻美女的。

　　就在这尴尬时刻，丁零零，电话铃声响起来了！正是李若兰从美国打来的那通电话，令李玉海清醒过来，叫林璐璐败下阵去。

　　李玉海神情严肃地穿戴整齐出门，他急着要去找沈碧霄，一来是把女儿离婚的近况告诉她；更主要的是，他觉得自己要确认妻子在自己心目中的地位。林璐璐回到房间窝在被子里大哭一场后，悻悻地到学校去疗伤了。

　　美国这边，李若兰的新店开张了。

　　若兰和瑶瑶仔细观察琢磨后决定，就在大学附近的街上开一家文化用品小店，店里兼卖畅销书，配上咖啡速食，听起来有点像美国星罗棋布的7—11小店，但进得店门，就不是一般的街角杂货铺，而是有一股浓浓的文化气息扑面而来。店里的三面墙，迎面看到的是顶天立地的大书架，显眼处摆着《纽约时报》推荐的最新畅销书，这种书一般都薄薄的不贵，适合大学生们买来随看随丢。还有时新杂志、免费报刊，书架下面摆着教科书、辅导教材等，需要的人自然能找得到。左边墙面架子上摆着各式可爱的文化用品，设计新颖花哨的各种笔记本、圆珠笔、书签、文件夹等应有尽有，再加上女生喜欢的价廉物美的耳环、项链、戒指、手环，男生喜欢的文化创意新品等点缀其间，真的令人目不暇接流连忘返。右边墙面架子上是各种速食，有面包、蛋糕、三明治、汉堡包、小罐牛奶、可乐、咖啡等，当然，收款柜台上摆着一台大型咖啡机，用新鲜咖啡豆煮着热咖啡，进得店门就是一股美妙雅致的咖啡香。店里摆着几张小桌子，顾客可以坐下来品味咖啡浏览书报杂志。

别看这么个小店，进货渠道可是挺复杂的。

文化用品当然还是靠了周怡婷大姐。她的生意越做越好，进货的范围更广了，条件也更优惠，这些好处她都给了李若兰，本来她们就是闺密好姐妹，现在小妹正在困难时期，做大姐的当然要帮忙。不过她也有条件，她羡慕若兰能回到大学读书，要求若兰不断把学习心得体会告诉她。若兰自然当仁不让，确实，她比周怡婷文化基础好年纪也轻，这些让周怡婷望洋兴叹，常常说，赚再多的钱也没有读书开心啊。

最麻烦的是那些面包、蛋糕、牛奶、三明治之类的新鲜食品，每天要进货清货，当天卖不掉就得扔掉报废，这要冒点风险，但又是学生欢迎需要的。是托尼出的点子做的实事。托尼是越南华侨，美籍越南裔人士有相当的数量，而且他们很团结，互帮互助成风，托尼就采用了这个关系，越南来的同乡美国人有不少做食品生意的，他们只要稍稍出点力，这点小事就解决了。具体到店里，每天搬运进货也是力气活，怎么能让娇滴滴的美女来做呢？托尼自告奋勇来店里打工承包下了所有粗活重活。他还有一支帅哥同学团队，简直是一呼百应，若兰、瑶瑶就只有看着道谢的份儿啦。

还有，联系到最新畅销书和书报杂志进店，这是较高层次的全美文化网络纽带，归功于托尼的良师益友斯蒂夫。斯蒂夫是大学的年轻教师，做亚洲文化研究，开设东亚艺术史、比较文学课程，会讲中文，比托尼大不了几岁，他喜欢和学生混在一起，他们常常在一起玩。

两个美女开店，一群帅哥帮忙！

"托尼，慢点慢点。"瑶瑶指挥着托尼，他正站在铝制人字梯上，边擦拭边摆放着各种书报杂志。

"放心！"托尼转过身来朝她笑笑。

李若兰看在眼里忍不住要笑："托尼，你俩角色互换了，现在是瑶瑶不放心你啦！"

瑶瑶红了红脸，嘴上还要犟一下："谁不放心啦？"

李若兰点到为止："谁不放心谁心里有数！好啦，不说这个了，下午还要你俩一起忙活呢。你们下午一起去学校的学生活动中心发点宣传广告，接下来的一两个星期里，我们要把更多的同学吸引到店里来！"

李若兰、钱佩瑶都很开心，小店一开张就宾客盈门，但只怕有些人是图新鲜看热闹，接下来的竞争压力还是挺大的，新店的宣传必须做到位，若兰安排瑶瑶和托尼一起出去活动，这可是乐坏了托尼。

"得令，若兰老板！"托尼像是战士接到了冲锋任务般大喊一声，冲锋什么？若兰和托尼似乎心有灵犀，一起大笑起来，瑶瑶大智若愚故意装傻，只是跟着一起笑。

李若兰自己拿着一沓宣传单，走到街边十字路口，看到经过的人就笑嘻嘻送上一张，太阳将马路晒得灼热，那种热浪随着上升的气流裹挟到脸上，不一会儿额头的汗珠就钻了出来，后背黏糊糊的，她时不时腾出一只手去把衣服往后面拉一拉，让湿答答的衣服和皮肤分开一会儿，扇动衣服借来一丝凉风稍微让自己凉快一下。

瑶瑶在店里远远瞥见了便跑出来："兰姐，你进去休息会儿，我来吧。"

"没事，我再站一会儿，一会儿还要赶到学校去上课呢。"

"你现在课业这么重还在支撑着商店，我真是佩服你。兰姐，你不能太拼啦，一直疲劳对身体不好。"

"你不也是这么拼吗？还带动了托尼一起拼。我还真是佩服你呢，平时不显山不露水的，到关键时刻总能冲得出来。放心吧，我俩看着柔弱，其实还真是能文能武，中国女人的优点我们都有。来美国看得多了，我们也不比任何地方来的女人差，就是站在世界舞台上，我们也是精彩女人呀！"李若兰给瑶瑶打气鼓劲。

晚饭时分，托尼来接了瑶瑶一起去学生活动中心，这是一栋两层小楼，底层有饮料、冰淇淋、小吃供应，铺着马赛克地面，大部分地方摆着大长桌、板凳、长椅，许多同学买了小吃端到这里来找人闲聊，欣欣然闹哄哄的氛围。二楼间隔成多间，红木地板上铺着地毯，房间里有大小沙发，沙发是深紫红金丝绒软垫的，显得高档雅致。有较大的房间里摆着钢琴可以供兴趣小组活动，也有小房间可以几个人小聚甚至两个人秘密谈谈恋爱，兴建这座活动中心的目的就是让同学们来这里放松放松，据说是创业成功的校友捐款建造的。这个时候已经下了课，爱热闹的同学都喜欢往那里跑，大家凑在一起交换当天的学校新闻，电影明星体坛新秀的最新八卦，当然也有学校帅哥美女的恋爱故事。总之，什么都聊，就是没有人再来谈学问讨论功课的。

托尼是这里的常客，他又是校运动队的，许多同学都认识他。瑶瑶可以说是第一次来，以前只是路过探探头张望一下，她忙着读书打工，从来没有时间过来闲聊放松的。托尼跟同学们说说笑笑就把广告单发出去了；瑶瑶则有些腼腆，她是第一次单独与托尼一起在大庭广众下亮相。

瑶瑶的腼腆似乎招供了她与托尼不一般的关系，同学们的玩笑接踵而至。

"托尼，今天是特地带女朋友来给我们看看吧？"

"还发什么传单呀？快介绍一下你的女朋友吧？是哪个系的呀？"

托尼看着瑶瑶笑，想说什么，又没有得到瑶瑶的批准。

瑶瑶脸涨得通红，恨不得马上逃走。

还是托尼急中生智，他大声说道："这是我的老板啊，我在她的店里打工，请大家一起到我打工的店里来看看呀！"

大家哄堂大笑:"That's right！ She is your boss！（对对对，她就是你的老板！）"

托尼和瑶瑶的搭档成功地吸引了大家的注意力,今天这里成了学生活动中心的中心！

同学们渐渐散去,夜色中,托尼和瑶瑶走在一起。第一次,托尼大胆地搂住了瑶瑶的细腰,瑶瑶没有抵制。

"我爸爸妈妈请你来我家吃饭,他们说你一个人在美国太孤单了！"托尼的示爱也是务实的。

"我一个人怎么好意思去？你能不能多请一些人,至少要请若兰姐一起去吧！"

"没问题！我妈妈最喜欢人多了！"

第十六章
桃之夭夭灼灼其华

这个星期天,托尼邀请瑶瑶、若兰和斯蒂夫到父母家里吃饭。

托尼给了地址,若兰开车与瑶瑶一起去赴宴,两个人都精心打扮了一番。若兰穿了一套天蓝底色上缀小花的紧身连衣裙,把她凹凸有致的身材衬托得完美无缺。瑶瑶被若兰硬逼着穿了一件粉红色两件套连衣裙,吊带长裙外面套一款短短的修身中袖小外套,十分时尚气派。这两套新装都是若兰去逛Macy's(梅西百货商场)时买的打折服装。

李若兰像在上海时一样,还是喜欢逛服装店,她天生就是爱慕美追求美的。几年下来,美国的服装商店大致状况已经摸清了。J C Penny,(杰西·培尼)、K-Mart(凯玛特)是工薪阶层去的低档服装商场,东西比较便宜实惠。Macy's(梅西)、Dillard's(狄拉斯)是美国的中档服装商场,是一般中产阶级买衣服的地方。而Nordstrom(诺斯庄)是中高档服装店,衣服设计感强,但价格也高些,是中产阶级上层购买衣服的地方。另外,Neiman Marcus(内蔓玛可斯)、Saks Fifth Avenue(瑟科斯五街)、Bloomingdale's(布鲁明黛儿斯)则是高档服装,基本是大品牌的,随随便便一件就是好几千美元。若兰当然知道高档服装最美,但自己目前还没有这样的经济条件,所以她总是从最一般的服装中挑选适合自己的,或者稍做修改,收个腰啊,改个领子啊,甚至窄窄肩膀呀,把上海女孩的审美带到这里了。她自我告慰的宣言是,高档服装人人都知道好看,但要从一般服装中找出最适合自己的那一款，那就是审美眼光了。她的眼光好，她穿出来的衣服总是令人啧啧称道。

若兰还知道一些服装店，比如T J Maxx（逊杰·马克斯）、Ross（茹阿斯）等，则是卖处理服装的连锁店，基本上是款式过时的、尺码不齐全的服装。但对于眼光锐利的上海女孩来说，这里还是可以淘到许多价廉物美的新装的。

那许许多多的服装新款式、面料新设计，总是看得她眼花缭乱，心旌摇荡，那种美的召唤，令人心醉，教人神往。艺术的蹊径往往是相通的，若兰自有她感悟天地间一切美好事物的慧根。她从小学音乐舞蹈，她的眼睛里会看出异样的色彩，对于自然界和艺术创作的美，她的心里总有一种莫名的触动和激情。这种对美的欣赏领悟，常常带给她阵阵意外的惊喜愉悦，她的心中时不时地受到美的摩挲抚慰，总是充满欢乐的。回想起来，她觉得自己与张经纬在一起的日子里，更多地想着赚钱买车买房这些物质的东西，而失却了更高层次的精神上的追求。离开了他，似乎是一种解脱，既是家务琐事的摆脱，更是物欲上的断舍离，她觉得自己又找回了本真的自我，自由快乐又回到心中。

她想到瑶瑶开始不愿意穿那套粉红裙装，执意要穿回她的白上衣蓝色牛仔裤，被她一顿训斥软硬兼施。她得意地笑着看着瑶瑶，瑶瑶被她看得莫名其妙："怎么啦？你还想要怎么样？"

"你穿这套裙子真好看，到了美国就要入乡随俗穿美国的衣服。今天你是主角，我是陪客，一切配合你！你就大大方方的，上海女生什么世面没见过？谁怕谁呀？"若兰为闺密壮胆。

"我没有怕，你放心，我学你就好啦。"瑶瑶说话很实诚。

瑶瑶在国内时被班上的调皮男生戏称为"太平公主"，她身材修长，皮肤白皙，脸盘较长，单眼皮，两个眼角往上斜勾，妥妥的丹凤眼。长长的鼻子与长脸盘十分协调，笑起来还是甜甜的，只是很少看到她笑。她胸部不高，臀部不翘，她的衣服宽松肥大，都是中性的，说起话来细声细气，慢条斯理，整个给人的感觉是温文尔雅，但没有女性特色。加上她又是学霸，不苟言笑，令人敬而远之，没有男生敢与她接近。她一心扑在读书上，对此几乎并不察觉，毫不介意，而这一切正是她父母为她制订的人生规划的外观表现。瑶瑶父母都是中学教师，书香门第，他们教导女儿，女孩子一辈子都不要凭女色立足谋生，腹有诗书气自华，装点脑子比装点面子更重要。受父母熏陶，她一点都不注重穿着打扮，却非常在意读书成绩，从小到大，她的成绩永远在班级在学校名列前茅。她可能对事物外观的美不如若兰那么灵敏善感，但她对化学公式、拉丁文药名却倒背如流。她写的字非常漂亮，中文英文随便写一个条子都让人眼前一亮。她的为人处世十分低调，但在关键时刻从不含糊。她与若兰性格脾气完全不同，但世界观、人生观、价值观三观一致，两人遂成莫逆之交。

若兰边开车边说笑，对于她来说，开车的时候总是舒心放松的，她喜欢那些婆娑的树影掠过她的车窗，掠过她的发线，西下的夕阳总在高楼与高楼之间和她躲着迷藏，从她和瑶瑶住处到托尼的家，这段路程并不很长，一会儿也就到了。

在小巷街边停好车子，两个女生手提水果鲜花，袅袅婷婷走到托尼家门口。早有托尼妹妹站在门口望风，看到两个小姐姐走过来，忙向屋内喊了一声："客人来啦！"一边笑容可掬走过来迎面朝她俩鞠了一躬，甜甜地叫了一声，"姐姐好，欢迎来我家，我们大家都在等你们呢！"随手接过了两人手里的礼物，用礼仪小姐的手势伸开手臂指向家门，带着她们进屋。

若兰回头向瑶瑶扮了个鬼脸轻轻地用上海话说道："蛮懂规矩的人家呢！"然后也堆满笑容问道，"小妹妹叫什么名字啊？"

这位小妹十五六岁模样，长得眉清目秀的，个子要与若兰差不多高了。她笑眯眯地说道："我叫Wendy（温蒂），中文名字叫陈小燕。"

"哦，你还有中文名字啊？那么你家是姓陈啦！"若兰像哄小朋友那样与她说话，瑶瑶则微笑着聆听。

走进托尼家门，那是一座小而全的独立屋。进门是客厅，一张长条桌

第十六章　桃之夭夭灼灼其华

子上摆放着观世音菩萨雕像，雕像前供着几盆水果，点着几根熏香，有细细的青烟冉冉绕着圈子升腾。客厅左右两侧都有门，一边门通向厨房，另一边通向几间卧室，每个房间看起来都不大。托尼的父母从厨房里走出来见客人。母亲个头较高，穿着一身素色长袖长裙，腰里围着一个厨房围兜，看得出正在忙碌。父亲中等个子，穿着一套灰色宽松中式衣裤，像是南方农村的老乡。二老笑着点头，用广东话抑或越南方言说着客套话，这是托尼翻译出来的。

托尼把她们带进屋后小院。房子不大，院子倒不小，其中一大半是田地，种着蔬菜瓜果，托尼说这里是父亲颐养天年乐享人生的地方，父亲的最爱就是在田地里东摸摸西动动。另外，约三分之一的地方搭起了一个凉棚，凉棚下面摆着一张长长的餐桌，桌上布满了新鲜水果、各式菜肴、美味点心，看起来比餐馆的自助餐阵仗还丰富，有一男一女站在桌前摆放碟子、刀叉、碗筷、杯子，东西方饮食餐具皆备。

走近一看，那位高个子男生原来是斯蒂夫，他被托尼请来，也算是主客，感谢他为小店联系落实了最新的书报杂志供应渠道。按理说这本该是由店主若兰、瑶瑶做东请客的，但托尼主动把这个任务揽到了自己身上。斯蒂夫可以说是标准的白人美男，瘦高个子，蓝色的大眼睛深凹在高高挺拔的鼻梁两边，金黄色微卷的头发随意潇洒地耷拉在头上，嘴唇棱角分明十分性感。他做亚洲研究，对亚洲人的饮食自然感兴趣，早早地过来观看烹饪过程，还不时地问这问那，甚至掏出裤兜里的小本子做点摘记。

若兰、瑶瑶看着这一切忍不住笑出了声。斯蒂夫闻声抬头朝她俩笑笑，继续采访提问做笔记。

目前的采访对象就是那位女士，托尼介绍说这是他的姐姐Yvonne（依芳），中文名叫陈秋燕。瑶瑶和若兰按照中国人的礼节叫了声姐姐，依芳忙摆手说，我们还是按照美国的习惯，大家都叫名字好啦。瑶瑶和若兰做了自我介绍，依芳说："已经听托尼说了无数遍了，你们俩早就是我家的老熟人啦！"

托尼对瑶瑶说："我家里的人都在这里了，就还有一个哥哥结婚了另外住着。"

瑶瑶涨红了脸轻声说道："跟我说这些干吗？"

托尼认真地看着她说："应该告诉你啊，我的事情全部要告诉你的！"

托尼安排大家在凉棚餐桌坐定。爸爸妈妈长辈坐在首席，托尼和瑶瑶坐一起，若兰和斯蒂夫坐一起，他的姐姐妹妹坐一起。

若兰环顾四周，真有世外桃源人间仙境的感觉。座位不远处的田地精耕细作，分成一畦一畦的，长着碧绿的青叶蔬菜，鲜艳的西红柿也已开始结果，田地周围一圈长着各种鲜花，蔷薇月季争奇斗妍。院里还有梨树、苹果树、枇杷树，据说枇杷结果时会引来许多鸟儿争食，好一番莺歌燕舞的景象。若兰脑子里浮现出小时候背的秦观《行香子》："树绕村庄，水满陂塘。倚东风，豪兴徜徉。小园几许，收尽春光。有桃花红，李花白，菜花黄。远远围墙，隐隐茅堂。飏青旗、流水桥旁。偶然乘兴，步过东冈。正莺儿啼，燕儿舞，蝶儿忙。"

若兰正在诗情画意浮想联翩时，只听坐在一旁的斯蒂夫喋喋不休地在问着每道菜的由来做法，心里就有点反感，觉得这个美国男人怎么这么婆婆妈妈的，没什么情调。

斯蒂夫见李若兰只是痴痴地笑着，礼貌地搭讪说："中国人都擅长烹饪，李小姐一定也很会做菜吧？"

若兰正对他的啰唆反感，生硬地回答说："谁说中国人都会烹饪？我就不喜欢烧菜，浪费时间！"

斯蒂夫转头又对依芳说话去了，心想这个女生说话这么凶巴巴的，离她远点吧。

托尼和瑶瑶坐在一起浓情蜜意窃窃私语，母亲回到厨房去做热菜，父亲有点耳背也不懂英语，小妹妹跑腿送菜，斯蒂夫指着桌上的食物继续采访，若兰也没有谁可以说话，只好耐着性子听他们聊食谱。

小妹妹刚刚端上的热菜是大芹菜炒手撕鸡，大家吃得赞不绝口。中国人为表热情主人要为客人夹菜,而美国风俗各人自取互不劝菜劝酒。若兰看到托尼父亲不断在替妻子夹菜,而托尼也学着父亲的样子给瑶瑶夹菜,心里又在发笑替瑶瑶高兴,想着回家要逗她一下,真是恩爱夫妻家风传承啊。

斯蒂夫又在问这道菜是怎么做的,为什么别的地方吃不到这么鲜美的鸡肉。依芳告诉他,这是在越南人经营的活禽店买来的家养走地鸡,不是肯德基炸鸡店里那种圈养的洋鸡。圈养的鸡不能自由走动,肌肉是僵的木的,而走地鸡到处活动自由觅食,肌肉是灵动筋道的。加上母亲用了细盐、花椒、咖喱粉、八角茴香、打碎的大蒜籽等腌制鸡肉一小时后再烹饪,所以才能有丰富的味感。

这又引出了越南裔美国人群体的话题。美国是由移民组成的国家,亚裔是一个主要群体,目前有2300万亚裔美国人生活在全美各地,大约占美国人口的5.6%。其中华人在美籍亚洲人中占比最高,占24%左右;其次为美籍印度人,约占21%;接下来是菲律宾来的,占19%;美籍越南裔在亚裔中占了10%;韩国来的占9%;日本来的占7%……斯蒂夫如数家珍,侃侃而谈,这个话题倒是引起了若兰的兴趣。

托尼和斯蒂夫一起聊起了越南裔美国人群体的状况。他们中许多人是越战后以难民身份来美国的,美国政府和人民似乎以善待他们作为对越战的反思忏悔,让他们享受了许多美国福利,给他们以良好的教育机会,年轻人免费入正规全日制学校,中老年人入社区学校免费学英语。托尼来美国时15岁,就在美国读了高中大学,已然融入美国社会与当地青年无异。托尼的哥哥来时已经19岁,他不如托尼好学,只是学了点应付日常生活的英语,现在夫妻俩开了个美容理发店,收入很不错。像托尼父母那样的老年人不能上班工作,政府每月给一笔生活费,也可以衣食无忧过上小康生活。

这时小妹又端上来一道新菜,是妈妈的拿手绝活——鱼翅大肉圆,看起来就是一个个肉圆浮在汤上。托尼建议每人一个放到自己盘子里,各人拿起叉子切割肉圆放入口中,只觉齿颊留香,个个叫绝,也顾不上说话,都忙不迭地一口接一口品尝，到一个肉圆吃完，众人才开始探究，这里面究竟放了些什么。

妈妈满意地擦着手从厨房出来，大家赞赏这道菜太美味了，由托尼翻译，妈妈和依芳一起接受采访，说了个概况。当然，首先要发好鱼翅，越南人爱吃鱼翅，是重大宴会的必上菜品。干贝是珍贵海鲜，也要预先发好，猪肉要指定部位，肥瘦相间，一起剁成肉糜拌以细盐，搓成圆子后投入用走地土鸡加上香菇、陈皮、枸杞、生姜、腐竹等熬制数小时的浓汤中，圆子又吸取了汤料的精华味道，鲜上加鲜，自然美不胜收啦。

最后的主食，是每人一碗读音为"宫宝丸"的牛肉汤粉。听读音若兰以为又是什么丸子汤。端上来一看，竟是冒着腾腾热气的红汤米粉，据说这碗汤极有讲究，要用10个小时熬炖牛骨牛肉，再加上各式调料，最后放入一点红椒，然后煮熟米粉放入熬好的浓汤中，面上铺着牛肉片、猪蹄块、豆腐干等，又有新鲜蔬菜包括绿豆芽、红色卷心菜、九层塔菜等让客人随意添加，轻轻吮吸一口鲜香直入胃里，似有酗酒微醺的感觉。有意思的是，托尼悄悄告诉瑶瑶，他母亲最爱这碗"宫宝丸"，曾经对他说："儿子，如果我身体不行快死了，死之前你要做一碗宫宝丸给我吃！"

19世纪中后期起，越南成为法国殖民地数十年，越南饮食颇受法式餐饮影响，比如生菜沙拉也是越南餐桌常菜，越南米粉汤都会拌以九层塔菜、绿豆芽、香菜等生菜，听凭食者喜爱任意加入汤料中与米粉同食。

今天大家领教了越南裔美国人款待客人的大餐，也听到了许多故事。越南裔美籍人比较团结，他们有自己的小社会、自己的特需品商店，保留了许多越南的生活习惯。瑶瑶看到了一个幸福的家庭，心里暖暖的，喜滋滋的。客人道谢后要回家了。

托尼坚持要自己送瑶瑶回家，若兰顺水推舟，与斯蒂夫搭伴出门。两人在小巷口对视了一下，心头似有一点异样的感觉，又不知道怎么回事，互相道别后各自开车离去。

托尼等这一刻等得太久了，他拥着瑶瑶上了自己的汽车，把车子开到一处街心花园停下,两人钻入树丛中。

夜已浓黑,寂静无人,正是恋人耳鬓厮磨窃窃私语的良辰吉时。托尼和瑶瑶拥抱热吻,瑶瑶整个人投入托尼怀中。

《诗经·周南·桃夭》:"桃之夭夭,灼灼其华。之子于归,宜其室家。"翻译成现代文:"桃花怒放千万朵,色彩鲜艳红似火。这位姑娘要出嫁,喜气洋洋归夫家。"今天就是瑶瑶的好日子,这段诗经文字似乎就是为她而写!

第十七章
往事历历难挥洒

不知为何,一般来讲,帅哥对美女并不敏感,也许是围绕着他们的美女太多的缘故吧。斯蒂夫其实早就看到过李若兰,先是在若兰早期工作的酒吧舞厅,之后在大学上课的教室里,李若兰就是他的一名普通学生罢了。李若兰和钱佩瑶一起创业开店,他有点佩服这两个亚裔姑娘的顽强劲儿,也就顺应着托尼的请求力所能及地帮助了她们。只是,昨天聚餐后与李若兰走出托尼家,那随便的一回眸一望,竟让他联想起了那些事、那个人。

第一抹晨曦从遥远的天边照到了学校的草地,斯蒂夫靠在校园的椅子上静静地望着学校楼房高高低低的轮廓,看着宁静的天空由黑变蓝,由蓝变白。昨天的聚餐,让他见识了活色生香的亚洲饮食文化,而遇见李若兰,又勾起了他埋在心底的一些事儿,他早早就醒了,漫步校园,脑海里不期然地涌现出自己的青葱岁月,那是在读高中的时候。

那个活泼开朗的阳光少年,每天在操场上打篮球的时候,都会有许多女生把球场围起来为他欢呼,那时他多么受人欢迎啊。"嘿,斯蒂夫,瞧那个中场边的女孩,没错,就那个S形身材凹凸有致的,听说她叫茱迪,你看她那个长相,像不像好莱坞明星啊?怎么样,有兴趣吗,我们一起去泡她吧!"同班的布朗跑到斯蒂夫身后拍了拍,扭着屁股双手捧着脸颊做出陶醉的样子。斯蒂夫朝中场外看了看,脸有些红了。茱迪见斯蒂夫看向自己,故意转头将金色长发向后甩了一甩,挺了挺傲人的胸脯。布朗又开玩笑地说道:"斯蒂夫，要是咱俩能互换长相就好了，你人长得帅，球打得好，总有一堆美女围在你周围，不知道多少男生对你羡慕嫉妒恨呢。听说上次隔壁班的约翰跟茱迪表白，茱迪都没正眼瞧他一眼，坚决说除了斯蒂夫，谁也别想打她的主意。"布朗一边说着，一边看着斯蒂夫坏笑。斯蒂夫朝布朗屁股踹了一脚，咧嘴做出一副不在乎的表情，耸耸肩摊摊手摇了摇头。打完球之后，斯蒂夫拿了衣服拔腿就跑离开球场，生怕有女生来找他搭讪送水。留下一堆还没反应过来的傻女孩拿着矿泉水瓶，呆立在球场边，气得直跺脚。只有茱迪无所谓地站在那里不动，似乎在等什么人。

待到人群散去后斯蒂夫又回到球场，他小跑到篮球架对面的看台上，有一个女生还留在那里没走。

那个女生就是茱迪，她沉着脸责备斯蒂夫："你一打球就不认人啦？也不知道在球场上跟我挥个手打个招呼。让大家知道你对我另眼看待啊！"她一边埋怨，一边从背包里拿出一瓶矿泉水递给斯蒂夫。

斯蒂夫开心地接过水，一口气咕噜咕噜灌了大半，说道："要不是布朗他们非要拉上我，我本来今天不想在学校里打的。都是熟人，跟一个女生单独打招呼，不等于向全校宣示啊？"

"我就是要你向全校宣示，怎么，我配不上你吗？"茱迪还是紧盯不放。

"是我配不上你，你是校花，关注你的人太多了，我不想做全民公敌呀！"

"你这个胆小鬼，我为什么要爱上你这个胆小鬼呢？"茱迪拉上斯蒂夫，边说边走，"到我家里去，我弹琴给你听，让你享受一个VIP专场！"

斯蒂夫还有点犹豫："你爸妈在家吗？他们会让你带男生回家吗？"

茱迪不管不顾地把斯蒂夫拉上自己的车子，风驰电掣般往前冲去，很快就到了自己家门口。她朝斯蒂夫抛了个媚眼，轻声说道："我爸妈去欧洲度假了，你放心！"

斯蒂夫跟着她走进去。前脚刚踏进门，茱迪随手把门一关，抱住他就胡乱狂吻起来，然后又把他拉进了自己房间。

接着是一连串杂乱无章的滑稽动作，斯蒂夫只觉得身不由己鬼使神差，一切由她摆布,她像是指挥,是教练,斯蒂夫就这样破了处男身。

茱迪在父母外出期间,每天放学后就要斯蒂夫跟她回家玩,斯蒂夫懵懵懂懂的,只觉得身体有一种快感,一种说不出来的激情外泄。两个人在床上旋转,每天都弄到头昏脑涨天际擦黑才回自己家。几日下来,斯蒂夫的父母发觉情况有点诡异,儿子每天回家都筋疲力尽,吃过晚饭倒头便睡。仔细盘问,斯蒂夫只好撒谎说是在学校打球太累了。父母严肃地告诉他玩乐要有节制,不可以这样放纵自己,这个年纪是要认真读书的。斯蒂夫家教很严,他听从了父母规劝,克制住自己的欲望,不再每天去茱迪家了。

茱迪生气了,故意当着斯蒂夫的面把布朗拉到自己车上,要布朗到家里去陪她玩,想激起斯蒂夫的醋意。斯蒂夫心潮翻腾,但他记起父母的话,只当没看到,掉头回家了。

周末,茱迪在自己家里开派对,斯蒂夫征得父母同意后去参加,看到茱迪请了学校的一帮有钱人家的孩子在家里喝酒抽烟胡来。

美国把有钱人分成 new money 和 old money。这并不是字面上的新钱和老钱。new money 指的是暴发户,old money 指的是祖祖辈辈好几代都很有钱的人家。相对来说,new money 会比较热衷于追求奢侈品豪车等表面上的奢华;而 old money 相对比较低调,不追求表面浮云上的物质,追求的是知识教育等精神层面上的东西。

得州是个富裕的大州,在美国除了阿拉斯加外,数它的面积最大。"得克萨斯"是印第安语朋友的意思,历史上它曾经是西班牙殖民地,之后并入墨西哥,1936年宣布脱离墨西哥成立得克萨斯共和国独立。到1945年加入美国联邦成为当时美国的第28个州。得州经济过去主要是农牧业,也因此以牛仔出名,生产大量牛羊肉,加上棉花、稻米、花生、蔬果等。所以老的有钱人大多是农牧场主人。

到了20世纪初期,得州发现大量石油,开采石油以及与此有关的炼油、石油化工等产业兴起,涌现了一批新的富豪。

20世纪六七十年代,美国国家航空航天局决定在得州的休斯敦建立太空研究中心。为纪念美国前总统林登·约翰逊,这个中心命名为林登·约翰逊太空中心。中心占地面积656公顷,拥有大量高科技研究人员和联邦雇员,成功地完成了一个又一个载人航天计划。这里既是月球标本库、航天飞行科学和医学研究的大本营,又是一个巨大的综合性展览馆。馆内陈列的宇航史介绍了从火箭到航天飞机的发展过程,里面还有一幅中国在12世纪初燃放"起火"的示意图,标志着今天宇宙火箭的原理启蒙于古老的中国。这么宏大的项目,又诞生了多少大富翁啊!

得州还出了个Michael Dell(迈克尔·戴尔),他于20世纪80年代创立了一家生产、设计、销售家用和办公室电脑的公司,生产与销售高端电脑、服务器、数据储存设备、网络设备等,很快便跻身世界五百强企业。这样的大公司大企业,怎么会不产生亿万富翁呢?

大批高科技企业和人才的涌入,促使房地产行业如雨后春笋般崛起,方兴未艾,蒸蒸日上。这岂不又是发财的大好时机。

因此,得州的许多大富豪都是new money,新产生的。但如果统统以暴发户称呼他们,似乎并不准确,在人们的概念中,暴发户似乎并不是一个褒义词。

就比如来参加茱迪家派对的十来个同学家庭里,虽然都是有钱人,也大部分都算是new money,但其实还是有许多区别的。

像斯蒂夫家里,父亲母亲都是大学毕业,文化层次比较高。斯蒂夫的祖父是蓝领工人,家里经济拮据,他父亲是靠着student loan(学生贷款)和好心同学的资助完成大学学业的。父母良好的知识结构,使他们有底气放弃安稳的政府雇员生涯,毅然离乡背井来到得州开采石油并获得成功。他们是靠着教育和知识,当然也有运气跃入石油富商行列的。他们重视下一代的教育,不愿意让儿子成为只知吃喝玩乐的纨绔子弟。

而茱迪的父母没有读多少书,在得州从事房地产开发,正好碰上得州石油和高科技产业大发展的时机发了财。他们感觉自己的财富几代人都挥霍不尽,自己的孩子是含着银汤匙出世的,只要开心快乐长大就好。因此宠溺无度，让茱迪养成了为所欲为骄横跋扈的性格。

茱迪点了大餐厅catering（承办宴会）的服务，餐厅的各式美食美酒应有尽有。为了标新立异独树一帜，她还悄悄地让对她言听计从的布朗从黑市高价买来了Marijuana（大麻），企图给大家一个惊喜，使同学们对她家的派对终生难忘。

美国规定，16岁可以开车，18岁可以抽烟，21岁可以喝酒。这帮高中生都没有到合法抽烟喝酒的年龄，但富家子弟潜意识里总以为有钱可以搞定一切，早就偷偷地干上了。他们酒足饭饱之余，又开始了吞云吐雾。

打扮得妖艳性感的茱迪扭着模特儿的台步走到中间，嗲声嗲气地说道："大家开心吗？今天我要请各位尝尝你们从来没有尝到过的快乐美味，布朗，快，捧出来让大家开开眼！你们见过这玩意儿吗？"

喜欢猎奇的高中生们睁大了眼睛，只见布朗捧出了一只精致的木头盒子，里面装了一堆松散的干树叶，隐隐地飘出一阵奇怪的气味，靠近的同学把鼻子凑近去闻了闻，有的说香，有的说并不好闻呀。大家面面相觑，也有的露出不屑的神情，不知道她又在耍什么名堂。

茱迪神气地掏出一只Dunhill（登喜路）纯银镀金打火机，从木盒里取出一根透明烟斗，把树叶塞进烟斗，咔嚓一声点燃了打火机，用涂着大红唇膏的小嘴含着烟斗深深吸了一口，又对着几个男生把吸进去的烟气一口口吐了出来，自己先哈哈大笑起来。她亲昵地把烟斗递给斯蒂夫，示意他像自己那样抽一口，又对着布朗叫道："还愣着干什么？盒子里不是有卷烟纸吗？让大家抽起来呀！"

于是，布朗从盒子里取出卷烟纸分给大家，自己示范把干叶子包在长条纸里卷起来，从茱迪手里要来打火机，点燃纸烟抽起来。大家也都monkey see, monkey do（见样学样），照着布朗的手势点燃纸烟抽起来了。

斯蒂夫个性羞涩懦弱，他一贯遵从父母的教诲从来没抽过烟。现在茱迪当着同学们的面向大家宣示与他关系不一般，还要他跟她一样抽这种怪烟，他真想马上逃回家去。但茱迪不依不饶，钩住他的肩膀把烟斗塞进他的

第十七章　往事历历难挥洒　135

嘴里，他又看到同学们一个个都开心地抽了起来，只好也顺势抽了一口。

没想到这种烟真的很神奇，吸进去就有一种快乐的感觉，他就又接二连三地抽了几口，整个人就晕乎乎地飘飘欲仙起来，什么测验考试呀，爸妈的责备呀，一切一切不开心的、令人难堪的事情，似乎都丢到九霄云外，一下子变得神采飞扬，信心满满，连自己也不相信自己竟然有这样的潜能。他跟着大家一起傻笑起来。

刚才大家还嚷着太饱实在吃不下喝不动啦，这下突然又感觉胃口大开，再次生机勃勃地大吃大喝起来，把请来的餐厅服务生忙得不亦乐乎。

从此斯蒂夫就沾上了抽大麻的嗜好，这一抽就是好几年，从高中带到了大学。他与茱迪的关系，也时好时坏维持了一段时间。直到茱迪的烟瘾越来越大，大麻已经不能满足她了，她又升级抽上了鸦片。斯蒂夫坚决不肯跟着她胡来，最后她与布朗结了婚，听说她还染上了艾滋，整个人完全变了形。

想到那几年跟茱迪关系时好时坏的情景，斯蒂夫不禁摇头苦笑。为了所谓的自由自在，他一满18岁就离开父母独自生活。没有经济来源，只好课余到麦当劳去扫地擦桌挣一份苦力钱。但那又怎么足够支付房租和饭钱呢？入不敷出时只好又搬回父母家里。每次母亲都给他一个亲吻，父亲给他一个大大的拥抱欢迎他回家。进了大学还是这样，进进出出了好几次才算彻底独立。

为了在父母面前争气争面子，加上家里本来就有浓厚的中国情结，他选择了容易申请到奖学金的亚洲研究专业，硕博连读。现在他已经踏上了"Tenure-Track Faculty（预备期终身教授）"岗位，再努力干上两年，他就是大学终身教授了。

渐渐变亮的天空把斯蒂夫拉回了现实，他呆呆地在这儿坐着，等待着即将到来的美丽日出。

李若兰从柔软的床上醒来，她难得美美地睡了一觉，推开自己房门，没听到瑶瑶房间有任何动静。她轻轻地呼唤了两声，没有应答，一向早起读书的瑶瑶难道也睡懒觉了吗？她会心地笑了一下，拉开薄纱制的窗帘，温柔的晨光一下照了进来,眼前是一片宁静碧绿的草地,让人神清气爽。她在窗口大口深吸清晨的新鲜空气,快速穿好阿迪达斯运动便装,蹬上耐克运动鞋,跳跃着小跑来到学校操场。她围着操场跑了几圈,忽然瞥见斯蒂夫正坐在操场外大树下的木椅上出神,俊美的外形与清晨校园美丽的画面融为一体。李若兰静静地看着斯蒂夫的身影,不知不觉嘴角微微地上扬了,步伐放慢了下来,她突然有一种冲动,想过去跟斯蒂夫打个招呼。她小步跑往斯蒂夫座椅。

斯蒂夫远远地看到一位身材窈窕的女生迈着健美的步伐跑步的身影,他还有点恍惚,难道是茱迪返老还童了吗?待到若兰跑到他跟前,香喘吁吁地呼喊着:"早上好,斯蒂夫!"他才回到现实中。李若兰叫道:"你喜欢运动吗?一起跑步吧?"斯蒂夫有点却不过她的邀请,跟着她一起绕着操场跑起来。

教师还是要有点教师的样子。斯蒂夫随口问了一句:"你是中国大陆的?从哪个城市过来的?"

"上海!"

"上海?"斯蒂夫竟像触电似的叫了起来,哇,她是从上海来的,我怎么这么粗心,我怎么会从来没有关注过她?我怎么这么冷漠呢!

第十八章
拯救生命的圣土

上海,这是斯蒂夫·霍夫曼从小到大听到过无数遍的地方啊!在他的心目中,这是犹太人的诺亚方舟,希望之地,那里的人都是圣人,是那样好心的人,是犹太人的救命恩人哪!

听父亲盖瑞特·霍夫曼和祖父雅各布·霍夫曼泣血带泪讲述了纳粹德国迫害犹太人的过往、自己的家族亡命上海的经历,斯蒂夫·霍夫曼选择的研究方向之一,就是二战时期犹太人在上海。老辈人形象的讲述加上他苦心孤诣收集的资料信息,在他脑海里形成了一幅有声有色的上海画卷,一篇栩栩如生的上海故事。

1938年11月9日至10日,纳粹暴徒在德国、奥地利等地策划实施了迫害犹太人的臭名昭著的"碎玻璃之夜",暴徒们烧毁犹太教堂,抢砸犹太企业,劫掠犹太人的医院、学校和家庭,毁坏犹太墓地,杀死许多无辜的犹太人。这场反犹迫害的第二天,3万多名犹太人被抓进集中营。紧接着的几周内,德国政府颁布了数十项旨在剥夺犹太人财产和谋生手段的法律和法规,之后还取消了犹太人的德国国籍。"碎玻璃之夜"成为纳粹德国迫害犹太人的一个重要转折点,最终引发了企图消灭欧洲犹太人的灭绝人性的全面行动。绝望之中,许多犹太成年人自杀。大多数家庭想尽一切办法离开德国。

斯蒂夫的家族数代定居在柏林,此时不得不忍痛含泪离开祖居。他们是被驱逐出境的,虽然数代经商积累了一定的财富,但当局规定,除船费外,每人所带现金不得超过10马克。离境时对他们非法搜身,有携带超出规定的数额全部没收充公还遭遇毒打。斯蒂夫家族的一些亲戚朋友更是悲惨,不少人通过所谓"非法手段"逃离德、奥等国,如偷越国境、偷搭外轮、持短期签证进入别国再设法逃离欧洲等。他们有的先进入意大利,然后在意港口搭船来沪;有的进入法国、荷兰、比利时等国,再在那里的大西洋港口搭船来沪;还有少数人坐船经多瑙河抵达巴尔干国家,在那里登上远洋海轮来到上海。在茫茫浩瀚的大海上,斯蒂夫的祖辈、父辈们仰望星空,心里祈祷着早日看到希望之光,看到东方海岸边上的这座明星城市,这座已经被犹太人心心念念当作圣土的宝地。

在第二次世界大战的刀光剑影中,上海租界内有一块刀枪不入的和平孤岛,存在时间从1937年11月上海沦陷,至1941年12月珍珠港事变日军侵入上海租界为止。这时期的租界,四面都是日军侵占的沦陷区,仅租界内是日军势力未到而由英法等国控制的地方,故称为"孤岛"。

经过长时间的海上漂泊,1938年底,正是滴水成冰的严冬时节,斯蒂夫的祖父雅各布带着夫人依琳、儿子盖瑞特一家人抵达上海。

跨下船舷走上轮船跳板时,老霍夫曼的心还有点忐忑,虽然已经听到过无数美丽的传闻,但这毕竟是一个人生地不熟的陌生城市啊!

真正是出乎意料,当经历重重磨难的犹太难民扶老携幼走下轮船悬梯,踏上这块东方绿洲时,受到了家人般的热情接待。上海十六铺轮船码头上,已经聚集起一批先期抵达的犹太朋友,和许多热心的上海市民组成的帮助犹太难民志愿者,他们打着"欢迎犹太兄弟姐妹们!""欢迎来到上海!"等暖心的横幅标语,有人还手捧鲜花,站在码头上向他们挥手致意。雅各布的眼眶湿润了,长时期遭受非人待遇,而这里却是把自己当作贵宾好友接待,真是霄壤之别啊!

简单的寒暄加拥抱后,有几辆大卡车把下船的难民送到了由维克多·沙逊爵士捐出的河滨大楼接待站,和哈同生前建造的阿哈龙犹太会堂等地暂时住下。雅各布一家被安排在河滨大楼暂住。

第十八章 拯救生命的圣土

那时，斯蒂夫的父亲盖瑞特还是不到10岁的小男孩。好奇心带着他在河滨大楼里到处转悠，看到那是一个庞大的建筑，上下八层，底层还有一个巨大的游泳池。他在各个楼层上下跑动，还跃跃欲试想跳到游泳池去游泳，却被母亲坚决制止了。

在河滨大楼住了一段时间，老斯蒂夫一家又被安置到虹口一带住下，当时那里处于公共租界、日租界和华界的交叉地段，经过战乱后市面萧条，物价房价都比上海其他地区便宜。

其时，正值维克多·沙逊爵士带头捐款，上海一些犹太富商共同出资创立了复兴基金（Rehabilitation Fund），意在帮助犹太难民开办中小实业，增强自力更生共度时艰的能力。霍夫曼家族在柏林开面包房小有名气，雅各布很想在新的城市也能开出自家的面包房，无奈初来乍到又身无分文，有朋友提议他既有此一技之长，不如先到面包房去工作再做打算。在"援助欧洲来沪犹太难民委员会（Committee for Assistance of European Refugees in Shanghai）"牵线搭桥帮助下，雅各布进了霞飞路①877号的"老大昌"面包房工作，这家店采取前店后工坊的模式，生产的法式西点工艺精细、奶香浓郁，在上海滩颇有声望。

雅各布精通面包糕点制作的技艺流程。他半夜起床赶到工坊揉面、发酵、醒面，他懂得要出力气揉搓面粉团，严格把控发酵醒面时间，精准投下牛奶、蔗糖、香料，这样出来的面团才能成为制作糕点的好食材。他还把柏林制作面包、蛋糕的一些新花样带到老大昌店里，使花色品种更加多种多样，口味愈益香浓美味。原来，这家老大昌面包房的老板是法籍犹太人与希腊、俄国犹太人三位合伙投资经营的。三位股东老板见来了这样一位吃苦耐劳又懂行的伙计，喜出望外，他们一致同意就在店后面的工坊里隔一块空间让他晚上住在店里，免得半夜摸黑走长路从虹口赶过来，既不安全又费时费力。

---

① 霞飞路为今上海淮海中路。

不久，雅各布的夫人，盖瑞特的母亲依琳也在附近的西比利亚皮货店找到了一份营业员的工作。这是一家俄国犹太人开的经营中高档皮货的商店，总店在静安寺路上，一家分店设在霞飞路895号，距离丈夫雅各布工作的地方不远。

雅各布夫妇模仿当地一些流动擦皮鞋摊的工具箱，替10岁的儿子盖瑞特也做了一只，里面放置各色皮鞋油和刷子、揩布等擦鞋工具。木箱上面有一个小支架可以搁上一只鞋，另外附带两张小凳子，一张是擦鞋的人坐，一张供顾客坐。还有一块小木板，可以一边用木板敲击木箱，一边喊着"擦皮鞋哦"，招徕顾客。盖瑞特把这个小箱子像手风琴似的挂在胸前，每天轮流在父亲母亲上班的店铺门前摆摊替人擦皮鞋挣点小钱。

这样，一家三口在上海算是都有了收入，暂时安顿下来了。

一天，盖瑞特正在老大昌门口替人擦皮鞋，来了一对上海父子进店买面包，那个男孩看起来与盖瑞特年龄相仿，他蹲下来很有兴趣地看着盖瑞特，又拉扯着父亲要他让盖瑞特擦皮鞋。父子两人都照顾了盖瑞特的生意，还拿出一张大钞票来不让他找零。盖瑞特很羞涩地不肯收钱，那个男孩用英文对他说，真的不用找了，你就在这里摆摊对吗？我会常常来看你的。

果然，那个男孩没有食言。他几乎每天下午都会过来找盖瑞特玩。他说他家就住在离霞飞路不远的吕班公寓里，他下了课对父母说买点心吃就可以出来了。他教盖瑞特讲上海话，还常常把家里的鸡腿带过来给他吃。

有了这样一个上海小伙伴，盖瑞特满心欢喜，他告诉了自家父母。雅各布和依琳看到自己儿子已经融入上海生活也很放心。

雅各布一家在上海度过了春夏秋冬，迎来了中国人的最大节日——春节。

那是1940年的春节，正处在上海"孤岛"时期。当时中国各地富豪都逃往孤岛避难，大量资本进入孤岛开办实业，且交战各方都需要港口运输物资，造成了孤岛的畸形繁荣。

雅各布和依琳上班的食品店和时尚皮装店都宾客盈门生意兴隆，一直忙碌到了大年三十。老板关照下午四点关门歇业,到大年初四再开门迎客。

去年春节时雅各布一家刚刚抵沪,还是与犹太难友们一起待在接待站里。这次算是第一次在上海过中国年,他们都很好奇,只见中国人见面互相作揖嘴里说着"大吉大利""恭喜发财"的吉祥话,买了大包小包的礼品互相赠送。

大年三十这天,雅各布像往常一样半夜就起床揉搓面团,发酵后再加入牛奶、蔗糖等准备烘焙面包。之后面包、蛋糕师傅陆续到来上班,第一批面点出炉后店面就打开了,几位营业员小姐也都来了。按照惯例,也是老板体恤员工,雅各布可以到他自己的小隔间里小睡几小时,以补足他半夜起来欠缺的睡眠。正当雅各布准备离开店面走到后间去时,那个一直与盖瑞特玩耍的小朋友和他的父亲进店来了。雅各布以为他们是来买面包、点心的,向他们点头一笑算是打个招呼后想走开,不料那位父亲笑嘻嘻地向他走来,开口用英语与他交谈起来,问他一家在上海生活是否习惯,又说他们是上海这座城市的客人,上海人就是由全中国各地、全世界各地的人组成的。他代表太太一起邀请雅各布一家今天晚上来家里做客吃年夜饭。雅各布觉得有点喜出望外,也有点担心两个民族的生活饮食习惯并不相同,坐在一张饭桌上用餐是否能和谐融洽。看到雅各布有点犹豫,那位父亲笑着说自家儿子与盖瑞特是好朋友,他也有好几位犹太朋友,通晓他们的风俗,一定会尊重他们的生活习惯的。还说等下午店家打烊后他会让儿子过来接盖瑞特和他的父母一起到自己家里来。

果然小男孩早早来约了盖瑞特,两个少年有说不完的话,一起等着雅各布和依琳从店里出来。小男孩带着他们从霞飞路走到吕班路[①]口转了个弯,在吕班路上走十来分钟到了辣斐得路[②],就在那个路口停了下来。

这里是法租界的公寓洋房,叫作吕班公寓。外面是安静的两边长满法

---

① 吕班路为今上海重庆南路。
② 辣斐得路为今上海复兴中路。

国阔叶梧桐树的街道。公寓外墙由深红色的砖石砌成，从街上看来是整排的洋气的大楼。公寓的正门开在两条马路交会的街角，面对着西北方向。大门高达一层楼，宽有八扇门帘，每道门都由结实的橡木做底，上半部镶嵌着凹凸起花的钢化玻璃，进门是一片象牙白马赛克小瓷砖铺设的地面，走个十来步就是一个大理石铺就的三级石梯，走上石梯，再往前走几步，穿过一个两边是为大楼取暖照明服务的机器控制房的走廊，眼前竟豁然开朗，想不到里面有一个偌大的花园，雅各布记得清清楚楚。

花园里面，外圈是水泥路面，可以有两辆汽车相对宽敞地交会驶过。内圈有水泥镶边的街沿，里面是整片的泥土地，长着许多树叶婆娑的大树，林木间隔中还有各式假山石，有的镂空穿洞，有的瘦削峻峭，煞是好看。有孩子在树木和假山石中间穿梭跳跃，游戏玩耍。盖瑞特看到一个非常漂亮又极其瘦弱的犹太女孩，看起来只有四五岁的样子，五官那么精致，但脸上那么忧郁，她坐在假山石上，旁边站着一个极老的老人，盖瑞特忍不住上前想跟那个小姑娘说话，小姑娘只是低头不语。小男孩告诉他，这个犹太女孩叫莉娅，她的爸妈都被纳粹害死了，只有老爷爷带着她逃了出来住在这里的亲戚家。爷孙俩都不说话，只是默默地看着过往的行人。爷爷常常做出精细好看好吃的点心带出来，让这里的小朋友们陪着他孙女吃。但孙女不说话吃得少，只是忽闪着大眼睛看着你。啊，莉娅，莉娅，盖瑞特觉得自己这辈子再没有看到过这么美丽、这么忧郁的女孩了！

小男孩一家热情地欢迎招待雅各布一家。知道犹太风俗不吃猪肉，这顿中国年夜饭破天荒地不做一道猪肉菜。有白斩鸡、油爆虾、陈皮牛肉、涮羊肉。还知道犹太朋友只吃带有鱼鳞鱼鳃的水产，年夜饭用青鱼做了上海特色熏鱼，酸酸甜甜又鲜美，盖瑞特从来不知道鱼竟然可以这样做，连吃了好几块。点心是八宝饭和酒酿圆子，两家人边吃边聊，交谈甚欢，记得小男孩的父亲说很尊重犹太朋友热爱书籍，他向雅各布咨询关于犹太孩子吻甜书的仪式。雅各布告诉他们，在犹太家庭里，宝贝稍微懂事，妈咪就会翻开《圣经》，滴一点蜂蜜在上面，然后叫宝贝去吻《圣经》上的蜂蜜。这个仪式的用意是,告诉宝贝书本是甜的,让宝贝在最初接触书籍时,就留下非常美好的印象,从而一生都喜爱读书。犹太人家庭还有一个世代相传的习惯,那就是书橱要放在床头。如果放在床尾,就会被认为是对书的不敬。这些民族习惯都使得他们成为一个爱书的民族。小男孩的父亲母亲听了都拍手表示赞赏。雅各布酒酣耳热兴奋不已,觉得在上海找到了知音。他宣布不再让盖瑞特擦皮鞋补贴家用,他已经联系好了学校,新的学年就让盖瑞特去上海的犹太学校读书了,大家为此又连连干杯庆祝。

雅各布一家在上海过了几年安稳的日子,但是从日本偷袭珍珠港向英国、美国宣战以后,整个上海被日军占领。二战初期日本曾酝酿"河豚鱼计划",妄图哄骗犹太财团去日本投资,阴谋被识破计划落空。二战后期德国制订了"梅辛格计划",催促日本屠杀上海犹太人。在纳粹德国的压力下,上海的日本当局于1943年2月采取了近似于建立集中营的措施,搞了个"无国籍难民隔离区",民间称为隔都。所谓的无国籍难民,指的就是欧洲犹太难民,日本当局规定他们只能居住在公共租界一个圈定的狭小地区内不得外出,并威胁如不服从就要受到严惩。雅各布不得不带着全家人搬到隔都居住。这是他们在上海最艰难的日子,这段日子里,小男孩还是偷偷地找到了盖瑞特,并不断地给他们送来粮食肉类。直到1945年8月日本宣布无条件投降,雅各布一家才得以离开隔都。之后在美国亲友的帮助下,全家移民到了美国。

盖瑞特初到上海时,还是一个蒙昧孩童,在上海生活读书七年,与那个上海小男孩一起长大,离开时两人都已是翩翩少年了。

小男孩全家去上海十六铺轮船码头送行,盖瑞特和那个上海少年抱在一起哭成一团不愿意分开,并发誓今生一定要再见面。

盖瑞特的儿子斯蒂夫·霍夫曼,从小到大听到的上海故事,一下子都活灵活现地在他的脑子里像播放电影似的一幕幕闪现出来。

第十九章
熟悉的陌生人

皎洁的月光透过百叶窗洒在洁白的单人床上,交织成一块块排列有序的图案,整齐重复的叠交光影很容易让人陷入迷幻。斯蒂夫双手交叉垫着后脑勺,有点神经质地躺在整洁的床上,双眼轻闭,嘴角有些微微上扬。他几乎一夜无眠,回忆着祖父、父亲告诉他的家族苦难历史,以及在上海这块救命宝地的传奇经历。像过电影似的回眸过往历程后,在微弱的光亮中,他脑海中竟浮现出那天与李若兰告别时,她不经意间对他回眸一笑的美妙场景。那一头乌黑如黛的秀发、清澈似水的双眸、樱桃色娇嫩的嘴唇,还有微微泛红的脸颊,仿佛触手可及。呀,怎么自己长期以来都没有留意这么一位来自恩人圣地的美丽女子?他有点自责又有点自嘲,斯蒂夫,你都在想什么做什么呀?

脑海中翻江倒海的一夜过去,斯蒂夫匆匆起床,鬼使神差般地来到了李若兰的文具店,感觉有一种急于要了解她的冲动。可惜,他没有见到李若兰,只看到了李若兰的闺密钱佩瑶。瑶瑶正沐浴在爱河之中,春风满面地走过来:"斯蒂夫老师好!有什么可以帮您吗?"

"哦哦,没事,请问李若兰小姐在吗?"

"她今天上午有课,应该晚一点才会过来。"瑶瑶答道。

"好的,谢谢。"斯蒂夫正准备转身离去,突然心生一计。他对瑶瑶说道:"瑶瑶,你知道李若兰正在修我的东西方比较文学课程,我想找一位课代表,方便与学生沟通互帮互学。我觉得李若兰从中国过来,东方的文化她会比一般美国同学知道得多些,我想跟她商量一下,你觉得她会愿意当这个课代表吗?"

"啊,原来如此,快先请坐,我觉得她当这个课代表非常合适,您一定要推荐她!"

一听闺密有机会可以更好地学习,瑶瑶特别起劲:"若兰可优秀了呢,她在国内就是学音乐艺术的,来美国后为了付学费自己创业开了这家店,但她喜欢艺术,一直在抓紧时间学习,从来没有放弃过对艺术的热爱。她弹钢琴还特别厉害,什么李斯特啊,门德尔松啊,她都能默记他们的曲子。去年圣诞节前我们几个女生一起去 Nordstrown 商场 Window Shopping(看橱窗逛商场),看到那里有一架大钢琴,若兰坐上去弹了一曲贝多芬的《欢乐颂》,把店里的顾客、营业员都听呆了,商场经理来跟她商量,请她课余兼职去他们商场弹琴,被若兰婉谢了,后来还有好几个帅哥过来跟她搭讪,但是她都很冷漠不理睬人家……"

斯蒂夫听到这里眼睛一亮,没等瑶瑶说完就开口问道:"她不爱跟男生说话吗?她没有男朋友?"

瑶瑶说道:"她没有男朋友,对男生都很冷漠,反正我没见过她跟哪个男生走得很近的。不过她那么漂亮,不理人家也是正常的,哪能让他们占了便宜?哦,我不是说你啊,老师。"瑶瑶觉得说漏了嘴,红了脸看着斯蒂夫,有些不好意思。

不知何故,斯蒂夫这会儿满脸都写着开心,笑着说道:"没事,我知道啦,这么说李若兰确实非常优秀呢。"他一边笑一边若有所思地点着头。

"是呀,老师您要不要等她一会儿,她应该快回来了。"瑶瑶说道。

"不了,我还有课,就先走了。"斯蒂夫站起身来,准备离开时又转头说,"对了瑶瑶,请不要告诉李若兰我来问过关于她的事情,毕竟谁当课代表还没有定,我还要听听其他同学的意见。"

"嗯嗯,知道了老师。"

中午李若兰下了课来到店里,瑶瑶就笑着从头到脚打量着她,李若兰觉得奇怪,问道:"你这么一直盯着我干吗呀?"

瑶瑶似有深意地说道:"我看你身边有祥云之气,最近你要走运啰。"说完就嘻嘻地笑着。

"说什么胡话呢,我看你是被爱情冲昏头脑了吧? 一天到晚傻笑,话也多起来了。今晚又要跟托尼约会了吧? 你要有事就先走吧,反正我下午都在店里了。"李若兰听了只觉得好笑,没有当回事,忙着招呼顾客去了。

斯蒂夫从瑶瑶嘴里听到了李若兰的情况,知道她十分优秀,心中似乎有一种为自己人高兴的感觉;至于她至今仍是单身,倒令他觉得出乎意料,又有点不知所措,自己要不要去追求她呢? 学校可是规定师生不许谈恋爱,尤其是不能与自己直接任教的学生恋爱,这有关师风师德啊!

这天课后,斯蒂夫去找了托尼,想从托尼那里再多了解一些李若兰的情况。果然,托尼与他是多年的亦师亦友关系,他就把李若兰来美国后先是在酒吧弹琴伴舞,之后遇到张经纬与之结婚,张经纬出轨后离婚,现在边经营这个小店挣学费边读书的经历叙述了一遍。斯蒂夫一拍大腿叫道:"怪不得总觉得在哪里见过她,原来是在我们常去的那家酒吧啊!"两个大男人在那里唏嘘,觉得李若兰敢于一个人漂洋过海来闯荡美国求学求发展,太不容易了。

托尼有点试探地问道:"怎么样,你这个美国原住民要不要出手帮她一把?"

斯蒂夫不假思索地接口说:"Sure!(一定!)"又解释说,"不过我们并不是原住民,你知道吗,我是犹太人,我们家被希特勒迫害时幸而到了上海,是上海人接纳了我们,帮助我们渡过难关。二战结束后我们家才移民来到美国,只比你们家早了几年。"

托尼有点戏谑地说道:"你看看,认识你这么多年都没有听你说过这些故事,我原来还以为犹太人都像爱因斯坦那样个子小小的,脑子特别大、特别聪明。看你长得那么高大、那么英俊,你也是犹太人啊!"

第十九章 熟悉的陌生人

"你是说我不够聪明不像犹太人吗？"斯蒂夫也开玩笑地反问道。

"不敢不敢,不聪明怎么能当我们的老师呢？"托尼略一思索,似乎忽然悟到了什么,"哎,李若兰和钱佩瑶都是从上海来的女生,你可要好好帮助她们哟！"

"钱佩瑶不是你的特殊帮助对象吗？你还要我插什么手？只怕你把我赶走还来不及呢！"斯蒂夫脑子还是清醒的。

"对对对,你负责李若兰就行了！"托尼这次是用了双关语。

斯蒂夫听出了话里的意味,想回怼个什么,一转念这话也没什么不妥,也就认下了。

李若兰这段时间感觉有点孤单了。离开张经纬后她就与瑶瑶住在一起,两个一起长大的上海姑娘互相信任又有很多共同语言,在一起边读书边创业,忙忙碌碌的生活很充实。现在瑶瑶处在热恋之中,一有时间就与托尼黏在一起,有时候托尼过来,看他俩卿卿我我的,李若兰既为瑶瑶高兴,觉得这个内向的妹妹终于找到了自己的真命天子,但又感到自己夹在中间好像有点多余,应该让出空间给他们一个两人世界。

这天晚上关了店门,托尼带着瑶瑶去遛街了,若兰回到住所一个人埋头写作业复习功课,这是她最感兴趣的专业课——东方艺术史。讲课的教授曾经到过中国、日本、马来西亚等东方国家,对东方的艺术非常有研究。李若兰提前做了预习,因此上课时吸收更快理解更深刻。她发现美国的课程都设计得比较宽泛,在学习艺术的同时特别注重人文课程的熏陶,对哲学社会科学的各种门类都需要了解和接触,同时还会非常注重环球性的视野,她需要补足的功课还有很多,虽然感觉到不少压力,可她从来还没有像现在这样"痛并快乐着"的幸福感觉。一抬头看到时钟已经过了11点半,她放下手中的笔,合起记得密密麻麻的笔记本,关上窗户,匆匆洗漱上床。

不知为何,感觉很是疲惫,但脑子又很清醒,她想起了美国小说《飘》的结尾语:"明天,明天又是新的一天！"笑容浮上了脸颊,渐渐进入梦乡。

温柔的晨光照在李若兰白皙的脸颊上,她感受到了光亮,慢慢睁开眼睛,长时间以来的工作学习,她一直都处于高压状态下,昨晚难得地睡了个好觉。李若兰晚上睡觉没有拉窗帘的习惯,她喜欢让清晨的亮光第一时间照进屋来,此时她起床会觉得自己精神焕发。她随手披了件睡袍来到盥洗室,对着镜子刷牙时竟发现眼角有了条皱纹,她完全不知道是什么时候出现的,自己才二十来岁呀。她用手指轻轻地碰了碰,转念一想,来美国发生的这么多事,就是让自己老了10岁也不稀奇。

她走出门,深吸了一口清晨的空气,望向东边的天空,蓝蓝的没有一朵云彩,今天是个好天气。回头望向屋里,瑶瑶还在熟睡,想必昨夜回来很晚,估计她上午没有早课。李若兰不想叫醒她,一个人先到店里去了。

来到自己的文具店时,她吃了一惊,店门口站着一个高高的男人身影,他身躯瘦高,腰板笔直,双腿细长,符合典型的西方审美的身材比例。微微卷曲的棕褐色头发整齐地向一侧梳着,露出光滑的额头,浓密的眉毛下是深邃的眼窝,一双蓝宝石般的眼睛清澈透亮,高耸的鼻梁,棱角分明的脸庞,这不是斯蒂夫老师吗?

李若兰完全没想到斯蒂夫会一个人来这里,更没想到会这么早,她有点吃惊,又莫名地觉得开心。斯蒂夫见李若兰过来了,远远地对着她微笑挥手。

"早上好,你今天看起来精神不错呢。"斯蒂夫说道。

"早上好,老师怎么这么早就来这里啦?"李若兰说。

"我有些教学材料需要分类,来这儿买些文件袋。"斯蒂夫说。

"那也来得太早了吧,都还没开门呢。"李若兰说。

"我晚上睡觉不拉窗帘,所以天一亮光线一照就醒了,早点来也无所谓,再说你这不是来了嘛。"斯蒂夫笑着说。

李若兰一听斯蒂夫也不拉窗帘睡觉,心里笑了两声说道:"好吧好吧,那你就进来好好挑吧。"

斯蒂夫一边在店里转悠,一边诚恳地对李若兰说:"若兰,我刚刚知道你是从上海过来的。我是犹太人,我的祖父、父亲二战时期在上海避难,受到上海人的热情帮助。我觉得我应该帮你做点事情，算是我们家族对上海人的报答吧。"

李若兰惊讶得有点不敢相信自己的耳朵了，她上下打量着斯蒂夫，似乎第一次认识他，一时不知道说什么好。

斯蒂夫已经深思熟虑过了。他对李若兰说道："你看看需要什么帮助吗？我先带你了解一下你现在生活的得克萨斯州吧，你看怎么样？"

李若兰真没想到有这样的好事降临，她点了点头。斯蒂夫说道："你哪天有时间我们出去转转吧。你先腾出半天时间来，也试试单独和我在一起是不是愉快，半天时间是不是能忍受。"

看斯蒂夫一脸认真的样子，李若兰心中最柔软的地方似乎有点被触动了，心想美国男生竟然这么细心，还生怕我不习惯与他一起活动，她微微笑了一下说："好啊，我很想出去看看，正愁找不到伴呢！"

这个周末，李若兰让瑶瑶和托尼看着店面，自己留在家里梳妆打扮。与张经纬分手后，她还从来没有心思这么认真地修饰自己。她淡淡的妆容，薄施脂粉，精心画了眉毛，涂了一点口红，穿了一身湖绿色的连衣裙，戴了项链耳环，脚蹬一双白色的高跟鞋，开车到了约定的地点。

只见斯蒂夫从一辆破旧的SUV汽车驾驶座里走出来，他穿着一条洗得发白的牛仔裤，上身随便套着一件蓝色T恤衫，脚蹬一双看起来很旧的运动鞋。看他这副随随便便的样子，李若兰心中一动，觉得自己是否犯了个"over dressed（过分打扮）"的错误呀？又想，美国的大学教师就这么穷吗？

斯蒂夫若无其事地迎上来，笑嘻嘻地对若兰说："我们是去乡下小镇要走路的哟，你穿高跟鞋不会脚痛吗？"

李若兰忘记了他的老师身份，瞪了他一眼嗔怪道："你怎么不早说清楚呢？"又一想，"还好我车里永远备着一双运动鞋，我去换换！"也不等斯蒂夫回答，转身到自己车子后备厢里取出运动鞋换上了。

应斯蒂夫的邀请，李若兰坐上了这辆SUV车子的副驾驶座。果然，换上了柔软的运动鞋，走路轻松多了；与穿着随便的老师坐在一起，心情也放松许多。看着车窗外湛蓝湛蓝一望无际的天空,道路两旁高高的树丛呼呼地往后闪过,李若兰感觉自己回到了儿时无忧无虑的状态,心儿在歌唱,说话也随便起来。

"斯蒂夫,你看这天这么蓝,真好看呀!这条路这么开阔,看不到头,我们这是要到哪里去呀?"

"你回答我,天空为什么这么蓝呢?说对了我就告诉你。"斯蒂夫玩起了小幽默。

"哎哟,我倒真没有想过,这是气象学知识吧?大气层的颜色,对吧?"李若兰有点搔首抓耳答不上来。

"因为天空吸纳了普天下的blue(蓝色,英文中又有忧郁的意思),让人们变得开心起来啊。"斯蒂夫哈哈大笑。

李若兰恍然大悟,拊掌大笑:"对对对,这真是最好的解释呀!"

两个人都很开心,一起哼起了歌曲,哼着哼着又大声地唱出声来,还不由自主地跟着曲调摇头晃脑手舞足蹈,开车的速度也慢了下来,若兰感觉像在上海逛马路似的。

突然,斯蒂夫叫了起来:"我们是要到Fort Worth(沃斯堡)去看那里的Stock Yard(牛匹交易市场),我是想让你领略一下得州的牛仔气息。那里每天上午11点样子会有大批的种牛经过,牛仔赶着它们去吃新鲜的嫩草,到下午4点钟的样子再赶回来。快快快,我们要赶在11点之前到达那里,否则就要等到下午4点才能看到这个场面啦!"说着,他猛踩油门,车子一下子蹿了出去。

李若兰在座位上猛一个后仰,幸好有安全带稳住身体。斯蒂夫朝她歉意地笑笑,李若兰笑着用手指着他,潜台词是:"怎么像个小年轻似的莽撞?"

车子飞速开到了沃斯堡,斯蒂夫找了个地方停车,催着李若兰说:"快走,该你的运动鞋发挥优势了!"

两个人快速奔跑,跑到一条两边已经站满了观光游客的小街,李若兰放眼看去,恍若到了美国18世纪西部大开发的电影场景中。她香喘吁吁还没来得及定下神来,只听得嗒嗒的马蹄声响起,紧接着就有健美帅气的牛仔骑着高头大马,领着几十头雄伟壮硕的种牛,这些种牛都有大大的牛角,两头弯弯卷卷的,带着一阵牛臊气,雄赳赳气昂昂地走来,真有回到百年前牛仔风行时代的感觉,与电影镜头里的场景并无二致。李若兰简直看呆了,想不到如此现代化的都市还有这样的复古场景。牛群大摇大摆地迈步前行,前后左右都有骑马的牛仔护卫,等到牛呀,马啊都过去了,观光的游客也渐渐散去,李若兰还在那里如痴如醉无法移步。斯蒂夫笑着拍拍她说:"走吧,去别处看看。"

李若兰回味咂摸流连忘返,斯蒂夫拉着她参观身后的老街,这里的一家家小商店里摆满了各式牛仔服装和用具,还有此地居民编织的各种手工艺品,花花绿绿吸人眼球。斯蒂夫问李若兰有没有看中的东西,若兰笑着指了指一个鲜艳欲滴的各色小花编织的花环,斯蒂夫拿来戴在若兰头上,若兰笑嘻嘻地对着镜子照了起来,斯蒂夫去付了账,又牵着若兰去看附近的博物馆,那里介绍当地历史典故,陈列着早年牛仔生活的服饰和用品,还有一些牛仔姑娘的照片,那些姑娘看上去都很漂亮,神气活现地骑在牛背上,或是在牛肚子下像玩杂技似的摆出各种动作,煞是可爱。

斯蒂夫逗她:"想不想去做个牛仔姑娘啊?"

李若兰不假思索地回答说:"想啊!"又反问道,"你愿意去做牛仔吗?"

斯蒂夫回答说:"正中吾意啊!我现在就想不要再做大学教师了!"

李若兰没有听出他话中的意思,哈哈大笑起来。

第二十章
我们是地球公民

斯蒂夫遵守诺言,带李若兰看了种牛牧草的壮观场面后就开车回去,一边还真诚地问她:"怎么样,过得开心吗?跟我在一起半天还能忍受吗?"李若兰大笑着摇头说:"受不了啦,太开心啦!"

自此以后,两人经常一起活动,不知不觉时间就过去了,常常一待就是一整天,感觉相看两不厌啊。

这个周末,又是斯蒂夫开车,先去看了达拉斯的先锋广场,哇,车子一停下来,首先映入眼帘的是一组雄伟壮观的牛仔赶牛铜像。偌大的广场上,足足有四五十头巨大的铜雕壮牛,三个比真人至少高大一倍的牛仔铜像,有的骑在牛背上,有的正在扬鞭赶牛,每个铜像都栩栩如生,这一组群像绵延蜿蜒好几十米,若兰不断按动快门拍照录像,在铜像之间穿梭漫步,抚摸着铜牛身躯不忍离去。

一路上,斯蒂夫似乎对自然界的美,对一山一水都有一种特别的感情。他会蹲在地上,为几朵毫不起眼的小紫花拍摄特写镜头;又一下子说看到了鹿,看到了狐狸,看到了兔子,还郑重其事地对若兰说,这里原来都是这些野生动物的家园,是人类霸占了它们的地盘。我们还是应该善待这些小动物,给它们一个适于生存繁衍的环境。

李若兰无意中说自己是外国人,对美国的情况远不如斯蒂夫这样出生在此的美国公民熟悉明了。斯蒂夫一听,竟然停下车来,把李若兰带到空气清新视野开阔的路边上,面对蓝天白云,动情地说:"什么公民啊,新移民啊,都是政治词汇,是政府政客们的观念,我不喜欢。此处原住民是这里的山山水水,这里的动物植物;而我们,都是residents of the earth(地球的公民)。"

"Residents of the earth."若兰重复了一遍,心想,呀,真是绝妙好词,这个说法,不,这个观念太好啦!我们就是地球上互相吸引的一男一女,是完全平等的。她顿时感觉,与斯蒂夫在一起的各种顾虑,比如种族不同、文化背景差别、成长环境生活方式的差异等都被打消,心里更加宽松敞亮无拘无束了。

这一日,两人又在校园里散步聊天。

两排高大的梧桐树枝繁叶茂,树叶交叉在一起形成了一条凉爽美丽的林荫大道,开阔笔直的道路两旁每隔一段距离就有张长椅,人们可以在长椅上纳凉休息,不时会有几片宽大的梧桐叶缓缓飘落。道路的尽头是一栋尖角形房顶的红砖教学楼,站在林荫道远远望去就像是通往童话里的城堡。斯蒂夫与李若兰缓步走在林荫道下,他耐心地向李若兰介绍着校园里的每一个角落,讲解着每一棵草木的历史和故事。李若兰也饶有兴致地听着,心里赞叹斯蒂夫的博学与耐心。通过斯蒂夫的讲解,她似乎才真正了解了自己每天学习生活的地方,而以前的认知跟现在一比,就像是一个外地初来的旅客与一个从小在这里长大的居民对话一般。

斯蒂夫带路在校园里随意转了一圈就走了个把小时,他从自动售货机里买了饮料递给若兰,问她:"累不累?还要走吗?"若兰正在兴头上,笑着说:"不累不累,你还有什么好地方吗?"斯蒂夫胸有成竹:"当然啦,好地方多着呢!"又带李若兰走进了教学大楼,去室内的场所。他对若兰说:"即使是在这里上了几年学的同学,也还有许多从来没有去过、没有了解过的地方。不少学生只去自己上课的大楼,其实,各个系各个专业都有自己的资料库、实验室,大学就是一个没有地图的藏宝地,里面的宝藏只有自己慢慢探寻。"李若兰加快步子跟着斯蒂夫进到许多从没到过的地方,觉得自己也跟着找到了宝藏,心里有一种求知的快乐。

到了他们平时上课的亚洲研究大楼,斯蒂夫看了一眼李若兰,他没有进入那扇熟悉的大门,而是引着若兰穿过一条长长的室外走廊来到另一栋楼,斯蒂夫故作神秘地说:"接下来我们要去的地方会让你开心起来的。"他们坐电梯来到顶层,走到了一扇紧闭着的门前,斯蒂夫鼓励若兰:"你推门进去看看。"李若兰站到门前,握住门把一拧,门并没有上锁,她把门朝里缓缓推开,地上出现一条光缝,渐渐变宽。屋内亮堂的光线迎面照在了李若兰脸上,她呆住了。偌大的一个教室洁净透亮,两架黑色的三角钢琴安静地相对摆放在教室中央,周围四散随意摆放些木制桌椅。她眼前一亮,屏住呼吸,直直地朝一架钢琴走去。她轻轻地抚摸着一尘不染的琴身,小心翼翼地掀起琴盖,略一思索,坐到琴凳上弹奏了起来。

李若兰弹奏的是肖邦的《夜曲》,从速度上可以听出,这不是一首梦一般的《夜曲》,而是具有快活诙谐性格的暗示。第一段优雅而带几分媚态;第二段转为b小调,激烈的戏剧性情绪,有进行曲风格旋律;第三段再现第一段后有优美的尾声。动人的琴声在开阔的教室里环绕着,斯蒂夫温柔地看着坐在钢琴前陶醉在演奏中的李若兰,他的心也慢慢被牵了过去,耳边动人的琴音越来越小,他的眼中,只剩下了李若兰绝美的身影。李若兰沉醉在演奏中,如此静谧、如此美妙的小世界,没有芸芸众生,只有一位知音侧耳倾听,让她觉得进入了一种忘我的境界,只有魂魄与音乐的通灵互动,含宫咀徵,龙言凤语。弹着弹着,乐曲中加入了另一组阳春白雪,与她演奏的旋律风风韵韵,琴瑟相随。李若兰心中一动,抬起头睁开眼,只见斯蒂夫正坐在对面的那架钢琴前,手指飞舞如痴如醉。两人心灵感应,相视一笑,没有停下手指,极为默契地继续着动人的合奏。

离开琴房时,李若兰竟对斯蒂夫鞠了一躬:"谢谢你斯蒂夫,带我来到这里,今天,是我来学校后最开心的一天。"斯蒂夫听她这么说,心里一阵狂喜:"以后你可以天天来这里,若兰,我希望你能天天开心。"

李若兰有些好奇地问道:"没想到你竟然会弹钢琴,而且还弹得那么好,那可不是一朝一夕的功夫啊。"斯蒂夫有点害羞地回答道:"听说你在上海音乐学院是钢琴专业的,我只是业余爱好。我小时候爸妈创业对我关心少,不过他们帮我请了教师学钢琴,每次弹琴的时候,我就觉得琴声能让我放松,给我温暖,能把我的心带到我想去的地方。"

第一次听到斯蒂夫说他的父母,若兰有点好奇,但不好意思开口问什么,只是点了点头。

之后的几天,斯蒂夫每天晚上都陪李若兰来琴房弹琴,两个人都感觉心靠得更近了。

又是一个周末,斯蒂夫来约李若兰到附近转转。两人穿过小街,走进公园,一路有说有笑地来到园中央的大草坪上,有人在这里奔跑着放风筝,老人坐在周围的座椅上闲聊,小孩在草地上嬉戏,还有的趴在草丛中看书晒太阳。他们找了一处安静无人的角落席地坐下,并肩看着草坪上那些开心玩耍的人。斯蒂夫悠闲地向后躺下,闭眼感受躺在柔软草坪上的那份舒适,缓缓睁开眼睛望着蓝蓝的天空说:"这真是我人生中美好幸福的时光。"李若兰用胳膊抱着双腿坐在他身旁,回过头来看躺着的斯蒂夫,调侃着说:"当老师的不写论文不备课,那可真是悠闲哪。""别动!"斯蒂夫掏出挎包里的相机突然说道,"你现在这样太美了!"说着用相机咔嚓拍下了李若兰回头看他的瞬间,用他带着美腔的中文说道,"回眸一笑百媚生!"李若兰也顺势在斯蒂夫身边躺了下来,两人一同看着蓝蓝的天。

斯蒂夫悄悄地握住了李若兰的手,若兰也主动地与他十指紧扣。两个人都在享受着这份宁静安逸,却又不约而同地心跳加快了起来。

"若兰,我觉得我爱上你了。"斯蒂夫动情地说道,接着又急切地改口,"不,不,不是觉得,是真的爱上你了!"

李若兰感觉自己沉浸沐浴在爱的温泉之中,幸福得不知道要怎么回答才好。此时无声胜有声,两个人只是把手握得更紧了。

斯蒂夫突然坐了起来:"若兰,你知道我们学校有规定,教师不能与学生谈恋爱,尤其不能与自己授课的学生恋爱。"

"啊?"李若兰似乎不敢相信自己的耳朵,她从没听到过这个规定,更从没有想过这个问题,她一骨碌站了起来。

"怎么啦?想逃跑啊?"斯蒂夫笑了。

"不是!规定是死的,人是活的,总有办法的啦。要不,我转到别的学校去读书?"李若兰脑子动得很快。

"哈哈,英雄所见略同,我们想到一起去了!"斯蒂夫一把抱住若兰亲吻起来,因为,这个答复表明若兰接受了他的爱情。

这是两人的第一次接吻,在大庭广众注目下的接吻。两人都有点忘乎所以,先站着接吻搂在一起,又慢慢倒地,在草地上躺在一起打着滚接吻,滚了一身绿草后放开,齐齐哈哈大笑起来。

"听着,你其实不必转学校,只要转个系,只要不上我的课,那就不影响教学公平,学校就不会干涉的。"斯蒂夫对着若兰的耳朵说。

"哇,你带我来弹琴是想叫我转系?"李若兰恍然大悟。

"有这个想法,但也不完全是,主动权还是在你自己啊。"斯蒂夫肯定又否定。

"原来你这么坏啊!"李若兰撒娇,用力捶打起斯蒂夫。

斯蒂夫一把抱住她,两人又吻在了一起。

其实,斯蒂夫发觉自己对李若兰动心,触犯了师生不能谈恋爱的校规后也一筹莫展不知所措,曾经闪过干脆辞职转行的念头。百般无奈之时他想起了向自己的博士生导师求指点。导师嘿嘿一笑说,校规无非是怕教师对学生动情后,教学分心不规范,评分不合理;学生对教师也许是真情,也许只是美人计为了考试合格过关甚至得高分,这都会影响教学秩序成绩公平。你不要直接教她的课,不主宰她的分数等级就没有问题了。大学里这么多年轻人,天天哭哭笑笑真真假假爱恨情仇,学校哪里会有时间精力来管这些破事琐事?

一席话说得斯蒂夫茅塞顿开,于是便有了引导李若兰从亚洲研究系转学艺术系的行动。

若兰心里已经扎下了他的影子，似乎时时刻刻都会思念他。她曾经觉得自己来美国后没有足够的时间练琴，与钢琴世界的联络间断了，缺乏时尚元素，无法再进入这个领域求发展，因此先选个亚洲研究读起来，到时候再看什么专业容易找工作在美国谋生立足，钢琴这门高雅艺术只能作为业余爱好啦。现在又能回到艺术领域，她心里欣喜愉悦。只是，学艺术怎么找到有尊严的工作呢？再一想，只要能与斯蒂夫在一起，管不了这么多啦，看看一起读书的同学怎么找工作，别人能够做到的，相信自己也能够做到，于是欣然接受了斯蒂夫的建议转系读书。顾虑打消了，两个人也不必遮遮掩掩的，大大方方谈起了恋爱。

李若兰之前忙于开店赚钱谋生加上听课积累学分，压根儿也没想到享受生活，只觉得现在就是要吃苦耐劳，中国人的家训"吃得苦中苦，方为人上人"似乎是刻在脑子里的。与斯蒂夫亲近后，感觉自己的人生观念过于狭隘，也联想到中国人在一起时也常常自嘲，看看许多墨西哥人并无存款，一到节假日他们带着录音机带着面包可乐，亲戚朋友齐聚到公园绿地，唱歌跳舞欢乐一整天，他们的民族性就是无忧无虑。而中国人银行里存着好几万美元，还天天忧愁日子怎么过，忙忙碌碌不敢懈怠。再说什么人上人的说法也很陈腐啊，大家都是平等的才好呀。她觉得作为地球公民，自己的观念应该有个升华，不能光想着赚钱存款保平安，应该有更多自由安排的时间看看周围世界。她听说学校有个大游泳池，对斯蒂夫说想去试试水。两人约好一起去游泳。

斯蒂夫指给李若兰女生更衣室让她进去换泳装，自己三下两下换了泳衣后便坐在泳池边的躺椅上等着她出来。

李若兰第一次来到大学游泳馆。一走进女生更衣间，她吃了一惊，哇，这么大的地方，如此开阔，长长几排梳妆位置，每个位置面对一面大镜子，位置间隔很大，足够每个人在镜子前大展身手。只见那些过来游泳或者游毕芙蓉出水的女生，在更衣室内几乎裸着玉体旁若无人走来走去，或者赤诚相见交谈甚欢，若兰见怪不怪会心一笑继续往前走，看到好几十间淋浴房，每间又是这么大,旁边还配备了洗手间、干湿桑拿间,等等。李若兰换了泳装,随便冲淋一下就走入游泳区。

斯蒂夫心中兴奋,这是他第一次跟若兰一起来游泳馆,他可以看到她的泳装秀,还能跟她有更多身体上的接触,今天没准就是让两人关系更进一步的机会。斯蒂夫一边在这里浮想联翩,一边听到旁边的两个男生在窃窃私语:"哇,看这个美女,身材简直美爆了。""哟,还是个亚裔,你看她的脸,精致得像个模特儿,来了来了,她在朝这儿走啊。"斯蒂夫听着这两人议论,顺着他们的目光看过去,瞬间也呆住了,来人细长的双腿,纤瘦的腰围,挺拔的胸部,一身黑色泳装,衬托得皮肤愈益白皙光亮,确实像是模特儿一般,再一看,这不就是若兰吗?她似乎感受到了几道火辣辣的目光,有些害羞地对斯蒂夫说:"不好意思,女生换衣服比较慢,我们走吧。"斯蒂夫点点头,起身跟着李若兰踩着池边的梯子下了水。

只见李若兰一到水里便自在地游了起来,一会儿蛙泳,一会儿仰游,一会儿又是自由泳,泳姿矫健,变化万千,仿佛水里的美人鱼一样,灵动美艳。斯蒂夫看着游得那么欢快的李若兰,转念一想,故意假装自己不会游泳。李若兰在水里一口气游了几圈,然后哢的一声蹿出水面,跟斯蒂夫挥了挥手,斯蒂夫看着这一幕,李若兰就像一朵出水芙蓉,娇艳欲滴;他自己只是在浅水区游动。李若兰游回来问他:"你怎么不游过去啊?"斯蒂夫尴尬地说:"其实我不太会游泳。"李若兰一听笑了,一个课堂上谈笑风生的大学教授,居然还不会游泳?于是说道:"你不会游泳还约我来呀,哈哈,没事,我来教你。"斯蒂夫一听这话,心里乐开了花,故意笨拙地划了几下水,李若兰见他慌张的动作与平时那个举止优雅的斯蒂夫形成反差,觉得十分可爱,捂着嘴嘻嘻地笑了起来。她游到斯蒂夫身边,在浅水区挨着他纠正他的动作,跟他说着"收放蹬夹"的要领,斯蒂夫一碰到李若兰的身体,顿时像触了电一般,觉得心里怦怦乱跳,这可是真正的肌肤相亲呀。他忍不住从头到脚打量起李若兰的身体,只见晶莹的水珠从李若兰细长的眉毛边滑在脸颊上,有的从下巴滴进水里,有的顺着流到白嫩的玉颈,再到高耸的胸部,甚至滴到陡然收窄的蜂腰，他觉得自己脸颊发热，有些把持不住了。李若兰感觉到他有点心猿意马，板着脸说道："你怎么回事，跟你说了腿要用力蹬出去再收回来。来，我抬着你的腰，你蹬几下试试。"斯蒂夫让李若兰托举着腰，故意装得很紧张，掌握不好平衡，翻身沉了下去，从水底下一把抱住李若兰举了起来。李若兰反应过来时已经被斯蒂夫抱在了怀里，两人潮湿的身体贴在一起，李若兰柔软的胸脯紧贴在斯蒂夫宽阔的前胸。她脸红了，一下推开了斯蒂夫朝深水区游去。斯蒂夫也快速跟了过去，两个人在深水池边又笑着抱在了一起。

第二十一章
人人都有难念的经

　　斯蒂夫已经把自己封闭多年,这次他是动了真情。开始他对这位来自犹太父辈恩人圣地的女孩只是抱着一种神秘好奇的感觉,在感恩心态驱使下希冀对她有进一步的接触了解。在接近过程中斯蒂夫是真的爱上了李若兰,他觉得这个女孩美丽是外表,而内心善良开朗豁达,是很多女孩没有的气质美德。他得知李若兰来美国后的曲折遭遇,一心想给她带来快乐,他买了许多可爱的玩具和鲜花送她,却收效甚微,他不知道这让李若兰想起当初张经纬追求她时的情景,尽管她对斯蒂夫心生感激,却总是开心不起来。但他发现每次用错中国的成语典故时,李若兰常常开怀大笑,于是他故意说了许多怪话。

　　斯蒂夫说道:"中国有古话,三个人走在马路上就可以当老师的,对吗?"

　　李若兰忍俊不禁:"你还知道这个呢!原话是孔子说的,'三人行,必有我师焉。择其善者而从之,其不善者而改之'。"

　　斯蒂夫更加迷糊了:"什么意思呀?三个人里还要分好坏啊?"

　　李若兰哈哈大笑:"中国古人说三是泛指多人,不一定就是三个人,意思是别人的言谈举止,必定有值得我学习的地方。选择别人好的学习,看到别人缺点,反省自身有没有同样的缺点,如果有,加以改正。"

　　"这么多意思啊?那我永远也搞不清楚的。若兰,你可要教我一辈子中文啦!"斯蒂夫的态度认真又谦虚。

这天他约了李若兰一同去学校图书馆学习中文。早晨的图书馆安静祥和,温暖的阳光照在靠窗的书桌和书架上,此时没有上课的学生在这里遨游在知识的海洋,静静地享受着读书的快乐。斯蒂夫与李若兰坐在靠近窗边的一个角落,李若兰认真地看着书,斯蒂夫面前放了一本中文成语词典,但他却有点心不在焉,不时抬起头偷觑一眼心上人:柔和的阳光铺在她柔顺乌黑的秀发上映出橙黄色的光,李若兰一手轻轻地托着下巴,心无旁骛醉心阅读,细长的睫毛在阳光下随着眼睛的眨动一闪一闪。斯蒂夫望着眼前这一幅光与影映照下的绝妙画面,忍不住用手中的笔在纸上画着素描,想要将这美妙的瞬间捕捉下来。李若兰抬头看他,他害羞地用手挡住手下的画,对着李若兰傻傻地笑,口中轻轻念着刚从书上看到的几个中文成语。临近中午,两人一同前往学校食堂吃饭,斯蒂夫为显摆一早上学习的收获,一连说了好几个带成语的中文句子,李若兰听后哈哈大笑,说:"你这成语用得不对啦,这个成语不能这么用,还有这个,说的不是这个意思,你真是个笨蛋,哈哈。"斯蒂夫见李若兰笑得如此开心,也笑道:"中文真是博大精深,要没你这么个老师,我还真学不会了,那你说说,这个成语是什么意思呢?"李若兰一边笑一边给斯蒂夫解答,斯蒂夫看着李若兰的笑脸,自己如同阳光照进了心里一般温暖开心。这之后,斯蒂夫经常用错成语,说出一些奇怪的中文句子,每次他一搞错,李若兰都会开怀大笑。"中国的成语啊,里面有很多典故,所以光是学习字面意思是很难掌握的哦。"李若兰笑着说道,斯蒂夫故意皱起眉头点头应着。李若兰看着眼前这个号称老师的男人满脸疑惑的样子,觉得他十分可爱。

  李若兰跟斯蒂夫一起看书的时候,总是见他在书上涂涂画画,心里有些好奇,一天她趁斯蒂夫去卫生间的间隙,把他的成语字典拿来翻了一下,她看到斯蒂夫在许多成语上都做了记号,起先没有太注意,后来她越翻越觉得不对劲,她看着字典上红笔标出的记号,总觉得十分熟悉,努力想着哪里不对劲。突然她反应过来,这些做上记号的地方都是斯蒂夫平时用错的成语,她一开始以为他是在认真学习,可是她再往后翻还有许多做了记号的成语,她脑中又有些疑惑了。斯蒂夫回来的时候她赶紧把字典放了回去,当作什么也没发生。晚餐时,两人闲聊着,斯蒂夫又说了几个成语使用错误的句子,李若兰夹起菜听了刚想笑时,悬在半空中的手突然僵住了,她一瞬间反应了过来,斯蒂夫用错的成语就是她今天在字典里看到红笔画出的成语。她这次没有笑,皱着眉头看向了斯蒂夫,觉得心里五味杂陈。有感动,却又生气,感动是因为她发现这个男人为了让她开心竟然想出这种方法,如此细心,花了这么大工夫还故意用错成语只是想博自己一笑;生气她却不知道是为什么,像是在气斯蒂夫,又像是在气自己。

李若兰是个心里藏不住事的人,她感觉到斯蒂夫为自己真的付出了许多,她尽量若无其事地用毕晚餐,两个人散步走路回家时她还是忍不住开了口:"谢谢你,斯蒂夫。"

斯蒂夫有点受宠若惊:"为什么谢我?"

李若兰低头轻轻说道:"长期以来,都谢谢你了。我今天,看了你的字典。"李若兰说着竟然觉得有些鼻酸。

斯蒂夫听了说道:"啊,我说怎么今晚我用错成语你都没笑我呢,你别生气啊,那些成语我一开始是真不明白,后来看了典故才学会的。"

李若兰听了眼眶有些湿润,斯蒂夫又说道:"中国历史上不是有周幽王烽火戏诸侯逗妃子一笑的典故吗?我也想学学。"

斯蒂夫这话一说完,李若兰红着眼眶又被逗笑了,她向斯蒂夫解释说这个典故里周幽王是一个昏君,妃子褒姒也被后人说成是祸国殃民的祸水,这两个都不是好人。刚解释完她突然对斯蒂夫说:"你不会又是故意用错的吧。"斯蒂夫听了停下脚步连连摆手说:"不是不是,这个我是真不知道。"

突然,小路上一辆汽车因为蹿出的野猫猛然改变方向朝李若兰身边急速冲了过来,刺眼的灯光直射进了斯蒂夫的眼睛,千钧一发之际,斯蒂夫不假思索地一把推开李若兰,自己用背挡着汽车驶来的方向。伴随着嘟的一声喇叭响,一阵狂风刮过,车子几乎擦肩而过地从斯蒂夫身后呼啸驰去,斯蒂夫紧闭着双眼站在原地,惊魂未定的李若兰颤抖着身躯,她在原地愣了一会儿,一下猛然扑进斯蒂夫怀里,用尽全身的力气紧紧地抱住了眼前这个用生命保护自己的男人。斯蒂夫感受到了紧紧的拥抱,他慢慢睁开眼,低头看着把脸紧贴在自己胸膛上的李若兰,嘴唇贴在李若兰的额头上轻轻地亲吻着。

皎洁的月光下,两个身影紧紧地交融在了一起。

下一个周末,斯蒂夫邀请李若兰去他的住所午餐,说要展示一下自己学到的中国厨艺。李若兰心跳加速脸上潮红,这是斯蒂夫第一次请她进入自己的房间,凭着女生的第六感直觉,她期待着会有水到渠成的好事,他们的关系会更进一层。

李若兰开车到了他给的地址,那是学校附近的简易出租公寓,她按电铃叫开了门,以为斯蒂夫一定会给她一个紧紧的拥抱和热烈的亲吻。

没想到,斯蒂夫冷冷地迎接她,让她坐到一张单人沙发上,而自己却懒洋洋地躺倒在双人沙发上发呆。

李若兰扫了一眼斯蒂夫的住所,十分简陋,比她与瑶瑶合租的地方还不如。原来以为自己与瑶瑶是学生租个临时住所,而斯蒂夫是教师,有可观的收入,应该住得像样舒适些。只是到处堆的书籍还算是称了若兰的心,但是家具和生活用品如此马虎,难道教师的收入就那么少吗?而且,今天究竟是怎么回事啊?

正在百思不得其解时,斯蒂夫轻声说道:"很抱歉,我病了,没想到这个时候会发病,真的很对不起!"

李若兰按住自己的前额,又去按斯蒂夫的前额比较体温:"哎呀,怎么回事呢?我摸摸你有没有发烧。"

斯蒂夫轻轻抓住若兰的手,示意若兰在他身边坐下,弱弱地说道:"我一直想跟你说一件事情,但生怕你不会原谅我。今天是一定要跟你坦白了!"

李若兰从进入这间屋子起就感觉有点迷糊,现在更是觉得昏昏然了。

"我今天发的病是 Herpes(疱疹),是在生殖器上的。我中学时期年少轻狂,不懂事乱来得下的,我从此自卑不敢找女朋友,不知道的人只觉得我是高傲,其实我是生怕害了对方。"

"啊?"李若兰像被点了穴似的僵住了,猜一百次也猜不到这是什么情况呀。

斯蒂夫有气无力地把自己在高中阶段与茱迪的纠葛叙述了一遍,茱迪是性开放滥交的女生,她染上毛病,又在斯蒂夫不知情的状况下把这种病传给了他。待到斯蒂夫醒悟过来与茱迪绝交,已经身心俱疲痛苦万分。李若兰似乎在听天方夜谭,惊得一愣一愣的,脑子停止了运转。"若兰,我已经把自己的毛病都告诉你了。这个病不发的时候跟正常人一样,不会传染的。但如果太累了,压力太大紧张了就可能发病,发病的时候假如有性生活就可能传染。我一直不敢跟你有进一步的发展,就是担心会连累传染给你。"

李若兰不知道该如何应对,但她感觉到斯蒂夫是个好人,对自己是诚心诚意的。不知怎的,她脑子里弹出来的,也是想要和盘托出,把自己与张经纬的过往告诉他:"我结过婚,而且可能不会生孩子,你在意吗?"

"我知道,我不在意。"斯蒂夫轻描淡写地即刻回应道。

这样不假思索地几乎是秒回,李若兰倒是没有想到:"你不在意,你父母会在意吗? 中国人的传统是'不孝有三,无后为大',听说犹太人的很多家庭理念与中国人很相像的。"

"不,不,这是在美国,美国的理念是每个人都有自己的自由选择,没有人可以干预的!"

"我想你还是要倾听一下父母的意见,毕竟这是终身大事呀!"

略一停顿,斯蒂夫若有所悟:"哦,我明白了,按照中国风俗,你需要征询一下父母的意见对吗? 那么我们就暂时不再约会,冷静想一想,你再听听父母和周围朋友的意见,再考虑我们要不要继续发展,好不好?"

李若兰也略作停顿想了一想,点了点头。

不知道是怎么走出斯蒂夫的住所,也不知道怎么回到自己房间的,李若兰只觉得头脑昏昏沉沉的,这算是告白还是算求婚? 有这样怪异的求婚吗? 她感觉自己遇到了从未遇到过的难题,心里像压上了一块厚厚的铸铁,沉重难挨。她已经深深爱上了他,但对他的健康状况、他的过往经历,一点都不了解,要怎么继续下去呢?

慌乱无助时,给爸妈打个电话,至少可以不假思索地倾诉,但这次,要怎么启齿呢?

她是习惯不拉窗帘的,月亮一直悬在空中,她盯着隐隐约约的月牙,室内的昏暗让她内心更觉沉重,她斜靠在沙发背上,不知道什么时候迷迷糊糊进入梦乡,梦中她正在伊甸园内享受阳光美景,突然一条大蛇缠绕了她的身体,且越绕越紧,缠得她几乎窒息。她拼命地挣扎,却又无能为力,一整夜似乎都在这种压抑累人的状态之下。第二天黎明,晨鸟婉转,声音透过那扇明窗,依旧是清脆,依旧是悠扬,她一下子惊醒,不自觉打了一个喷嚏,才发现昨晚自己在沙发上坐着就迷糊了,也许是太累,也许是心思过重,她看了一下时钟,正是国内的傍晚,爸妈都该下班回家了,正好可以给他们打个电话。

之前她已经向父母汇报过与斯蒂夫交往的进展,家长是持支持态度的。现在她把遇到的迷惑说了一下,想听听长辈的分析。

母亲跟她一样,也是一连串的惊叹号,一连串的问号。父亲毕竟见多识广,说道:"斯蒂夫能够如实向你说出自己的身体状况,说明他对你是真诚的、信任的。许多事情要有时间的考验。你可以去查查这种病到底是否像他告诉你的那样,同时你们双方都冷静思考一下,这是一辈子的事情,不必要匆匆做出决定的。"

是啊,不必要立即做出什么决定呀。李若兰放下电话迷迷糊糊又睡着了,等到再度醒来,太阳已是刺眼,发现自己没有盖好被子,连续几个喷嚏,鼻涕眼泪一起流了下来,感冒了。

李若兰病了,感冒发烧说胡话。瑶瑶和托尼来照顾她,有点诧异见不到斯蒂夫,也不敢多问,猜测是两人之间有什么情况了。

李若兰慢慢好了起来,她回到学校听课,到小店照顾生意,只是一切都似乎有气无力,少了精气神。她到图书馆去查找资料,上网搜索有关疱疹疾病的详情,还自己跑到校医院去向医生求证。问来问去,情况与斯蒂夫叙述的完全一样。

李若兰问自己，能不能接受一个貌似不那么完美的人做终身伴侣？又想，完美是身体状况还是精神世界呢？斯蒂夫在突遇险情时用身躯挡住了飞驰而来的汽车，倘若他为此受伤，甚至有生命危险，自己难道会弃他而去吗？不可能啊！斯蒂夫在听到自己说不能生育时，不假思索毫不犹豫立即回答说不在乎，说明他看重的是我这个人而不是其他，他能接受一个不完美的自己，而我为什么犹豫不决呢？

　　潜意识里，她不由自主地将斯蒂夫与张经纬做了比较。张经纬外貌英俊儒雅，身体也健康，曾经觉得与他是一见钟情，相处时很合拍，但渐渐地就感觉有了分歧，在许多事情上第一反应就不一样，他的重钱财不自律逐渐膨胀，一些小小的裂痕在生活的风吹雨打中变得越来越大，终有一天便没有办法弥合，走到最后内心都无法融成一体，直至彻底裂开，两个人也就只能分道扬镳了。看来男女相吸的缘分，第一眼也许是外貌体形身体康健，而最后真正能走到一起的黏合剂，则是内心本真的想法，遇人遇事的第一反应，也就是俗话说的人生观世界观的一致吧。斯蒂夫本性善良又不失幽默，如实告知身体染疾，而其实这种疾病是完全可以控制的，随着医学的进展发达，根治也并非毫无希望。她和斯蒂夫之间，就像是两种颜色的橡皮泥，看似有很多的不一致，但两人接触交往时间愈长，便愈益融洽合拍，这种相互吸引的黏性促使彼此的内心慢慢融合在一起，时间越长融合得越充分。生活虽会不断揉搓，两人之间也会有龃龉磨合，然终有一天彼此间便无法分开。现在李若兰就觉得生活中已经不能没有他了。

　　在学校里一个人走着，晚上回去又是一个人，车内没有个人说话她已经不习惯了，钥匙打开家门的一刻，她幻想着斯蒂夫听到她的声音从门内抢先一步为她打开，一进门两个人来一个温暖的拥抱。贴心的爱人，温暖的家庭，这才是人生，才是如意的生活！上回两人在这扇门后的耳语温存尚且记得，她似乎又是如此地渴望被那个胸膛把肩膀裹住，厚实的双臂让她依偎着找到一种安全的感觉，真有想要立即找到斯蒂夫的冲动！

　　斯蒂夫已经一个多月不见踪影了，李若兰怅然若失。

第二十二章
后街男孩的歌

这天,艺术系同学每人受赠了两张校园音乐会门票,李若兰拿到的时候心头一喜,第一反应想到了斯蒂夫,想与他一起去。可脑子回到现实中,已经多日没有看到他了,打电话过去有点尴尬,潜意识里又总觉得斯蒂夫会主动联系自己的。票放在床头静静安躺着,一天过去了,斯蒂夫并没有发来问候;两天过去了,还是没有斯蒂夫的电话;三天过去了,斯蒂夫连影子都没有见到……李若兰心里七上八下的,想到斯蒂夫是把主动权放到自己手上的,那么是否应该我去找他呢?可是她又觉得有什么事情还没有准备好,矛盾、纠结和懊恼,一下子涌入她内心,搅得她心神不宁。

她静静等待着音乐会开演的那一天,心里始终存着侥幸,似乎在开场前的每一刻,手机或者电话铃声都有可能响起,耳边又会传来斯蒂夫温柔的声音。手机一直带在身边,上课也时不时掏出来看看信息,然而每一次满心期待后的失落总会在心头徘徊很久很久。一个星期的时间很快就过去了,早晨一场忽然而至的暴雨洗净了整个城市,空气比雨前清新了很多,可是这几日她竟然讨厌雨天,讨厌下雨天的宁静反衬了她的寂寞。她期盼晴天,晴天热闹,晨鸟一定会在黎明的一刻送来清脆的低鸣,熙熙攘攘的校园暂且填充她形单影只的空虚。可偏偏这天暴雨,她在淅沥声中完成了洗漱,出门时一切静悄悄,街区门口的落花似乎都在倾诉不满,这恼人的物候,总时不时和人的心情相呼应。

上午听课,下午去店里站柜台,一整天似乎都心神不宁。好不容易到了晚上,若兰把店里业务托付给值班的兼职大学生。车子启动后,她对着车内的梳妆镜看了一下自己的容颜,早晨匆匆忙忙,只是薄施脂粉,一天操劳下来,幸而皮肤底子好,还不算太过憔悴。她又检查了一下副驾驶座上的手提包,里面放了两张门票,拉好拉链,直接奔着学校的音乐演播厅去了。

到了停车场,心中还在企盼偶遇斯蒂夫,一路低着头用眼角余光寻找,走到了音乐演播厅检票口。她看到瑶瑶和托尼手挽着手进去了,自己要不要也跟着入场呢?她怕被托尼看到问起斯蒂夫有些尴尬,于是故意拉开了一些距离。进场后发现里面闹哄哄的,空气流通也不是十分顺畅,她忍不住扯了扯衣领,等到快要开场,厅内所有大灯一瞬时熄灭,里面漆黑一片,顿时鸦雀无声,又隔了差不多30秒,舞台的灯光一个个打开,舞台中央营造出烟雾缭绕的感觉,男女两位学生主持人齐步从舞台左侧上场,她拿到票的时候只注意了日期场次,听了主持人的介绍才知道这是欧洲大学生手风琴演奏团体来校与艺术系同学的联欢会演。

欧洲学生主持人介绍了手风琴的起源,讲述到德国人德里克·布斯曼在1821年制造的用口吹的奥拉琴,1822年又在琴上增加了手控风箱和键钮,后来,奥地利人德米安在布斯曼的基础上,集当时各种乐器之大成,完成了手风琴的创作,如今在南美大地蔓延。若兰对于手风琴的后半段历史是陌生的,但她清晰记得在上海音乐学院的时候,老师介绍过,是意大利的传教士把中国的"笙"带到了西方,西方人根据"笙"的原理创制了手风琴。或许是这个原因,她对这场演出充满了兴致。

主持人退下后,全场暗黄色的灯光笼罩在座位上方,像晨昏也像黄昏,朦胧而有诗意。第一首上演的是法国手风琴演奏家理查德·加里亚诺的《奥帕尔协奏曲》,若兰对这个人并不是特别了解,她借着昏暗的灯光翻开了介绍手册,没想到加里亚诺被誉为20世纪最杰出的手风琴家。手风琴在演奏者的摆弄下,发出纯净清澈的声音,她不知道这首《奥帕尔协奏曲》的诞生背景,但听这声音,便仿佛进入了书本上绘制的黄昏中的巴黎,悠闲静谧,充满诗情也充满画意。

接着演奏的还有阿根廷作曲家阿斯托·皮亚佐拉的《阿空加瓜》、丹麦作曲家杰斯帕尔·霍尔曼的《奥尔特云》等。当然她最喜欢的还是捷克作曲家维克拉夫·特洛伊的《童话故事协奏曲》，这一首曲子相对于其他几首显得比较轻快，作品的每一个乐章都会让人惊叹不已，甚至是浮想联翩：昏睡不醒的公主、作恶多端的恶龙以及变幻无穷的魔盒，音乐也能让人进入一种童话的世界。若兰心想，原来手风琴的世界不只是《喀秋莎》《三套车》《莫斯科郊外的晚上》，手风琴的世界覆盖了大千万象啊。

客队演出结束后，观众席上的掌声长久地沸腾不止，等到主持人上来致辞时，掌声又爆发了多次，大家都觉得意犹未尽，艺术系的学生似乎已经等不及了，他们充满激情地高喊着："轮到我们了，让客人们看看我们的演出吧！"全场掌声更加热烈，等在后台候场的艺术系同学一涌而出，劲歌热舞，边唱边跳，倾情演绎后街男孩的那首 *We've got it going on*（《让我们一直狂欢吧》）。

Everybody groove to the music, everybody jam

每个人都沉浸在音乐里，大家摩肩接踵

We've been waiting so long just can't hold it back no more

我们等待这一时刻已经很久了，不能再忍了

Creepin' up and down now it's time for me to let it go

激动了半天，现在正是时候释放我自己

If you really wanna see what we can do for you

如果你们真的想知道我们有什么能耐

Send the crazy wildin' static sing it

在狂欢中，放喉高歌

Jam on' cause Backstreets got it, come on now everybody

来加入吧，因为后街男孩开派对，大家都来吧

We've got it goin' on for years

我们要一直狂欢下去

Jam on'cause Backstreets got it, come on now everybody

来加入吧,因为后街男孩开派对,大家都来吧

同学们又是尖叫又是鼓掌,还夹杂着笑声喊声,都跟着手舞足蹈唱起来跳起来了。

李若兰也受到感染站起来鼓掌,跟着大家一起律动,她更加觉得斯蒂夫不在身边太遗憾了!

第二首乐曲的音乐响起,优雅的旋律,热切的歌词,李若兰猛然醒悟,这不正是她此刻最想对斯蒂夫说的话吗?她心跳加速,头脑发热,突然一跃而起,冲到台上,抓起一只麦克风,与台上的演出团队融为一体,大声唱起了这首 *As long as you love me*(《只要你爱我》)。

Although loneliness has always been a friend of mine

虽然寂寞一直是我的朋友

I'm leavin' my life in your hands

我要把我的生命交在你手里

People say I'm crazy and that I am blind

人们说我疯了,我是盲人

Risking it all in a glance

一目了然地冒着一切风险

And how you got me blind is still a mystery

你是如何让我失明的仍然是一个谜

I can't get you out of my head

我无法让你从我的脑海中消失

Don't care what is written in your history

不在乎你的历史中写了什么

As long as you're here with me

只要你和我在一起

I don't care who you are

我不在乎你是谁

Where you're from

你来自哪里

What you did

你做了什么

As long as you love me

只要你爱我

Who you are

你是谁

Where you're from

你来自哪里

Don't care what you did

不在乎你做了什么

As long as you love me

只要你爱我

Every little thing that you have said and done

你说过和做过的每一件小事

Feels like it's deep within me

感觉就像它在我的内心深处

Doesn't really matter if you're on the run

如果你在逃跑并不重要

It seems like we're meant to be

似乎我们注定要在一起

……

李若兰忘情地边唱边舞，旁若无人，全情投入，还每每插入一句："斯蒂夫，你在哪儿？"吸引了全场的目光。

　　这时，一个人悄悄地从后台走出，他对着伴奏的乐队说了几句，乐队转而奏出英国老牌男团披头士甲壳虫乐队的歌曲 *Love me*（《爱我》）。

　　　　Love, love me do

　　　　爱我，爱我吧

　　　　You know I love you

　　　　你知道我爱你

　　　　I'll always be true

　　　　我永远都真诚

　　　　So please, love me do

　　　　所以，请爱我

　　　　Whoa, love me do

　　　　咳，爱我吧

　　　　Love, love me do

　　　　爱我，爱我吧

　　　　You know I love you

　　　　你知道我爱你

　　　　I'll always be true

　　　　我永远都真诚

　　　　So please, love me do

　　　　所以，请爱我

　　　　Whoa, love me do

　　　　咳，爱我吧

　　斯蒂夫含着热泪，边唱边走到李若兰身边，台上台下跟着齐唱鼓掌，李若兰喜极而泣恍若梦中,两个人紧紧地拥抱在一起,台下掌声雷动,笑声不绝,高声喊着"在一起,在一起",两人也破涕为笑,当着大家的面亲吻起来。

之后,斯蒂夫告诉若兰,他的身体状况甚至没敢告诉过自己的父母,这次借助向她坦白的勇气,他也向父母袒露了实情。父母又气恼又心疼,请名医替他诊病,命他住在家里调养,养好身体才许出门。今天艺术系与欧洲大学生联欢演出,他接到邀请函,知道若兰一准会来,自己感觉身体状况也好多了,于是悄悄进入演出厅,坐在离若兰不远的地方。听到若兰在呼唤自己,他情不自禁地走上了舞台。

两个人爱得更炽烈了。

得州的冬天不算冷,快到冬季尽头了,这天晚上竟下起了鹅毛大雪,早晨起来屋顶和草地上皆积了一层厚厚的白霜。清早斯蒂夫打来电话邀约一起去看雪,说开出城外去看大草原上的积雪才有味道。

斯蒂夫并没有告知去哪里,只说是去看冰雪世界。车子向野外开去,到了离学校两个来小时的地方,车子停在一个风景点,只见斜山坡上均是白雪,坡上的松针树上缀满了雪,白雪勾画出树干树叶和萋萋芳草的轮廓,那种静谧寂寞的美,圣洁的美,令人销魂。冰和雪凝结在一起,车子好像有点打滑,若兰建议就在这里赏雪吧,但斯蒂夫说不怕,他下车给轮胎绑上防滑链,坚持还要再前进。车子又往前开,天上下起了雪,那六角形的雪花飞舞着扑向车窗,望着朗朗乾坤无垠蓝天下悠悠旋转的洁白花絮,令人感到是在一个美丽的神话世界中。车子又停在一个丘陵坡上,那里有半尺多深的积雪,沿着山坡阶梯走去,那木栅栏扶手架上厚厚的积雪引逗若兰用手去揩拭它一探深浅。沿着木栅栏转了一个弯,他俩不禁大叫起来,前面是一处飞溅水沫的大瀑布,瀑布有一条主流,还有几条细细的分流。两人都被震慑住了,四周是一片静寂,一片白雪皑皑,而大瀑布则充满了活力和朝气。如此动静和谐结合的美妙景点竟然空无一人,斯蒂夫笑了一下,对,就是这里,这是最好的地方了!

"若兰,这里冰清玉洁,清纯无瑕,你喜欢吗?"斯蒂夫一脸严肃地对着心上人发问。

"哎呀,这是远离尘埃,洗涤心灵的地方呀!"若兰心领神会。

"我想让这个纯净的地方见证我们纯洁的爱情!"斯蒂夫单膝跪在雪地上,从兜里掏出一个金丝绒包裹的盒子,打开盒子,里面是一枚闪闪发光的钻石戒指。斯蒂夫眼神灼灼喷射火焰,他抬头望着李若兰,一字一句地说道:"我,斯蒂夫,一个未婚男人,爱上一个单身女人李若兰。李若兰,你愿意嫁给我吗?"

这是做梦还是现实?这一刻,李若兰梦寐以求心向往之,然而此时此地,她还是感觉自己像坐在南瓜车上的辛德瑞拉,太梦幻太突然了。一霎时,她有点哽咽,有点手足无措。

雪花飘在她的脸上,她用手摸了一下,雪水泪水一起淌了下来。"哦,是真的!"她心里闪过。刹那间,她意识到斯蒂夫是跪在雪地上,他会受寒的,他会冻坏吗?她心疼这个男人,她也跪了下来,把斯蒂夫扶起来,接下了他手里的戒指。

一阵狂喜掠过斯蒂夫心头,他一把抱起若兰,幕天席地在雪上打转打滚,两个人一起大喊起来:"I love you, I love you forever!(我爱你,我永远爱你!)"喊声在山谷中滚动回荡,经久不息。

生机勃勃的年轻人,激情满怀喷薄欲出,两个人在雪地上滚出雪球来嬉笑着互相击打,碎雪散得满身满脸都是,一点儿都不觉得冷,头上冒着热气,心上人在眼前身边,世界真美好啊!

眼看天色擦黑,车子恋恋不舍地往回开了。归途成了赏灯的花车,满眼的风景美不胜收,汽车像是在闪亮的银河中伴着满天繁星行驶,越接近城市,灯火越密集明亮,千千万万盏灯火,不但映衬出房屋的轮廓,还映出花草树木飞禽走兽的轮廓。两人眼中都闪着星光,与窗外的繁星遥相呼应,这星光还时不时笑着对射放光,车子里洋溢着暖暖的温情,酷似盛夏般火热滚烫。

这真是一次出乎意料令人终生难忘的雪中旅行,车子回到斯蒂夫寓所已经是晚餐时分了。

又一次进入斯蒂夫的住所,这次感觉整洁多了,顺眼多了。若兰笑着轻声问了一句:"打扫过啦?"斯蒂夫有点腼腆地说:"我爸妈来过了。你不来,爸妈还从来没来过呢。"

李若兰忽然有点忧伤地问道:"听说犹太人特别重视婚姻,不许与非犹太种族的人通婚的。你爸妈同意我们俩的事吗?"

斯蒂夫刮了刮若兰的鼻子笑着说:"你这个小家伙还懂不少呢!你混淆了太多事情,一下子说不清楚,我可是肚子饿了,想吃饭啦!"

两个人匆匆煎了两块牛排,烤热面包喝了牛奶当作晚餐。当然也免不了卿卿我我,你喂我一勺,我咬你一口,反正做什么都开心,都觉得称心如意乐开了花。

吃饱了喝足了,两人面对面坐下来,斯蒂夫又拿出讲课的姿态来了。

"其实,犹太人是一个民族,是人种的概念;犹太教是一种宗教,犹太人不一定都信犹太教,你明白了吗?"

若兰点了点头。

"我是犹太人,这是爸妈生我就定下来的,无法选择无法改变。但我并不信犹太教,现代很多年轻人都不信宗教,尤其在美国这个自由的国度。"

"那你爸妈信教吗?他们会干涉你的婚姻恋爱吗?"李若兰还是不放心。

"我爸妈都是经历了二战受尽了磨难,我妈妈是二战时的犹太孤儿,他们心中的善恶好坏观念很明确,我相信他们绝不会有什么宗教种族偏见的,你见了他们就知道了。对了,你什么时候去看他们呀?"斯蒂夫正好提出要求了。

"我听你的,你说什么时候吧?"李若兰心中的担忧解除了,大大方方地接受了邀请。

"丑媳妇总要见公婆的,择日不如撞日,就明天怎么样?"斯蒂夫其实早就成竹在胸。

"啊,你乘机说我丑?你好坏!"李若兰抡起粉拳去捶打斯蒂夫,看到斯蒂夫得意的笑容,她知道自己又中计了!

第二十三章
无冕之王显神威

斯蒂夫见李若兰情绪不错，邀请她去酒吧一起看球赛，支持比赛两方的球迷在酒吧边看球便斗嘴，气氛轻松活泼，李若兰也跟着进球失球呼喊拍手，十分投入。正在此时，她的手机突然响起来了，里面声浪太高太嘈杂，她走到酒吧外面接电话。

"怡婷姐啊，什么？公司被FBI冲击？货物被扣押了？还有什么？啊？光天化日居然还有这种事情？"

原来，李若兰的闺密周怡婷在洛杉矶生意做得很成功，在拉斯维加斯的展销会上拿到许多订单，他们正忙着备货发货，突然美国联邦调查局一帮人持枪过来查封了公司。周怡婷带着律师与联邦调查局的官员会谈解决方案时，却遇到意外状况。

这是洛杉矶的一个高档酒吧，白天客人不多，周怡婷带着律师霍姆斯在酒吧等候，那个FBI官员走了进来，互相打了招呼坐下。

周怡婷说："Mr. Huntington, this is our company's lawyer, Mr. Holmes, he's representing our company.（亨廷顿先生，这位是我们公司的律师霍姆斯先生，他代表我们公司与您商谈。）"

霍姆斯说："Good morning, Mr. Huntington, My client, the SLZ Company didn't do anything wrong. You have no reason confiscate their products.（亨廷顿先生您好，我的客户，SLZ公司并没有做任何事触犯法律，你们没有理由扣

押他们的进口产品。)"

那位FBI官员严肃地说:"We are still doing our investigation. You have not proven your innocence yet. We need more time.(我们还在调查,你们并没有证据说明你们是清白的。我们还要调查一段时间。)"

霍姆斯据理力争:"You have no evidence to prove the company had violated the law, so there is no ground for seizure of the products. This has put a huge financial strain on the company, who's going to be responsible for the loss in business?(在没有证据证明SLZ公司有触犯法律的情节时,你们怎么可以先扣押进口产品呢?你知道这会给公司造成多大的经济损失吗?最终你们要负责赔偿这些损失的。)"

那位FBI官员亨廷顿先生一脸满不在乎地说:"We are not responsible for the loss in business, we are only conducting the investigation we are supposed to do.(这不关我们的事,我们只负责调查。)"

突然,他转向周怡婷说:"Could you step out for a while, I want to talk to you alone.(你能否出来一会儿,我想单独跟你说话。)"

周怡婷感到有点突然,但她很爽快地说:"Sure!(好的!)"

那位FBI官员带着周怡婷到了酒吧门外的一处僻静处,突然显得热情奔放地说:"You are the most beautiful oriental woman I have seen, I know you are still single. Be my girlfriend! I will help you solve all the problems!(你是我见过的最漂亮的东方女人,我知道你仍是单身一人生活,做我的女朋友吧,我会帮你把这件事搞定的。)"

周怡婷一愣,她怎么也不会想到这么严肃的气氛突然转变成这样的局面。她本能地回答道:"No, no! You got it wrong! I have a boyfriend!(不,不,你搞错了,我有男朋友了!)"

那位官员得意地说:"You forget my job! I'm a FBI agent!(你忘了我是干什么的吗?我是美国联邦调查局的,我是不会搞错的!)"

周怡婷并不买账:"My boyfriend is my partner. His name is Mr. Sun

Honggang.（我的男朋友是我的合伙人,他叫孙宏钢。）"

官员露出一丝狞笑:"You mean Mr. Sun? He is a fugitive. He will never be able to come back to the United States！（你是说孙先生？他是通缉犯,他永远不可能回美国了。）"

周怡婷惊呼:"No, no! I believe that truth will come out. He is clean! Our company is clean！（不！我相信真相总会水落石出！他是清白的,我们公司是清白的！）"

官员说:"OK, I'll give you three days to think about my proposal. You can do it my way. Or it will take three to five years to clean this mess. Or you can get this taken care of right now.（好吧！我给你三天时间再好好想想！你是要公了还是私了？你可以请律师去告我们搞清事实真相,这也许要花上三年五年。或者,你答应做我的女朋友,这样只要三天就可以化解问题。）"

周怡婷叫道:"Sir, this is the United States of America, a country with laws and human rights. I don't need three days, I can tell you now, I will ask our attorney to appeal and get our products back！（先生,这是在美国啊,美国是一个法治和崇尚人权的国家。我不需要三天,我现在就可以告诉你,我们会请律师告你,把我们的产品拿回来！）"

官员说:"I'll give you three days to think it over. You need cool down！（我还是给你三天时间,你冷静下来好好想想吧！）"

李若兰慌忙间中文英文一起上,向斯蒂夫陈述了事情经过。"三天,只有三天,已经过去一天了,怎么办呢？怡婷姐在我困难的时候帮助过我,滴水之恩当涌泉相报,我是一定要帮忙的,现在她的男朋友孙宏钢在上海,她身边没有亲近的人,我想要赶到洛杉矶去陪她渡过难关！"

"我陪你一起去！"斯蒂夫毫不犹豫当机立断。

"你要去？你上课怎么办呢？说好了要去看你爸妈又怎么办呢？"李若兰没想到斯蒂夫这么义无反顾地帮自己。

"你一个人去我不放心的。再说我是土生土长的美国人,更熟悉这里的人和事，可以帮你们出出点子啊。上课请假吧，我从来没有请过假，来个零的突破。跟爸妈那里更好办，他们都是通情达理的人，说明一下原委就没事啦。"

李若兰觉得他想得有道理，也不推辞："那么我们赶紧买机票准备出发吧！"两个人随即查找机票。幸运的是，得克萨斯州是美国航空公司的总部，从得州飞往洛杉矶的飞机有从休斯敦、达拉斯、奥斯汀、圣安托尼等地出发的多个航班，而且，斯蒂夫告诉她，得州飞洛杉矶时长2小时40分钟，上午8点钟出发到那里是10点40分，因为得州与加州有2个小时的时差，那时洛杉矶时间才8点40分，正是一天的开始。李若兰拍手笑道："哎呀，太好了，可以抢到一天的时间呀，我们明天一早就走！"

李若兰和斯蒂夫第二天上午风风火火赶到周怡婷公司，着实给了她一个惊喜："你们是从天而降的救兵啊，飞过来的呀？"

"当然是飞过来的啦！"李若兰给了她一个大大的拥抱，又给初次见面的两人做了介绍，"这是我的男朋友斯蒂夫，这位就是我的女强人闺密周怡婷。"

"久闻大名，如雷贯耳。"斯蒂夫咬文嚼字地说着中文，与周怡婷握手。

"Me too！（我也是啊！）"周怡婷大方地回答道。

周怡婷把刚到的两位引到自己的办公室，三人关起门来商议对策。

周怡婷愁眉紧锁，她告诉斯蒂夫，他们已经试着找律师调解过，但那个FBI官员居然说要周怡婷答应做他的女朋友才能解决问题，还把她正在国内组织货源的男朋友孙宏钢当作通缉犯不让他回美国。"我看见这种人就恶心想吐，装也装不出来啊。再说，这种色狼，像野兽样的，你跟他接触就很难逃过他的手掌啊。我真是急得要跳楼了，幸好你们来了，给我出出主意啊！"

李若兰给闺密打气："不行！美国男人认为外国女人easy（容易得手），我们就要争这口气，不能让他们玩弄！"

斯蒂夫也气愤地说："这家伙这么坏？简直是落井下石！"

李若兰直截了当问斯蒂夫："你有什么建议？"

斯蒂夫昨天听到情况后就在思考这件事情的处理办法,他冷静地说道:"我们分两个部分来说这件事好吗?先说冲击工厂扣押货物这件事,在这种情况下,如果是我们美国商人,就只有三条路可以走了。"

周怡婷一听来了精神:"哪三条路?"

斯蒂夫条分缕析,逐一道来:"第一条路也是大部分人都会采用的路,就是claim bankruptcy(宣布破产),这样就一切债务都取消了,你个人也没有任何责任了。你可以另外成立一个新公司再做生意。"

李若兰听斯蒂夫说过一点,她问道:"这种方式实际上是政府对生意人的保护,那么它的弊端在哪里呢?"

斯蒂夫回答说:"弊端就是你个人信用的丧失,破产记录会在你的个人信用记录中至少保留七年。另外就是你的合作伙伴倒霉了,你欠他们的钱都不还了,那这个债务就转嫁给别人了。"

周怡婷的态度很明确:"这种事我是不会做的,我宣布破产,那么国内的供货商就倒霉了,他们收不到货款,工人拿不到工资,那是会出人命的,我跟供货商都是朋友,那我还有什么脸见他们啊?你说说第二条路呢。"

斯蒂夫看着她说:"第二条就是出卖公司股权。不过像你公司现在的情况,股权肯定会被大大低估,卖不出几个钱的。"

李若兰补充说:"公司就是婷姐的命,她会肯随便卖吗?那么第三条路呢?"

斯蒂夫看着她俩说:"第三条路是最辛苦的路,就是跟银行和供货商商量,让银行垫付供货商的货款,你们要付银行利息。银行就是靠利息赚钱的,你们能每月按时付出利息,银行就不会来找你麻烦。不过公司就要拼命赚钱,付利息,付本金,那你们就要辛苦好几年才能喘过气来。"

周怡婷和李若兰对看了一会儿。

周怡婷咬咬牙说:"看来我只有走第三条路了。但就算走第三条路,也要准备好几个月的利息才行啊。"

李若兰一点不含糊,立即表态:"我这里还有点存款,拿出来给你应急!"

第二十三章 无冕之王显神威

斯蒂夫也随即附和:"你们如果不把我当外人,那么我也出点钱帮忙。"

周怡婷受到鼓励态度更坚决了:"既然你们都这样够朋友,我还有什么话说呢?我决定卖掉房子,把在美国和中国的房子都卖掉,砸锅卖铁,破釜沉舟,非把公司搞上去不可。但那个家伙把孙宏钢搞成通缉犯又怎么办呢?"

斯蒂夫说道:"我们可以请出美国的无冕之王——新闻记者出来曝光他的丑行,看他还敢嚣张!"

"怎么说?具体要怎么做?"两个女生几乎是异口同声问道。

"我有同学在洛杉矶时报工作,我要他联络新闻界的朋友,找几个记者出来报道这个事情,出出那个亨廷顿的丑,看他还敢做违法乱纪的事情!"

"好主意,好主意!"两个女生欢呼。

"请记者出场要付费吗?"周怡婷做生意时间长了,免不了以生意的眼光想事情。

"收费就犯法了!美国的新闻讲究独立公正客观报道,不能收取费用,甚至连国家的钱都不能收,收钱的就是广告就是宣传,就有偏见就不是新闻了。所以美国人又把新闻媒体叫作第四权力,即除了司法、立法、行政之外的第四权。你们放心,我会安排好一切的。"

三天的期限到了,李若兰陪着周怡婷又来到了上次与FBI官员亨廷顿会面的酒吧。

亨廷顿进了酒吧。

周怡婷站起来与亨廷顿握手打招呼:"Hi, Mr. Huntington. This is my good friend, Ruolan Li.(亨廷顿先生,你好!这是我的好朋友李若兰。)"

李若兰站起来与亨廷顿握手说:"Hello, Mr. Huntington!(亨廷顿先生好!)"

三个人坐了下来。斯蒂夫与几位记者坐在不远处,这里的讲话听得很清楚,记者手里拿着录音笔录音。

"听说你想要周小姐做你的女朋友是吗?"李若兰单刀直入。

亨廷顿说道:"I need one girlfriend and she will be my wife.(我需要一个女

朋友,她以后会成为我的妻子。)"

李若兰随机应变道:"I see. You are looking for a lady to get married, not a girlfriend. Are you single？（哦,我明白了,你是要找一位未婚妻,不是情人。怎么,你还是单身吗？）"

亨廷顿似乎找到倾诉对象了:"I am recently divorced. My wife left me with another man. I heard that oriental women are very loyal to their husband and marriage. I'm looking for a woman just like Ms. Zhou.（我最近离婚了,我的前妻跟别的男人走了。我听说东方妇女忠实于她们的丈夫和婚姻。我就想找一位像周小姐那样的女人做妻子。)"

李若兰忍不住说道:"但是周小姐已经有男朋友了,他们已经在一起好几年了,你不能拆散人家吧？"

亨廷顿露出一丝狞笑:"You mean Mr. Sun？ He is a fugitive. He will never be able to come back to the United States!（你是说孙先生？他是通缉犯,他永远不可能回美国了。）"

李若兰故意问道:"孙宏钢先生只是一个做生意的人而已,为什么要通缉他呢？"

亨廷顿回答说:"他们公司偷税漏税,暗藏枪支,他是公司CEO,就要对此负责,当然可以通缉他啰！"

"如果周小姐同意做你的女朋友,为什么又可以撤销对孙宏钢的通缉呢？"李若兰在一步步引蛇出洞。

"我可以说这些都只是别人对他们的揭发控告,有关罪名都还没有坐实,可以撤销通缉,等查实结果再做决定。"亨廷顿没有防备,说出了真情。

他又补充说道:"I need a promise！ Ms. Zhou has to promise to be my girlfriend first, then I will help her company and Mr. Sun.（我需要周小姐的一个承诺在先,然后我才能帮助她们公司和孙先生。)"

斯蒂夫和两位记者实在听不下去了,他们站出来责问亨廷顿:"那么就是说美国的法律没有一点严肃性,通缉一个人只是由你的好恶就可以随便决定的吗？"

亨廷顿蛮横惯了，他亮出FBI证件，还想用这个身份吓唬人："我正在执行公务，你们是什么人？管什么闲事呢？"

记者抢拍下了这个镜头，闪光灯一亮，他有点傻眼了。对方大声说道："我们是《洛杉矶时报》记者，哈哈，太精彩了，FBI官员性骚扰女商人，你要成新闻人物啦！"

亨廷顿这才慌了神，他看定了周怡婷说道："是你找来的记者？好好好，算你厉害，我撤销对孙宏钢先生的通缉，你让记者撤销这个报道，我们做个交换，可以吗？"

"那我们要问问记者先生同意不同意呢，这么有意思的新闻到哪里去找呀？报纸电视都可以报道的，更多的记者要来采访呢，那时候我们的周小姐可要扬名美国啦，你也可以顺带出出名呢！"李若兰摆出一副得理不饶人的姿态。

周怡婷听说可以撤销对孙宏钢的通缉令，一阵欣喜，她悄悄扯了李若兰一下。

斯蒂夫把这一切都看在眼里，他站出来说："亨廷顿先生，你假公济私，败坏了FBI的声誉，你刚才说的话我们都已经做了录音，随时可以公开揭发你。你回去立即撤销对孙先生的通缉令，解除对周小姐公司的封锁，发回冻结的货物，我们看你的表现决定要不要公开这些录音，怎么样？"

"那我怎么相信你呢？"亨廷顿有点犹豫。

"这是男人和男人之间的承诺，你的证件我们已经拍了照片，这是我的身份证件，你可以记一下我的社会安全号码。"斯蒂夫的话语铿锵有力。

"Deal！（成交！）"亨廷顿不得已与斯蒂夫击掌，算是双方执行约定的承诺。

看着那个亨廷顿耷拉着脑袋走远了，斯蒂夫和他的同学一起拥抱大笑。李若兰还不放心，问那位同学说："你在报社那边好交差吗？出来采访不写篇报道行吗？"那位同学笑着说："哪里每次采访都能写出报道来的呀？像这种社会新闻本来就是可发可不发的,那个家伙官太小了,读者不感兴趣的。他要是个大官,那么盯紧他的人就多了。我们国家就是这样,官越大,监督的人越多越严厉,也就越有新闻价值。这种小官的事情,关心的人不多,我就是写出稿子来,编辑部也不一定会发出来的。"

周怡婷一颗悬着的心落下来了,喜极而泣。之后,孙宏钢的通缉令确实解除了,但扣押的货物隔了许久才发还的,发还时还必须签下合约,不许上告,不许向FBI索赔。[①]李若兰格外欣喜,她发现斯蒂夫心地善良还足智多谋,这么棘手的问题竟然迎刃而解了。她不由自主地在心里把他与张经纬做了比较,当年张经纬为了一点蝇头小利就要过河拆桥,想着要停止与周怡婷的合作改从蔡小姐渠道进货,结果吃了大亏。算了,幸好及早发现与他一刀两断,不去想这种人了。她与斯蒂夫两个人欢欢喜喜回去了。

---

① 有关情节详见《海那边的中国女人:爱情三部曲》的第一部《爱情是不可替代的》。

第二十四章
盖瑞特和雅各布

约好斯蒂夫第二天下午来接,若兰早早就醒了,躺在床上浮想联翩。与斯蒂夫认识这么久,除了上次提到他父亲喜欢中文一事外,还从来没听他说起过家里的事情呢,也不知道他家在哪里,是什么样子。从斯蒂夫朴素的衣着,开着破车,租着学校的公寓房来看,估计是个不太富裕的家庭。她想起一些中国女生私下议论,说看老美花钱大手大脚的,真与之共同生活后,发现他们欠着一屁股信用卡债务。斯蒂夫会不会这样呢?她微微一笑,想着斯蒂夫从来没有说到过物质经济的事情,不过既然选择与他共度人生,那么即使贫穷也与他同舟共济,乐观面对。而且他待人如此诚恳实在,一定出自良好教养的家庭。她脑子里胡乱猜测,想象着未来公婆的样子,想着第一次上门该带点什么伴手礼去呢?她一骨碌爬起来,跑到隔壁瑶瑶房间去与她商量。

瑶瑶正在筹备与托尼的婚事,也许是受到托尼家丰盛食物的启发,瑶瑶建议若兰带些中国点心去,最好还是有上海特色的。若兰一听觉得有理,于是开车跑到市里的中国点心店选购,挑了生煎包、叉烧包、小笼包等热食点心,还有蝴蝶酥、蟹壳黄等干点心,漂漂亮亮装了几大盒,回到自己住处对镜梳妆,精心打扮了一番,等着斯蒂夫开车来接。

斯蒂夫着一身深蓝色条纹休闲西服,淡蓝色的繁星领带,一双黑色皮鞋一尘不染,手里捧着一大束鲜花走进门来,全身都透露着帅气,与平时简单质朴随意的形象判若两人，李若兰见到也惊了一下，说道："这位老师，你要是平时上课也这副打扮，估计女同学们都得围着你转了呀。"

斯蒂夫把花递给李若兰，笑着说道："若兰你就别拿我说笑了，你知道我喜欢简单，但是我父母比较注重形式，而且今天是个特殊的日子，我要是不好好打扮一下，怎么配得上你呢？"

李若兰害羞地笑了一下，说道："快走吧，别让你爸妈等太久了。"说着从桌上拿起几个糕点盒子。

"这是什么啊？这么大盒子。"斯蒂夫惊讶地问道。

"这是上海的点心，等你到家就知道了。"李若兰说道。

"啊，我们认识这么久你都没给我送过糕点呢，第一次送竟然还是沾我爸妈的光。"斯蒂夫打趣道，一边接过糕点，两人一同上了车。

斯蒂夫开车来到一片优雅开阔的街区，一边是一栋栋别墅疏疏落落间隔着，另一边是草地，成排成行的树木和一个大喷水池。他在一栋房子前面停了下来，钻出驾驶座走到副驾驶座替李若兰打开车门，彬彬有礼地把左手背在身后伸出右臂请未婚妻下车，并要帮她拿过糕点。若兰含笑用眼神说谢谢，自己捧着礼盒说道："送长辈的礼物我得自己拿着才有诚意啊。"

李若兰跨出车门，抬头望着城堡似的一栋大别墅，觉得难以置信。这是前后花园簇拥着的一栋洋房，前面是大片的绿生生的草坪，从沿街路面一直铺设到房子四周，靠近路面一溜栽种着鲜艳的花朵。城堡别墅外观既时尚又典雅，记得美学课上介绍过建筑风格，看这里有几个尖尖的房顶，算是哥特式吗？但又尖得不算突出，看那房子显得层层叠叠，圆形拱门，那算是巴洛克建筑，还是拜占庭式？若兰轻轻问了一句："这是你父母家吗？是什么风格的建筑？"

斯蒂夫有点嘲弄有点不屑地答道："算是轻奢时尚，潮流百搭吧！我爸妈是 new money（暴发户），可能他们想学维多利亚风格，把什么好东西都汇聚到一起，大杂烩！"

李若兰笑了起来："哪有这么说自己爸妈的儿子？"

第二十四章　盖瑞特和雅各布

斯蒂夫耸肩摊手道:"我爸妈其实都有苦难的童年,是移民美国后慢慢发起来的。你见了面就知道了。"

若兰带着许多谜团随斯蒂夫走近大门。斯蒂夫从口袋里摸出钥匙打开家门,进门就在走廊上大叫一声:"我回来了!"

斯蒂夫的爸妈从客厅沙发上一起站起来快步走到门前迎接,见了李若兰满脸笑容说道:"欢迎欢迎!"李若兰大方地一笑说:"我叫李若兰,上海人,叔叔阿姨好!"斯蒂夫的妈妈笑着用有点生硬的上海话说道:"我叫莉娅,也是从上海来的。"斯蒂夫的父亲也用上海话说道:"我叫盖瑞特,也是从上海来的呀!"李若兰惊讶得一时不知怎么接嘴了。

莉娅拉着若兰的手不放,若兰也就顺势与她牵手同行。

一条走廊通向里屋,走廊左侧有一个精致的扶梯弯弯绕着通向二层。里屋很大,看得出有客厅、餐厅和家庭起居室。盖瑞特对儿子叫道:"斯蒂夫,你长这么大,这还是第一次对我们家庭有点贡献了!"斯蒂夫对着若兰做了个鬼脸道:"你看看,这就是我这个不讲道理的老爸!你不来,我就对家庭没有一点贡献呀。"若兰把手里的点心放到客厅沙发前的茶几上,笑着对斯蒂夫爸妈说道:"这是上海风味的小点心,你们尝一下试试喜欢不喜欢。"

盖瑞特爽朗地说道:"我最喜欢上海的食品了,我在上海那几年,家里穷,什么东西都缺,觉得什么都好吃。直到现在我还是觉得上海的菜肴点心最好吃!"

莉娅微笑地看着丈夫对儿子说:"斯蒂夫,你爸爸从小就馋,到现在还是馋呢!"

盖瑞特假装生气地瞪了妻子一眼:"我爱吃不就是身体好?我如果不想吃饭了,你还不是要急得催我去看医生了!"

李若兰看着这相互打趣的老两口,觉得这个家庭温馨又风趣,心里透出一股喜悦的暖流。她端详他们,斯蒂夫,言谈举止的神态气质与父亲盖瑞特还是像的。而他的长相更多地像他的母亲莉娅。莉娅五官十分精致,鼻梁挺直,湛蓝的眼睛清澈明亮,小小的嘴巴像雕刻出来似的轮廓分明,一头金黄卷曲的头发，皮肤还是很细腻，不像有些白人女性那样进入老年皮肤就松弛下来了。她穿着一件家常连衣裙，薄施脂粉，点了淡淡的口红，说明她对这次相见的重视。李若兰不由得感叹道："莉娅你可真美，斯蒂夫从来没跟我说过他有个这么漂亮的妈妈呢！"

莉娅带着爱意嗔怪地看了儿子一眼说："他眼睛里现在只有你了，他只跟我说若兰美丽大方，哪里还会看到自己的母亲呢？"斯蒂夫过去笑着抱住妈妈说道："我母亲永远是世界上最美的女人，还用说吗？"

大家在客厅的圆形沙发坐下，中间一个椭圆状的玻璃茶几，茶几中央是一个乳白色的长形花瓶，里面插满了深红色的新鲜玫瑰花，散发出淡淡的幽香。茶几上还有几个镂刻着花纹的透明玻璃盘子，上面装满了时令水果。阳光从落地大玻璃门照射进来，透过玻璃门向外看去，外面是一个内庭大花园，种了不少果树鲜花，还有亭台凉棚。客厅里靠近玻璃门不远处，有一架黑色的三角钢琴，从古朴的琴身看来，已经有点年头了。斯蒂夫对若兰悄悄说道："这是我妈妈的宝贝，她经常弹奏的，所以也逼着我从小练琴。"

"快来尝尝若兰带的好东西。"盖瑞特似乎有点迫不及待了。他把这些点心放到盘子里端到茶几上，指着蝴蝶酥说道，"这就是我总提起的上海点心啊，看到它我就想起了自己的童年！那时我们一家人都在上海避难，我父亲雅各布就在一家西饼店做面包、糕点。上海的点心是融合了东西方美食元素的最好吃的点心了！""哇！您在上海度过童年？"若兰听了心里一动，感觉与这家人更亲近了。

咖啡点心下肚，盖瑞特的话匣子打开了。他告诉若兰："我六七岁时与父亲雅各布、母亲依琳为逃避纳粹迫害去到上海，受到上海人民的热情接待。与出逃离开的德国相比，上海人从来没有歧视犹太人的想法和行动，而是把我们当成国际友人欢迎我们。我的父亲母亲都在上海找到了工作，我在父亲上班的店门口背了个小木箱子擦皮鞋，走过的人们对我都很友好。特别是一位叔叔，还带了他的儿子来陪我玩，之后我们成了好朋友，我们一家人都被邀请到他的家里过中国年，吃了许多好东西。在他家公寓的花园里，我还第一次见到了斯蒂夫的母亲莉娅，她那时候还是个这么小的小姑娘。"盖瑞特手掌向下比画了一下，比成比茶几还要低矮的地方。

"谁说我就那么矮啦？"莉娅抗争道。

"你那时候就是又瘦又小，像个洋娃娃，不，没有洋娃娃的笑容，但是比洋娃娃更美丽，美得把我都看呆了，心想，世界上还有这么美的人吗？她为什么那样忧郁不快乐呢？我能让她开心起来吗？"盖瑞特沉浸在自己的回忆中，一家人也都被他带进当年的情景中了。

"我之后还常常去找这位叔叔的儿子玩，我们成了最好的朋友。当然，我心底的秘密，也是想找莉娅玩，想让她开心起来。我跟谁都没说，现在想起来，这可能就是我的潜意识吧！

"等到第二次世界大战结束我们一家离开上海，叔叔带着儿子到外滩码头来送行，我们两个男孩已经长成少年了，我们在码头上抱头痛哭，哭成泪人样的，生怕我们这辈子再也见不到了。"

"莉娅来了吗？"若兰关心的是小女孩的命运。

"没有，我心里也盼她来，但是连人影都没有啊！"盖瑞特做了个鬼脸。

"那你们又是怎么联系上的？"若兰听故事进入角色了。

"哈哈，不是有一本书叫作《牧羊少年奇幻之旅》吗？那里面不是说了，当你渴望得到某种东西时，最终一定能够得到，因为这愿望来自宇宙的灵魂，那就是你在世间的使命。当你想要某种东西时，整个宇宙会合力助你实现愿望。我找到了我的爱人，我的愿望达到了！"

莉娅笑着瞪了他一眼说："若兰你别听他说得神神道道的，那是因为二战胜利后我们作为犹太难民都到了美国，碰巧我们在一个大学里读书，这样才又见面的。"

"现在我还有一个愿望，就是找到我这位最好的朋友。本来上天已经让我们遇见了。我在读大学时，正好他也来到美国读书，他的老爸是上海的大资本家，不断给他寄学费生活费，他都拿出来与同学共用，我那时穷，只能靠大学生贷款过日子，他就骗他老爸多寄钱过来给我花。我们几个要好的同学一起出去吃饭喝酒都是他付账,那时候喝杯啤酒都好开心哟!"盖瑞特的思绪似乎飞到了那个年代。

"那你们不是已经在一起了吗?"这下轮到斯蒂夫搞不明白了。

"你不知道,我这位同学有爱国激情,听到新中国成立就丢下我们回上海了。开始还能通通信,后来中国闹什么'文化大革命',就跟他联系不上了。那时候又没有E-mail,又没有手机,茫茫人海里到哪儿去找他呢?"盖瑞特有点泄气。

"你刚刚不是还说着整个宇宙会助你实现愿望的吗?"莉娅来了一句,"说不定会有意想不到的奇迹呢!"

"您的这位同学不是在上海吗? 兴许我也可以帮您找一找呢!"若兰也很有信心。

"好吧,让孩子们自由活动,斯蒂夫,你带若兰去看看你的房间吧。"莉娅提议道,做母亲的最了解儿子的心思了。

"哦,天哪,我的房间太乱了。"斯蒂夫是让若兰有个思想准备。两位长辈开怀大笑:"一直让你打扫干净你不听,现在管你的人来了!"

斯蒂夫领着若兰上楼,他打开门,房间内透着一点楼道的光,他拉着若兰的手进来却没有着急开灯,转身就吻到了若兰的嘴唇,若兰回应了一下,但她格外害羞,这是在未来公婆的家里呢,似乎让她很是拘束,她轻轻推开斯蒂夫:"好啦,赶紧开了灯,你爸妈都在楼下呢。"斯蒂夫还是不舍,又吻了一下,才把灯打开,把房间门关上,他示意若兰坐在书桌旁的椅子上:"你等下,我给你看点有趣的。"自己踮起脚,在书架的最上面一层扒拉着。"你的书也太多了,满满架了一面墙呀,真的是书墙。"若兰细细打量着他的房间,满墙的书架让她最为震撼。当然,还有好多篮球,各种颜色风格的,装满了一大筐,墙上贴了许多篮球明星的照片,看来从小到大都是位篮球爱好者啊!

"找到了,找到了!"斯蒂夫很是兴奋。

"这是什么?"若兰站起来。

"童年的记忆。"斯蒂夫故作神秘。

"这不就是影集吗?"若兰接过来,先把封面摩挲着,然后坐下来摊放在桌上,斯蒂夫站在她身后,一手扶着椅背,一手撑在桌上,嗅着若兰发丝间散逸的幽幽清香。

"这是你吗?"若兰指着那个傍着一只纯白萨摩耶小狗的婴孩,头上的婴儿帽像米勒油画《拾穗者》中农村妇女裹的头巾一般,臃肿肥大,差不多盖住了上半个面部,眼睛几乎看不见了。

"不看这张,不看这张,翻过去吧!"斯蒂夫有点羞涩,他把影集合上又翻转过来,从后面倒着看,那张在中学校园门口身穿白色T恤,手捧一个大大的篮球,一身运动装扮,活力四射,斯蒂夫半开玩笑地说道:"看看我的颜值巅峰时代。"

"哦,那是你的少年时代吧?我觉得现在才是你的巅峰呢!"若兰抬头仰视了斯蒂夫一下,昏黄的灯光下,斯蒂夫的眼睛十分迷人,眼神中透出澄澈,他的睫毛很长,灯光下微微地颤动,像是徐志摩笔下描述的康河的水草,在康河的柔波里轻轻招摇。

"若兰,已经那么久没有听到人赞扬过我的颜值了,是你重新点燃了我。说实话,自从知道自己染上病毒,我就一直自卑郁郁寡欢,没有真正开心过。是你让我又活了过来!"

两人抱在一起亲热,若兰突然意识到:"不是来看你爸妈的吗?我们太不懂事了,快快下去吧。"

斯蒂夫有点不情不愿:"美国的父母都是很开明的,谁没有年轻过呢?年轻人就是喜欢黏在一起呀。我的一个大学同学带着女朋友回家,两个人关在房间里待了三天三夜,他的爸妈不敢去敲门,在外面走路都轻手轻脚的。"

"哈哈哈哈!"李若兰大笑,"不过,你的同学那时候什么年纪啊?你现在可是大学教师啊,做事情要讲点道理呀。"

两个人乖乖下了楼,李若兰走到那架老旧的钢琴面前,绕着钢琴看了又看。斯蒂夫看出了李若兰的心思，问道："若兰，你想试试吗？"李若兰听了果然开心地看向他："我可以吗？"

斯蒂夫故作神秘地说："这是我妈妈最宝贝的一架钢琴，她一般不让别人弹，不过你是她喜欢的儿媳妇，你当然可以弹啦。"

李若兰也不管斯蒂夫的调侃，高兴地点了点头，在钢琴边坐了下来，缓缓演奏了一首莫扎特的《G小调第40交响曲》。琴声婉转动人，如同一汪清澈的泉水沁人心脾，斯蒂夫靠在沙发上，听着优美的琴音像是慢慢进入了梦乡。演奏完毕，李若兰长出了一口气，还陶醉在演奏的兴奋中。

"啪啪啪啪……"身后缓缓响起了鼓掌声。

"这架钢琴真的太神奇了，是我弹过的最美妙的钢琴。"李若兰有些激动地说道。

"在你手下确实实现了它的美妙。"若兰回眸一看，斯蒂夫的爸妈都站在身后，她一下子红了脸，不好意思地说道："对不起，我，我……"盖瑞特微笑地看着眼前这个美丽俏皮的可爱女孩，说道："莫扎特是最具音乐天赋的人，只可惜天妒英才，英年早逝。"又转身对着夫人说，"莉娅，你的接班人来了，听起来若兰比你弹得更好呢！"若兰赶紧摇手说："不，不，我还要多练习。"

全家人又一起围坐在沙发上，莉娅去拿出一沓家里的老影集，示意若兰过来看看。老两口向若兰讲解这些老照片背后的故事。每一次翻阅，盖瑞特都会讲述那道不尽的上海岁月。"这张照片就是在上海霞飞路的老大昌面包房门口，当时父亲雅各布在里面做糕点，我在外面擦皮鞋，一个好心的叔叔替我拍下了这张照片。"若兰一看，这是她熟悉的地段，经常去的淮海路呀，看来从前是叫霞飞路的。

"这一张就是我和那位好朋友的合影，那时候我们都只有十来岁呢！"

"这一张是我们大学同学的合影，一起欢送李玉海回中国。"盖瑞特继续介绍。

"什么，李玉海？这张照片我在家里也看到过呀！"若兰简直晕了，这是在梦里吗？

第二十五章
宇宙合力助心愿

夕阳渐渐没入了西边的天际线，留下的几缕余晖显得格外分明，橙红色的霞光渐渐被东边扩散过来的深蓝色天空包围，随着夕阳的离去，最终也融入了这寂静的深色。李玉海提着公文包拖着疲惫的身躯回到家里，他现在天天忙碌而快乐，既要在课堂上给大学生上课，又带着好几名硕士博士研究生，还在学校的美国研究中心挂了职。曾经因为他的留学美国和海外关系背景被调查，被怀疑为美国特务而开除教职，回到住地扫地通阴沟，现在却又因为这个背景而成了美国通香饽饽。真是世异时移，世道大变了呀。

沈碧霄已经习惯了丈夫晚归，她先炒好了菜等着他回家。见丈夫进门，她赶紧去把炖好的玉米排骨汤热上，从冰箱里取出啤酒来。李玉海洗手后在餐桌边坐下，一边打开啤酒，一边跟太太说着今天的新闻，两个人清静地享受了一会儿二人世界的美好时光。

正在随意聊天吃饭，没有注意到响起的电话铃声。"丁零零——"电话铃声再次响起，夫妻俩对视一下，李玉海才放下酒杯站了起来走到电话机旁。

"喂，你好。"对面听到有人接听了电话，声音明显有些激动，"玉海，猜猜我是谁？"李玉海听着这洋腔洋调的声音有些耳熟，但一时竟想不起是谁。他一头雾水，怎么有人打电话上来先让别人猜自己是谁的？

李玉海说："你是找我？有什么事吗？"对面突然换了语言："Of course,

Li, you guess who I am？ Do you remember me？（当然啦,李,你猜我是谁。你还记得我吗？）"李玉海听到这个英文的声音,突然震惊了,这是他曾经在美国留学时最熟悉的声音,尽管它已经变得有些沙哑,但这音色和语调他绝对不会忘记,"盖瑞特！是你！盖瑞特！"李玉海激动地叫了起来,一把抓过旁边的椅子在电话机旁坐下。"是的,是我,你猜我在美国遇见了谁？一切可真是太巧了！"盖瑞特的声音有些颤抖。"谁？你的宝贝女儿嘛,哈哈,现在可要成为我的宝贝儿媳妇啦。"

"你说什么？你在编《天方夜谭》吗？"突如其来的情节,李玉海脑子蒙住了,有点拐不过弯来。

"哈哈哈,你的宝贝女儿在我这里呢！她是我儿子的fiancee（未婚妻）呢。"盖瑞特哈哈大笑。

"若兰？你是说,你儿子的未婚妻叫李若兰？天哪,这都多少年了,是啊,你儿子多大了？你是娶了莉娅吗？"李玉海把耳朵紧紧地贴在话筒上,但他还是不相信他所听到的一切,人海茫茫,还在青年时分流的两条河流,竟在晚年时因为中国的改革开放又再度交汇,这一切都让人难以置信。

"是的,就是你的女儿,李若兰！她这会儿就在我旁边呢,你等等。"盖瑞特把电话递给了李若兰。

"爸爸,是我啊,若兰,您还好吗？天哪,真是太神奇了,盖瑞特竟然是你的老同学。"李若兰接过电话激动地说道。

"若兰,真的是你啊！哈哈哈,我很好啊,我跟你妈妈都很好,上回打电话你怎么不跟我说你认识盖瑞特啊？你的男朋友斯蒂夫已经成了未婚夫啦？"李玉海开心地问道。

李若兰听了有些害羞,说:"哎呀,我也是昨天才见到盖瑞特的,等你来美国,我慢慢跟你说呀。你和妈妈一起过来吧,我好想你们啊。"

话说昨天李若兰听到李玉海的名字一下子愣住了,再看看眼前的照片,与上海家里父亲珍藏的照片一模一样啊。她几乎不敢相信自己的眼睛耳朵,世上哪有这么巧合、这么称心如意的事情呢?啊,啊,莫非真的是宇宙合力?李若兰也读过这本拉美作家保罗·柯艾略(Paulo Coelho)的书:"在这个星球上,存在一个伟大的真理,不论你是谁,不论你做什么,当你渴望得到某种东西时,最终一定能够得到,因为这愿望来自宇宙的灵魂。"

斯蒂夫更是在一旁难以置信:"李若兰、李玉海,确实你们都姓李啊,那会不会是个同名的人哪?"盖瑞特慌忙站起身,有些颤抖地放下手中的咖啡杯,举起这张老照片看了又看。李若兰接过照片仔细端详,深吸了一口气,照片里盖瑞特旁边的那人,正是自己的父亲李玉海!大家都难以置信却又激动万分,莉娅说道:"真是太好了!我去开两瓶红酒,今天大家一定要多喝几杯!"盖瑞特说道:"好!去拿酒柜里的藏酒,今天要把最好的酒拿出来庆祝!"盖瑞特当即要给李玉海打电话,李若兰说:"还是等明天早晨吧,那时候是上海的晚上,我爸爸一定下班回来在家里了。"

这是真正的世交三代人哟!沉稳的莉娅也打开了话匣子,原来,她祖上是生活在波兰克拉科夫的犹太人,克拉科夫是波兰最有文化底蕴和艺术风范的城市,历史比首都华沙更悠久,波兰历届国王的加冕仪式都在这里举行。克拉科夫人,波兰的红衣主教卡罗尔·沃伊蒂瓦,之后去了梵蒂冈,成为教皇约翰·保罗二世,是450年来第一位非意大利籍的教皇。克拉科夫也是中国丝绸之路上的一个货物集散地。

二战初始德国纳粹就占领波兰领土迫害犹太人。莉娅的父母设法把莉娅和祖父送出波兰,祖孙二人逃难辗转来到上海,就住在若兰祖父、父亲一家生活的辣斐得路上的吕班公寓里。

莉娅难得露出了笑容,她说,因为到了一个完全陌生的地方,看不到父亲母亲,她稚嫩的心一直在痛,天天哭丧着脸。爷爷为了让她开心,带她到花园里与别的小朋友一起玩,她也只是呆呆地站着或坐着看别的小孩游戏奔跑。只有李若兰的爷爷,李玉海的父亲下班回来经过花园,小朋友们都一拥而上围着这位慈祥的爷爷,他每次都乐呵呵地从公文包里掏出巧克力糖果来分给小朋友们吃。看到莉娅坐着不动,他就会走到莉娅身边,关心地摸摸她的头,掏出好几块巧克力糖果来给她,还关照别的小朋友说,这是我们的客人,大家都要爱护她,不许欺负她。所以,尽管莉娅小时候又瘦又小,从来没有邻居家的小朋友欺负过莉娅,这是莉娅小时候最开心的时候了。莉娅的眼睛里闪出了光亮。

盖瑞特打岔说:"你小时候那么漂亮,女孩子都羡慕你,男孩子不敢跟你说话,谁还敢欺负你呢?"

莉娅瞪了他一眼:"犹太女人都那么美,那时候不是到处被人欺负啊?"

"这倒也是。"盖瑞特不说话了。

莉娅说,之后她才知道,当年父母把她托付给爷爷抚养,他们去参加了抵抗德国纳粹的武装游击队。1944年夏,感到纳粹德国败局已定,不愿意被苏联红军占领,波兰华沙人民贸然发起了对德国人的大规模武装起义,她的父母也参加了这次战斗。被激怒的德国人集结最精锐的部队予以反击,实力悬殊的华沙巷战打了两个多月,父母在战争中相继失去生命,起义被德军镇压,波德双方各有17000名士兵阵亡,20万华沙市民牺牲,华沙城被完全摧毁,成了一片瓦砾废墟。此时,苏联红军早已抵达了与华沙一水之隔的维斯瓦河对岸,却按兵不动,隔岸观火。

莉娅的眼睛中闪着泪光,眼泪一滴滴往下流淌。因为太悲惨,她很少跟人谈起这段往事。斯蒂夫过来搂着母亲的肩膀,轻轻地抚摸她的后背。为了宽慰她,也为了和缓一下气氛,斯蒂夫说起了自己前些年跟着母亲的寻根之旅。

"华沙真是一座神奇的城市,华沙真美啊!"这是斯蒂夫的开场白。"你们知道华沙城市名称的由来吗?"

"'华沙'在波兰语中,念作'华尔沙娃',这个名字是为了纪念一对名叫华尔西和沙娃的恋人。当时有一个名叫华尔西的男青年和一个名叫沙娃的女青年结伴,顺着维斯瓦河乘舟来到波兰首都华沙开拓家园,河里的美人鱼是他们的见证人和庇护者。这里逐渐发展成一座城市,后人为了纪念他们,便把两个人的名字合称'华沙'作为城市的名称,同时,把美人鱼形象作为华沙的城徽。

"波兰著名雕刻家鲁德维卡·克拉科夫斯卡-尼茨霍娃女士雕塑了美人鱼雕像,这尊雕像与其他美人鱼一样,上身为裸体妙龄女郎,下身为鱼尾。不同的是华沙美人鱼雕像高大威武,姑娘昂首挺胸,左手紧握盾牌右手高举利剑,塑造了保卫祖国的英雄形象。那天我和母亲一起到美人鱼雕像前献了鲜花,那里终年花束不断哟。"

看到母亲的脸色缓和下来了,斯蒂夫又说:"我们去看了华沙起义纪念碑,犹太难民纪念碑,那里是德国总理勃兰特双膝下跪向犹太人告罪的地方。"

"不管怎么说,我们都是幸运的,我们幸存下来了,我们还找到了最好的朋友!莉娅,不要太伤感了,天色不早了,怎么,准备熬一整夜吗?到天亮还有好几个小时呢!"盖瑞特生怕妻子太劳累。

"要不这样,爸爸妈妈,你们先回房间休息一下,到天亮了我们就给若兰的父母打电话,好吗?"斯蒂夫听懂了父亲的意思,也劝长辈休息一下再说。

"我怕我会兴奋激动得睡不着呢!不过我们还是睡在床上等吧。"盖瑞特拉着妻子上楼,一边关照儿子,"你们也不要不好意思,累了就去睡吧!"

"我还想听斯蒂夫讲他到波兰寻根的故事呢!"李若兰说的是真心话。

于是,斯蒂夫搂着若兰又讲起了华沙大学的事情:"你知道吗,华沙大学的围墙,是一群智慧老人用肩膀扛起来的。当时我想,也许知识就是要如此沉重地用肩膀扛起,一代代传承下去!"

"不知怎么的,我听到华沙在二战中的悲壮故事忍不住流泪。二战前夕,华沙大学建筑系的师生们把华沙古城的主要街区、重要建筑物都做了测绘记录。战争一爆发,他们把这些图纸资料全部藏到山洞里。二战中华沙城市95%的建筑被毁。战后全市人民捐款捐物,借由华沙大学师生和华沙市民保存下来的3万多幅老照片、老油画、老邮票,加上几千老人的回忆,一砖一瓦,再造历史,花了30年时间重建了一座华沙老城。联合国教科文组织将世界文化遗产的称号授予这座伟大的赝品复制城市。"

也许是那次波兰寻根之旅给斯蒂夫的印象太深了,他还在滔滔不绝地讲下去:"若兰,你是学钢琴的,也喜欢肖邦,他是浪漫主义钢琴诗人,他的音乐被称为花丛中的大炮,都说他生于华沙,灵魂属于波兰,才华属于世界。我去看了安置肖邦心脏的教堂,庄严肃穆,参观者无不对他表示崇高的敬意。

"说起来,波兰就是我的外公外婆家呀,可惜我没能见到他们,但我见到波兰人都觉得亲切。你知道,我们进入波兰境内第一站就停在一个小镇午餐,吃了浓汤烤鱼,味道非常鲜美,比美国做的好吃多啦。之后到了我母亲的出生地克拉科夫,感觉这是个很有贵族气息的城市,建筑古典精致,女人漂亮有风度,晚上街头人头攒动,男人西装革履,风度翩翩,穿着古典服饰的漂亮女人赶着马车绕城游览,哎呀,真有一股文艺复兴的艺术气息。你肯定会喜欢的!

"我感觉波兰是很富裕的国家,波兰人民勤劳智慧,敢于争取自己的权利。我们听导游说,1957年波兰妇女买菜发现猪肉涨价,她们不是回家打小孩骂老公,而是集体到苏联领事馆前,扔石头、西红柿,被警察镇压。作为丈夫的工人老大哥不干了,开始大罢工,也到苏联领事馆,锤子、榔头、钳子、扳手一起上,苏军坦克上街镇压。之后物价一上涨就会有抗议流血事件,国家插手了,从1957年到1977年,20年物价不涨。但由于政府干预市场,经济停滞不前了。于是波兰人民又起来反抗,现在波兰实行了多党制。不过,我们感觉俄罗斯的生活水平比波兰差了一大截,同一个旅游团,路过圣彼得堡,在那里吃了一顿饭,是这一路来最差的一顿,吃饭连个像样的餐具都没有,每人一个塑料盘、一把塑料叉,菜又量少质差,感觉很不好。"

毕竟是年轻人,可以说着说着就睡着了。等到天光放亮,盖瑞特和莉娅从楼上下来,只见斯蒂夫和李若兰头靠在一起仰卧在沙发上,睡得正香呢。

盖瑞特老顽童样地走过去笑着轻轻叫了一声:"起来打电话喽!"

莉娅赶紧竖起食指靠在嘴边嘘的一声让丈夫闭嘴,拉着他去准备早餐了。

等到两个年轻人突然警觉醒过来时,太阳已经照得满屋金色。电话打过去,正值李玉海下班回家晚餐时分。

第二十五章　宇宙合力助心愿

也许是睡了一觉头脑清醒了，盖瑞特已经理出头绪来了，他按照心里的计划跟老朋友商量。

"玉海，怎么样？女儿已经过来了，你也快来故地重游吧！我把老同学都联络起来，大家知道我跟你联系上了，恐怕都会开心得发疯哟！我们一起来聚聚好不好？"

"当然好啰，就是看看要想一个什么办法拿到签证呢。"在中国国内过了那么多年，李玉海考虑问题现实多了。

"你放心好啦，我们那么多同学，现在都是美国社会精英顶梁柱，这点小事没问题的！"盖瑞特信心满满。

"爸爸，你和妈妈要先去申请一本护照，有了护照才能办签证的。"李若兰有经验了。

当天，盖瑞特给老同学们分头打去电话，这个好消息让大家欢呼雀跃！与了解签证诀窍的朋友商量下来，觉得用学生签证让李玉海过来最合适，李玉海的中学、大学都是在美国上的，有记录可查。美国终身学习的观念深入人心，回美国读书深造顺理成章，而且学生可留可走，进出自由。至于经济担保，同学们都事业有成，谁都可以做担保人，盖瑞特自告奋勇，一举拿下担保资格！

斯蒂夫在大学任教熟悉申请入学流程，他向李若兰面授机宜，若兰立即向父亲汇报。

于是，兵分两路，两边都忙碌操办起来。

盖瑞特思念老朋友心切，时不时地要说说他的八卦。令他最开心的是，现在有了热心的听众——他未来的儿媳了："若兰你还不知道吗，李玉海那家伙的传奇往事竟然也不跟女儿说道说道，他啊，在学校里可是万人迷啊，性格开朗，花钱大方，在我们都穷得叮当响靠着学生贷款读大学的时候，你爸就由你爷爷寄钱过来读书生活的，他把钱花在我们大家身上，我们一帮男生到酒吧去看球喝啤酒，都是他买单付账。如果有女生跟着我们这帮男生一起玩呢，他还另外替她们买冰激凌、巧克力。好几个女生都暗恋他，这家伙就是不开窍。有一个胆大的女生在操场上公开向他表白,他竟然没有答应。我们几个在旁边都惊呆了,说他错失了一个好机会,结果他就傻呵呵地挠着脑袋笑。后来那个女生估计不好意思,不久就转学走了,你爸还跟我们说为这个事挺对不住人家的。"

李若兰在一边听得呆了,眼睛睁得又圆又大,她没想到从小自己觉得稳如泰山的老爸年轻时候竟还有这样的传奇往事,一下子觉得新鲜、好奇又崇拜。"爸爸可从来没跟我说过这些事儿呢,还有吗?还有吗?再跟我多说说。"李若兰兴奋地问道。

"你爷爷寄来的钱我们大家花,也不知道你爷爷心里是不是清楚。反正只要你爸开口,你爷爷就立马电汇美元过来,还说能有钱有物与朋友分享值得自豪。我们都好奇你爷爷是靠什么赚钱的,你爸爸只说了三个字:'做生意'!这三个字对我对莉娅都印象深刻没齿难忘,所以我们大学毕业后就选择自己创业做生意,这才有了今天的财务自由!当然,做生意并不容易,会碰到各种挫折,许多人碰到挫折就半途而废了,但是我们脑子里有你爷爷成功的榜样,所以咬紧牙关不放弃!"

李若兰清楚地记得父亲常常说这句话:"有钱有物与朋友分享,说明你干得好,值得自豪。这是你爷爷告诉我的。"

盖瑞特又来打趣了:"我们都很好奇啊,不知道你妈妈是怎样的女人,能够镇得住你爸爸这样有魅力的男人呢!"

第二十六章
美韶容何啻值千金

都说婚姻择偶是人生最大的冒险，细想下来真还挺有道理的。人生路漫漫，各种艰难险阻都会碰到。可能恋爱时是花好月圆你侬我侬，遇到一点小风浪就吵吵闹闹，甚至一拍两散，人财两空。可也有情比金坚，外界压力越大，夫妻团结越紧，一生一世都拆不散的。茫茫人海中，能有这样的伴侣，那真是人生最大的幸运啊。

李玉海和沈碧霄可巧就是这么幸运的一对。虽说当年李玉海凭着惊鸿一瞥两人一见钟情，可就是因为这么单纯，这么没心没肺没有任何功利的考量，只是男生女生像自然界的磁铁那样互相吸引，结婚几十年间，中国政治运动不断，阶级斗争的惊涛骇浪一下子把人冲上峰顶，一下子把人打入谷底，而这一对男人女人一直携手共进退，外面再风暴雨骤，这个家永远是温暖的港湾。所以，当盖瑞特问李若兰她的母亲怎么样能收住父亲的心，李若兰蒙了，她从来没有想过这个问题，父亲母亲嘛，永远是恩恩爱爱的，这不是天经地义吗？

李若兰太小了，她没有经历过那种泰山压顶把人压垮的运动。可是，她的父母经历过的。

李玉海与沈碧霄结婚时，当时的政策还是团结民族资本家的。李玉海的父亲是最早出国求学归来，一心实业救国的那批充满理想的爱国知识分子，政府对他还算客气。开始时要求他的私营企业变成公私合营，之后又实行赎买政策,算是政府买下私人资本家的股份,每月给他们发点定息。比之当时一般老百姓,这些民族资本家的生活水准很不错了。李玉海与沈碧霄没有与长辈同住,但总还是借到光的,婆婆的衣服首饰就塞了不少给儿媳妇,周末去看长辈,也都是好酒好菜款待。沈碧霄娘家穷没有什么陪嫁,虽然曾是京剧演员也穿戴过不少光鲜亮丽的行头头面,但那毕竟只是在舞台上,不是实际生活中。那时候她年轻,皮肤洁白细腻,眼睛大而有神,穿戴上名牌衣饰确实令人眼前一亮,她心里当然也是很开心的,庆幸自己嫁了个好人家。

只是,渐渐地,中国的舆论场说资本家有剥削原罪,有钱人都不是好人,大家都要以勤俭节约为荣,以奢侈浪费为耻,提倡新三年,旧三年,缝缝补补又三年。有好衣服的人都不敢穿出来,反而穿着打补丁的衣服成为时尚了。沈碧霄本来就是穷裁缝的女儿,知道日子要和周围人过得差不多,张扬显摆只能遭到嫉妒,那些好衣服都被锁进箱子里,遇到大热天翻出来晒一晒看一看,别的也没有什么用处了。与此同时,她开始恶补自己的内涵。她知道公公、婆婆、丈夫都是海外留学归来的大知识分子,如果自己只凭着戏校的那点浅薄文化知识,在这个家庭里是没有共同语言的。她先是去读了幼儿师范学校,找到了幼儿园教师的工作,可以自食其力了,又让老公找出英语九百句等入门教材,从ABC学起,慢慢也可以听懂家里人的英语交谈了。

树欲静而风不止啊,老百姓都想过平静安稳的生活,可有人就一直想斗争斗争。当时的政策民族资本家还算是团结改造对象,而对地主、富农就是视作阶级敌人要坚决打倒的。有人为了好大喜功升官发财要找到隐藏的地主富农,也有竞争对手想击倒你故意胡编乱造。李玉海家树大招风,偏偏就碰上了这种倒霉事。有匿名信诬告他们家其实是大地主,在无锡老家买了大量土地出租,应该把他们作为打倒对象实行无产阶级专政。此时李玉海已经在反右运动中被打成了右派分子,剥夺了给学生上课的权利,在学校做杂工,李玉海的父亲已进入耄耋之年垂垂老矣,面对着匿名诬告信有理说不清。眼看着这对父子遭陷害可能被关进监狱,沈碧霄心里煎熬彻夜难眠。

她陪着丈夫一起到公婆家里问清情况再做下一步打算。

李玉海的老父亲见儿子媳妇过来探望落泪不止，家里的保姆已经走了，婆婆挽起袖子想亲自张罗一顿好饭。沈碧霄忙上前搀过婆婆说让她来做，这么四个人的饭菜她可以个把小时就完成的。她让公婆在沙发上坐定，询问二老匿名信上说的家里有地是怎么一回事情，怎么从来没有听他们说起过。

于是两位老人一边叹气一边叙述。原来，李玉海的父亲李建邦是美国用庚子赔款资助赴美留学读书的幼童之一，他在美国读了机械制造学位归来一心想实业救国，于是到处筹集资金在上海在无锡老家建厂。他运用美国学到的商业理论从银行贷款，成批进口德国机械设备生产各种冷冻食品。正值太平洋战争到处急需食品，又是上海孤岛时期各方管控空缺，给民族资本一个喘息时机，工厂产品供不应求，厂里业务上升成绩斐然。在经济比较宽裕的情况下，他除了拓展工厂规模，也想到老家的乡里乡亲，于是在家乡买了一批土地归在宗族祠堂名下，由宗亲族长经营，土地收成用来帮助家乡贫苦孤寡老人及需要读书上进的学子。土地虽然是他出资购买的，但地契上从未写过他和儿子的名字，土地的一切收入他从来没有经手过，都由家族长辈经管的。

李玉海听了噌地站了起来，嘟囔着说："老爸，这个事情你怎么从来没有说起过？"

李建邦说："做好事还用说吗？再说你那时在美国读书，只知道向我要钱，有没有问过我钱是从哪里来的？"

李玉海被问得不吱声了。沈碧霄说道："爸爸一辈子做好事，应该是老天有眼好人好报啊，怎么现在反而被人诬陷呢？爸爸，这个地契现在在哪里？你说的这些事情，老家的人都知道吧？可以找到人证明说清楚吧？"

李玉海的母亲叹着气说："这不是搞运动吗？谁还跟你说理呢？"

李建邦身子虚弱，脑子还是很清楚的："地契在土地改革的时候就统统上交了，只有政府才可能有存根，但也不知道他们是不是保存下来了。这些土地归宗族所有，老辈人都会记得，要到老家去问，还是可以找到人做证明的。"忽然,他脑子里闪了一下,"哦,记得当年我把这些地契拍过照片保存的,现在不知道还找不找得到。"

沈碧霄笑着说:"多亏老爷子记性好,爸爸,您和妈妈这几天把家里抽屉都翻一翻,看看能不能把这张老照片或者底片找出来。还有,爸爸,您把老家的长辈地址和名字都尽量回忆一下写出来,我去老家拜见拜见他们,请他们出来做证明。我相信不管什么时候,多数人都还是讲良心的。"

沈碧霄这番话把家里三个人都惊呆了。

"你要到乡下去找人证明?这种时候你还敢到乡下去?"李玉海对着妻子问道。

"我出身好成分好,跑到哪里都不怕!再说了,家里几个人就数我年轻身体好,我不去谁去?"沈碧霄已经胸有成竹。

李建邦颤颤巍巍站了起来,对着儿子媳妇说道:"没想到碧霄真有一股巾帼英雄的豪气!事到如今,这是没有办法中的办法了,我们试试吧!明天你们再过来,我和你妈妈把东西准备好。"

李玉海也觉得对娇妻刮目相看了。沈碧霄说:"我的师父是梅兰芳的弟子,梅先生和师父从小就教导我们,做人要是非分明。京戏里的好人坏人一出场,扮相脸谱都不一样。我们戏里唱着花木兰、穆桂英、樊梨花、梁红玉,生活里就要做像她们那样的人。我嫁到李家,你们不嫌我娘家穷,不嫌我文化低还是个唱戏的,对我宠爱有加,我心里怎么会不感动?我觉得你们都是好人,现在我有机会报答你们,我心里欢喜。我从小练功有底子,真来个什么流氓我也能把他打下去的!"

第二天沈碧霄又来到公婆家里,老人找出了当年拍的地契照片,还草拟了一份情况说明,说明当年土地归宗族祠堂所有,李建邦、李玉海从来没有经营过这些土地,更没有去收租,与这块田地没有任何关系。

沈碧霄从单位请了几天假,坐长途汽车到了无锡李建邦老家。按照老爷子给的地址姓名,她先找到了村长,村长陪着找到了大队书记。当年物资匮乏,糖果肥皂都要凭票供应的。沈碧霄带去了许多上海糖果,和数十条农村实用的上海固本洗衣皂，送了村长，送了书记，还有替他家做证的族人。见着长辈，该行礼的行礼，该磕头的磕头，礼数周全，说话在礼，还家家都有伴手礼。村里的老人记得这件事情，也记得李建邦为家乡族人做的好事，他们有的签字有的盖章有的按手印，都来证明这块田地属于族宗祠堂公产，与李建邦、李玉海没有关系。沈碧霄在泥泞的江南田埂小道上走了几天，磨破了袜子鞋底，带着那么多证人签名盖章按手印的情况说明回到了上海家里，就像穆桂英破了天门阵得胜回到天波府，全家人皆大欢喜。

拿着这张家乡农民的证明信，总算替李家洗脱了冤情，李建邦、李玉海免除了牢狱之灾。沈碧霄也在李家立下了永不磨灭的汗马功劳。

之后的"文化大革命"，李玉海完全没有收入，家里开销全靠沈碧霄当幼儿园教师的收入。好在当时全国几乎家家都穷，在上海生活还算能填饱肚子，家里又添了美丽可爱的小若兰，一家人在一起也是其乐融融。

等到"四人帮"打倒，李玉海恢复教职，还补发了克扣多年的工资。之后改革开放，中国加入WTO，外面世界有了天翻地覆的巨变。李玉海也从人人可以欺负批判的右派分子，变成了人人尊敬的著名教授。这个时候，沈碧霄隐隐感觉到了一种女人的危机。用通俗的话来说，一个女人如果嫁了个不成才的丈夫，那么周围人是看不起的。而如果嫁了个有名有利的成功男人，那么就总会碰到心术不正的女人妄想抢走这个成功男人。沈碧霄当年因为嫁到成分不好的人家而成了社会边缘人，周围人对她是视而不见的，她倒也根本不在乎。之后李玉海出人头地了，过来套近乎的人就多起来了。

开始给沈碧霄敲响警钟的是林璐璐的出现。女人是有直觉的，她早就察觉林璐璐心生邪念不对劲了，但是因为没有具体证据不好随便猜测，直到那次林璐璐赤膊上阵折翼而归，李玉海惊魂未定，向妻子透露了一点信息，但也不好意思详细叙说。沈碧霄心中自是明白，她让丈夫出面告诉林璐璐的父母，家里要装修房子，请林璐璐赶快搬出去住，这件事情表面上算是告一段落。

这段时间李玉海的老同学纷纷邀请他去美国，李玉海在积极备考GRE

（美国研究生入学考试），一会儿收到邀请函，一会儿收到美国大学录取通知书，家里热热闹闹的，似乎八竿子打不着的亲戚朋友邻居都找上门来了。

那个林璐璐也听到消息了。曾经寄居在李教授家里，天天跟着老师一起进进出出的，她总自以为要比别的学生与老师更亲近。幻想着可以跟着老师一步登天，她恬不知耻地还企图做最后的努力。

这天下午课后，李玉海在办公室批改学生卷子，他是要站好最后一班岗，出国前把手上带的学生安排好。即使出去，他选择的也是教育专业，希望到美国开开眼界，跟上世界最新潮流，学成后再回国任教。他专心致志地看着这些答卷，眼前出现的是一个个鲜活的面孔，他微微笑着，想着这些学生将是国家的栋梁之材，他们一个个会超过自己的。

突然，办公室的门被轻轻推开，一个身影悄没声息地钻了进来。他抬头一看，是林璐璐，只见她穿了一套紧身连衣裙，把微胖的身子勒出凹凸的轮廓来，浓浓的香水味随着身影飘了过来，他不觉皱了皱眉头。

"李老师，您要去美国啦？"林璐璐单刀直入。

"是啊，怎么啦？"李玉海有了前车之鉴，对她还是有点警惕的。

"老师，您带我一起去好吗？您看，沈阿姨年纪也不小了，又没有读过大学，又不懂什么英文。我年纪轻，是您的学生，我可以做您的业务助手，还可以在生活上照顾您，相信我，我会照顾您一辈子的！"林璐璐打着她的如意算盘。

"你胡说八道什么呀？"李玉海简直不敢相信自己的耳朵。

"我听说您这次办的是F1学生签证，您只要把我办成F2，把家属写成我的名字，我不就可以跟您一起出去了吗？"林璐璐还在做她的白日梦。

"林璐璐，你不觉得自己太无礼了吗？竟敢这样对待自己的师母！"李玉海想说她"无耻"，想着当教师的还是不能把话说得太尖刻。

"中国人说大丈夫坐不改名行不更妻，又说糟糠之妻不下堂！何况你师母是堂堂京剧大师梅兰芳的再传弟子，她在我们李家立下了赫赫功劳，没有她就没有我的今天！你们只看到成功男人表面光鲜亮丽，实际上每个成功男人背后都有一个不一般的女人在精神上物质上支撑着他。我看过一本小说讲一个将军带着妻子参加华丽的宴会，一个漂亮姑娘嘀咕说，将军太太如此粗糙臃肿，何不找个年轻美女做夫人呢？这位太太坦然一笑说：只有跟着士兵一起守卫边疆20年的女人，才有可能做上将军夫人啊！你应该找一个自己的同龄人，跟他一起奋斗达到目标，那才是真正的幸福。"李玉海慷慨激昂地说了这么一番话，自己也没有意识到，这些话的含金量是如此之高。

当然，沈碧霄并不知道这些具体详情，但她看到李玉海回家后，立即把她的名字填到表格上，作为法定眷属，同时办理F2签证，与自己的F1签证一起递交美领馆。

沈碧霄唯一知道的是，女人在任何时候都要与自己的男人共同奋斗，绝不能坐享其成，这样才能与丈夫并驾齐驱。一个不断上进的女人，是不会被好男人甩掉的。她在心里盘算着要好好读点英文，虽然上海的幼儿园已经开始教英语，这些年来她也学了不少，但毕竟没有系统地学习过。去美国后可以跟丈夫学，还可以跟女儿学，尤其还有那么好的英语语言环境，自己一定能过好语言关的。想着想着，她不觉兴奋起来。然而，如果两个人都去读书，那么家里的经济来源在哪里呢？总不见得靠别人资助吧？想到这些，她又多了一个心事。

第二十七章
归来仍是少年

李玉海宝刀不老,顺利通过了GRE考试。以盖瑞特为首的一帮老同学倾力相助,老李夫妇很快获得签证来到美国。阔别多年,李玉海回到梦牵魂绕的大学深造,千言万语,无限感慨啊。

这个周末,盖瑞特邀请了在美国各地的几个铁哥们老同学聚会,一来是正式欢迎李玉海同学,二来也是想商量一下怎么帮助李玉海在美国立足谋生。

盖瑞特自称是volunteer(志愿者),他像举办自己公司年会那样认真操办,为愿来的同学订了机票,并在家附近为他们订了宾馆酒店,聚会就在自己家里举行。

盖瑞特要儿子斯蒂夫与李若兰一起负责餐饮事宜,斯蒂夫学生时代就学会了请catering(承办宴会)准备全部食物。莉娅拿出了看家本领,按照她爷爷传下的食谱做了许多精致的小点心。当然,酒窖里的好酒那是让客人随意挑选的。

七八位老同学来了,几十年未见,"昔别君未婚,儿女忽成行",当时青春年少,如今都两鬓斑白了,唯一不变的,是心中的这份友情。大家含着热泪拥抱在一起,互相揭发当年的各种八卦糗事,推推搡搡,又哭又笑的,心里都乐开了花。

吃饱喝足,要谈正事了。大家先要李玉海说说这次过来的想法打算。

李玉海借助一点酒劲，直抒胸臆："非常感谢同学们的心意，说实话，我进入美国学校再当学生，感觉并不好。我在大学当了那么多年教授了，现在一进教室，好多同学都以为我是新来的教师呢。要坐下来跟自己的儿孙辈一起读书，感觉时间上没有优势。我已经不是按部就班、循序渐进的年龄了。"

盖瑞特先就笑了起来："这家伙我早就知道不老实，大家想出让你过来读书的方案，只是让你快点拿到签证可以在美国合法留下来。来了以后读不读书跟我们没有关系啊！"然后，盖瑞特收起笑容，对李玉海认真地说，"当年我们都是穷小子，吃的喝的都是你掏钱请客的。几十年下来，利息也不得了啦。现在大家都发达了，我们该利息本金一起归还啦。这里，我先还你一张支票，你拿去在美国买套房子安个家吧！"说着，掏出一张早就写好的现金支票递给李玉海。

李玉海没想到这一招，摆手不肯接。其他几个同学也早有准备，纷纷从包里取出支票本来，唰唰唰地写了起来，有写几千美元的，也有写几万美元的，签上自己的名字后，都把支票送到沈碧霄手上。

李玉海见状，把这些支票都收起来，一张张翻看了一遍。略一沉思，站起来说话了："我还没有讲完，你们就抢着掏钱，我又不是来美国讨账的。其实，我跟夫人这几天都在商量，我们还年富力强，完全可以自力更生自食其力。我们不能像年轻人那样，慢慢地读书拿学位，然后在美国找工作，我们要弯道超车，另辟蹊径，要自己找机会，自己创业。"一番话把大家都听得愣住了。

莉娅对着盖瑞特说："我就知道李玉海不会听你摆布的！"她又用上海话补充了一句，"李家人都是海派海威①的！"

李玉海对着莉娅竖起了大拇指："到底我们是一起长大的老邻居，你还是了解我的！"

---

① 海威，上海方言，指一个人的做派大气、慷慨，喜好大场面、大动作。

就在同学们纷纷向盖瑞特打听这老邻居是怎么回事的时候,李玉海的点子已经成熟了:"伙计们,既然大家都混得这么好,能拿出那么多闲钱来,我们何不集资一起来办一家公司呢?"

老同学们怔了一下,忽然都击掌叫好,还有同学过去捶他一拳:"你这家伙就是条鲇鱼,一来把大家都搅动起来了。我们几个好朋友是该一起做点事情呢!"

"做什么好呢?你想好了吗?"盖瑞特知道老朋友心里已经有谱了。

李玉海微微一笑,故作神秘反问道:"你们在美丽国,世界先进科技的地方,你们应该有好主意呀!"

做律师的威廉姆说道:"我们不是都在做自己的专长吗?我就是专门替人注册公司做法律顾问的,我太太就是做移民律师的。盖瑞特做了石油开发,丽莎做了互联网,现在要找一个最大公约数,我们大家能一起做的,恐怕只有你这个新来乍到的可以旁观者清,最有眼光最有发言权了。"

李玉海当仁不让,清清嗓子说道:"既然大家让我说,我就说一个人人需要的事业。中国人说民以食为天,只要是个健康人,就每天要吃饭,我们就来开个饭店怎么样?我别的本事比不上你们,烧菜做饭肯定比你们强。你们听过一个说法吗?世界上最会烧饭的丈夫是上海男人,为什么呢?因为上海男人把做菜当成一种文化研究,也因为上海男人最爱老婆,要亲自做饭给老婆孩子吃呀!"

"哈哈哈哈!"大家都笑起来了。

做互联网的丽莎有点迷茫:"饭店太多了,又缺乏技术含量,竞争太激烈,很难做呀。"

"那要看谁做!我们这帮高学历搞高科技的人做餐饮,当然要与一般人不一样,我们要做文化餐饮,要讲故事,要搞精神物质双管齐下呀,要让顾客饱眼福口福还要脑子里装着文化满载而归呀。"李玉海一套一套地来了。

"那你倒是举点例子说说看呀。"莉娅对中国餐饮一贯有兴趣的。

"就说这个东坡肉吧,你们听过吗?"看到大家都在摇头,李玉海开始娓娓道来。

"这里就隐含着一个中国大文学家苏轼的故事。你们知道,法国《世界报》做过一次遴选近1000年来最影响世界的英雄人物调查,最后在全世界选出12个人,其中一位就是北宋文学家苏轼,在中国只选出这一个人哟!"

"那这跟东坡肉什么关系呢?"盖瑞特是急性子。

"因为苏轼自称东坡居士。他被贬官时在黄州东坡自己种地,种出了稻米小麦,种出了瓜果蔬菜。他发现那里的人不善于烹饪猪肉,自己发明了一种慢火细炖的方法,还写了诗:'慢著火,少著水,火候足时它自美。'于是人们把这种肉称作东坡肉。

"苏轼做官时尽心尽力为老百姓做好事。他在杭州任上看到当地的西湖已经被野草占据了一大半,西湖的美景不复存在,于是发动村民开始除草,建造湖港,把挖出来的泥又建成了堤坝,改善了环境,给百姓带来了许多好处,百姓很是高兴,心里对苏东坡充满了感激之情,后来,这个堤坝被称为苏堤,'苏堤春晓'成为杭州十景之首。苏东坡为百姓做了这么件大好事,所以百姓每到春节就为苏东坡送猪肉吃。苏东坡一下子收到这么多猪肉,他觉得应该与百姓同享才好,所以他把肉切成小块,用他自己的烹饪方法,加上酒慢火烧制,分给百姓一起吃。东坡肉越来越有名了。

"苏东坡还创建了第一个国立医院为百姓看病。当然,人们喜爱苏东坡,主要还是因为他在逆境中保持乐观向上。有人说,世界上只有一种英雄主义,那就是认清生活的真相后仍然爱它。苏轼就是如此。他总有一种力量,超越于逆境和悲哀之上。"

"到底是大学教授,没有备课都能讲得如此引人入胜啊。"威廉姆和丽莎都鼓起掌来。

"还有呢,你们听过莼菜鲈鱼之思吗?那又是两个名菜了。"李玉海意犹未尽。"那是说在西晋时期有一个叫张翰的人,这个人是个官二代,父亲就是三国东吴的大鸿胪,这个官相当于现在的外交、教育、文化部长。这个张翰有点吊儿郎当的,他老家在苏州吴江莘塔的枫里桥,一次他偶遇会稽的名士贺循,两人一见如故,相见恨晚。他与贺循聊得投机,连家人也没有告知,就与贺循一起坐船去了洛阳。洛阳当时是政治中心,当权的司马冏为了借用张翰家族的名声,聘用他为司马府的东曹掾,官不大,管着一些监察百官的事务。传说张翰在洛阳见到秋风吹起,于是思念起(家乡)吴地的莼菜羹和鲈鱼脍,说:'人生贵在顺遂自己的意愿,怎么能为了求得名声和爵位而羁留在(家乡)数千里之外当官!'于是他驾起车子便回去了。当然人们也说莼菜鲈鱼之思只是蒙蔽当权者放他走的借口。他走了之后就有八王之乱,许多大官身首异处死于非命,都说这个张翰是识时务者为俊杰。之后中国的许多大诗人、大文学家都写诗作词说这个故事,这个莼菜羹鲈鱼脍也就成了名菜了。"

"哎哟哟,这个烹饪文化课上得有点长了,我们都服你了。好吧,那么就做文化餐饮公司,具体要怎么做呢?"莉娅代表大家肯定了李玉海的意见。不过到底要怎么操作呢?解铃系铃呀。

"我想这样,我们大家一起成立一家公司,以做餐饮为主,还可以发展其他业务。你们每人投资多少就占多少股份,我来具体操作,给我一个总经理之类的名分就可以了,我给你们打工,一定先把投资挣回来,然后争取盈利,怎么样?"李玉海果然胸有成竹。

"那这样就不太合理了。你是具体操作人,应该占公司大份额才对啊!"盖瑞特是做公司的人,还是懂行的。

"我现在还拿不出资金投资,你们做股东董事,我做职业经理人,不是也蛮好的吗?"李玉海心态很平顺。

"这就不符合我们的初衷了。我们来这里是想助你一臂之力,帮助你在美国立足谋生。同学们大家尽力出资,我们就当借钱给你,你占60%的股份,我们其他人按照出资比例占股份,怎么样?"盖瑞特提出了一个方案。

"那么就是说,如果公司亏损,我也是主要责任人,要承担60%的债务对吧?"李玉海一听就明白了。

"那是当然啰,这就是一把双刃剑嘛!"盖瑞特直言不讳。

"如果这么说,那么我同意这个方案。公司做起来之后,先把大家的投资款归还,之后再说分红的事情,怎么样?"李玉海很干脆就答应了。

"这样安排很合理,曾经流行的所谓剩余价值理论,只看到体力劳动能创造财富,看不到一个企业需要产品策划、市场开拓、经营管理等才能创造价值,所谓资本家剥削工人的理论,真的应该重新审视啊!"威廉姆是做律师的,可能对这些事情有更多的思考。

"那么对于资本的定义,可能也需要重新思考呀。之前说资本来到世间,从头到脚,每个毛孔都滴着血和肮脏的东西。这可不对呀!如果没有你们投入的起始资本,这个企业就无从开张,我和夫人以及今后雇用的工人就没有一个可以就业的地方呀。我觉得资本也是靠劳动和智慧积累起来的。"李玉海十分同意律师同学的意见。

"毕竟是老一辈的知识精英,你们又是文化餐饮,又是资本理论,我们算是开眼界学到不少东西啦!"斯蒂夫与李若兰一直静静地听着父辈的说辞,这才有了一个开言的机会。

"那么我们就来分头操作吧!我来负责注册一家公司,美国注册公司是最方便的,不像在中国有什么注册资金等审查要求,只要在网上向州政府申请就可以了;同时向联邦政府申请一个EIN号码(Employer identification Number),就是企业纳税号,只要不与其他同类公司重名,公司就成立了。具体股份安排我也会根据各人出资情况定下来的。"作为律师,威廉姆是非常熟悉这套业务的。

"还要烦请威廉姆叔叔把我父母亲的身份从F1学生F2学生家属改变成J1工作签证。"李若兰文质彬彬地提出请求。

"这个并不难啊,工作签证无非是要说明这个职位非你莫属,你的稀缺性、不可替代性,是美国的紧缺人才稀有资源就可以了。按照咱们李玉海同学的资历,恐怕还可以办个特殊人才绿卡呢!"威廉姆亦庄亦谐,像是在开玩笑却说的也是真话。

"老同学不要逗我了,既然大家信任我,那么我就拿着鸡毛当令箭了。眼前要做的事情很多,除了注册公司使一切手续合法化,还要立即寻找合适的经营地点,可能还需要设计装修,当然也要招聘各类人员了。"李玉海的父亲是成功的企业家,他从小耳濡目染,知道做企业千头万绪,丝毫马虎不得的。

"对对对!李玉海一回来,把我们大家都激励起来了!玉海,我送你一句最新的赞语:走过千山万水,归来仍是少年!"做互联网的丽莎向他竖起了大拇指。

"我们都还是少年呀,不是吗?"李玉海顽皮地对着大家眨眼睛。

"哈哈哈哈!"大家一起笑着鼓起掌来。

聚会散了之后,李若兰悄悄问父亲:"老爸,你的脑子太灵了,来美国才几天,怎么想出这么多点子来的呢?"

"那还不是要归功于你和斯蒂夫呀!"李玉海拍拍这位未来女婿的肩膀。

斯蒂夫似懂非懂,虽然接触才几天,斯蒂夫已经喜欢上这位热情活泼的老丈人,他以为老先生又在帮自己的忙了,也就跟着傻笑点头。

沈碧霄这些天感觉自己的英文突飞猛进,周围人人讲英语,自己连猜带蒙地大致能意会人家讲话的意思了。现在她夹杂着中文英文一起讲,边讲还边比画,让女儿给斯蒂夫做翻译。

"是这样的,你们俩天天带着我们上餐厅吃饭馆,这里的好饭店都吃了个遍。每次吃完饭回家,你爸爸就跟我分析这家饭店的得失,好在哪里,有什么缺陷。比如说你们带我们到这里最好的一家日本餐馆,我们进去发现那里的布置特别优雅,服务员年轻漂亮,上每道菜时,服务员都解释一遍,说这道菜是怎么做的,用的什么好食材,什么难得的调料,说得头头是道,它的菜卖得这么贵,量又那么少,顾客觉得好吃没吃够,就还要再点一份,再收一次款。你爸爸说,这些食材调料,在中国餐馆里完全是稀松平常的,但是中餐馆里就没有人做这种介绍。中餐馆里只讲究最后的结果,只要味道好吃就行，至于是怎么做出来的，为什么要用这种方法做，有什么历史传闻典故，就从来没有人向顾客做过介绍。中餐馆每份菜的量，是日本餐馆的好几倍，价格却比日本菜还便宜，这里就缺少一种文化的渗透，讲故事的方式。中餐馆很多服务员侍应生都是中老年妇女，感觉缺乏生气活力。做餐馆waiter（男服务员）、waitress（女服务员）的主要收入是小费，小费收入高的餐厅，服务员愈加年轻漂亮有文化。而服务员年轻漂亮有文化，又能吸引更多高层次的顾客，这是个良性循环。这些因素，许多中餐馆都没有或者说欠缺考量。因此中餐馆如果能加入文化元素，还是大有发展前途的。"

斯蒂夫听明白了，忍不住拍手叫好，沈碧霄特别开心，觉得自己可以和准女婿沟通了。

第二十八章
快乐是宇宙的语言

李玉海感觉自己充满了活力,仿佛焕发了人生第二春,又回到了青少年时代,每天都情绪高涨,意气风发。他与沈碧霄一起大街小巷地转悠,终于找到了一处合意的房产。借鉴麦当劳、熊猫快餐等美国餐饮业的成功经验,他们找到银行贷款,以低首付买下这处房产,楼下装修成餐厅,楼上做办公室,准备开拓更多业务。

英雄有了用武之地,李玉海事必躬亲,从餐厅格局到装饰,菜谱的编排到制作,事无巨细,他全都亲自上阵,指挥督战,心心念念要把饭店打造成自己理想中的模样。聘请的设计师和装修工人,饭店服务人员和厨师,都佩服李玉海的统筹组织和专业能力,员工只须按照他的要求执行,就能把事情办得井井有条,而李玉海对于设计和餐饮的独到见解也让他们心服口服。

沈碧霄永远是那个与丈夫站在一起并肩奋斗的女人。这段时间以来,她逐渐可以应付日常生活英语,也学会了开车。美国中餐馆一般都是夫妻共同经营决策,具体事务分工是:丈夫负责内厨,管理好食材进料、大小厨师、烹饪质量;太太照看餐厅门面,管理侍应生、服务人员,对顾客迎来送往,并亲自收款记账。为了胜任这项新的任务,沈碧霄做出了一个大胆的决定:找餐馆打工学艺。

沈碧霄娘家穷苦,从小被送到戏校练功学艺,她不怕吃苦,思路也清晰:每个行当都有自己的诀窍规律,不进入圈内不亲自操练是很难学到的。

丈夫要开饭店,自己必须助力。要做好老板,应该先会做员工。只有熟悉每个环节,才能做好管理。她到高档的中餐馆西餐馆都去求职,竟然都被录用。当然,因为她五十来岁了,英语又不是母语,无法胜任餐厅侍应生工作。但她长相甜美,白皮肤大眼睛,气质高雅风韵犹存,在后厨切菜洗碗装盘,那是绰绰有余了。于是她每周一三五在中餐馆上班,二四六到西餐馆工作,进入内部偷师学艺。她对细枝末节都要探个究竟,静观默察牢记于心。她看到西餐馆中对每一张餐桌、每一套餐具设计都颇具匠心,餐桌上有鲜花,墙上有油画,连餐巾都有考究的折叠方式。西式菜肴的制作虽不像中餐那么费时费力,但也大有讲究,尤其重视各式酱料的配置。她初来乍到无法上灶烹饪,但对一些西点的烤制烘焙、蛋糕的造型裱花,她拜了师父认真学习。她在中餐馆看大厨炒菜、摆盘,也偷偷到前厅看老板娘如何招呼顾客,张罗带位,安排落座;如何用眼色指挥侍应生为顾客点菜,帮助老人小孩找到舒适座位,觅到喜爱的菜肴点心。沈碧霄人缘好,也许因为她手脚勤快眼睛里有活,也许她是以老板的眼光观察全局,因此总能找到需要帮忙做事的地方;也还因为她有共情心态,in his or her shoes(美国俚语意为"设身处地"),站在对方立场说话做事,与厨师、工人都有共同语言能结下友情。当李玉海那边装修完工自己的餐馆要开张,沈碧霄辞工退职时,同事的西餐中餐馆员工都舍不得她走,老板甚至说要加她工资让她留下,她不便明说,只好婉谢了。

似乎万事俱备啦,还有一个点睛之笔,饭店取什么名字呢?

李玉海问李若兰:"阿兰,我们饭店新开张,要有个好名字,你觉得叫什么好?"

若兰看了看斯蒂夫笑着说:"我俩一直在动脑筋呢,我们商量来商量去,既然是主打中国菜,要不就叫东方饭店吧?"

李玉海点了点头说:"简洁、明了,是个好名字。我来加一个字怎么样?"

李若兰笑眯眯地看着老爸说:"爸爸一字千金,一定是加了个好字。您就不要卖关子了,快告诉我们吧!"

李玉海也笑眯眯地看着沈碧霄说:"这个字最简单啦,加一个大字,中文的大,含义广博,一下子就抬高了档次。英文great嘛,不仅有大的意思,还有伟大、极好的意思。我们饭店就叫东方大饭店,英文是Great Orient Restaurant。Orient,也不只指东方,含有东方文化文明的意思。怎么样,斯蒂夫,你这位美国大学教授觉得可以吗?"

斯蒂夫忙笑着摇手:"爸爸我怎么能跟您比呢?您是学贯中西啊,我可是初出茅庐呢!"

李玉海乐得拍着准女婿的肩膀说:"你小子中文倒是学得不错嘛!"

李若兰笑着白了斯蒂夫一眼:"谁让你叫爸啦?这是我爸,能让你随便叫吗?"

沈碧霄笑嘻嘻地拉着女儿说:"哎哟,我们改口红包都没有给,人家就叫上啦,还不好吗?"

李若兰假装生气:"你们就这么急着把我推出去吗?"

李玉海搂着女儿的肩膀说道:"我们怎么舍得呢?我们巴不得你永远在我们身边呀。可阿兰现在已经是大女孩了,爸爸也不能照顾你一辈子呀,该找个人替我来做这事儿了。"

李若兰拉着父亲的手扭着身子撒娇:"怎么不能?我就要爸爸照顾一辈子!"

斯蒂夫听着拉了拉李若兰的衣角,对她使了个眼色。李玉海看了看斯蒂夫笑道:"就是有人比我更想照顾你呢,你得给人家一个机会啊。"

斯蒂夫忙说道:"爸爸说得对,怎么能让爸妈操心一辈子呢?应该让你们享享福了。"

李若兰隐约感觉到他们结成了什么联盟,推诿道:"哎呀,你们都是瞎起哄,我还不着急呢。"

饭店装修落成,李玉海、沈碧霄邀请有关股东和全体员工一起在店里聚餐,若兰和斯蒂夫也都来了。大家欢聚一堂,热闹非凡。

东方大饭店真有东方特色,店里装饰得清雅脱俗,进店就是元代黄公望《富春山居图》前半段《剩山图》，令人眼前一亮，仿佛置身于青山绿水之间，在自然界清新空气中愉快进餐。大堂四周布置历代中国名画，令人忍不住驻足把玩。当然，画作全是仿制品，但仿制也有高下之分，李玉海动用了他国内的关系，聘请中央美术学院、浙江美术学院的高才生制作，几可乱真。店内设置多间雅座包房，以中国各省名字命名，也就以该省的特色装饰。比如进入四川厅，就是一尊乐山大佛，笑呵呵迎接食客；进入陕西厅，就是华清池杨贵妃出浴图，配以白居易的《长恨歌》诗文；进入江西厅，便是一幅南昌滕王阁在"落霞与孤鹜齐飞，秋水共长天一色"的景致衬托下的水彩画，配以唐王勃的名篇《滕王阁序》。

见到如此高雅的装饰股东们都眼前一亮。律师威廉姆说道："我们这帮老同学毕业后便各奔前程，奋斗了几十年，是玉海回来又把我们聚到了一起。看来这家伙干得不错，哈哈，我们有了一个日常聚首享受生活的地方了。"

李玉海想的可不光是这些："你们都已经功成名就，可我还是刚刚起步。感谢老同学们给了我一个创业的机会，我一定不让你们失望，大家就等着分红吧！"

盖瑞特说："我们可没有给你压力啊！万事起头难，你慢慢做起来就好了。"

李玉海挤挤眼睛说道："Happy employees make happy customers.（雇员开心了才能使顾客开心。）你们看看我组建的团队，就会知道这家餐厅的风格了。我的追求是要使这里成为一个快乐家园，记住啊，快乐是宇宙的语言，美食是最大的享受，顾客进来不仅品尝了美食，还顺带获得了文化知识，带着愉快满足的心情回家！"

老同学们放眼看去，只见旁边几桌都是年轻的帅哥美女，大部分是蓝眼睛黄头发的本地青年。李若兰和斯蒂夫与他们坐在一起。李若兰得意地走过来说道："老爸交给我和斯蒂夫的任务，招聘土生土长的美国青年来这里做招待员，有没有经验不重要，重要的是心地善良勤快乐观，请前辈们看看我们完成得怎么样啊?"

只听到年轻人的几桌上欢声笑语,一边吃着,一边听厨师介绍这些菜的渊源特色。

沈碧霄做了补充说明:"快乐是一种能力,我与玉海在一起几十年,知道他有这个能力,能够在任何环境中保持一颗快乐的心。快乐是一种发现美好记住美好的能力,我们的任务是努力创造美好——美好的环境,美好的食物,让顾客看到这些美好,记住这些美好。"

"说得好!"斯蒂夫带头,大家一起鼓掌。

李玉海亲自下厨,与厨师一起做了菜单上几乎所有的招牌菜。

一位金发碧眼的靓丽姑娘说道:"我还是头一次这么多人围在一个圆桌上吃饭呢,美国人都是各吃各的,人多的话也是在一张长方桌上各取所需。"李玉海笑着说道:"哈哈,美国自然有美国的讲究,不过中国人就喜欢用圆桌,象征着圆圆满满,围着圆桌落座,也更方便彼此间的交流。中国是个很讲人情味的国家。"

姑娘一边好奇地听着,一边点头,还要向李若兰学习怎么用筷子。菜陆陆续续地上了来,先是些冷菜和前菜:糖醋熏鱼、油爆虾、白斩鸡、烤乳鸽、油炸带鱼、江南糖藕、北方拉皮儿、糟香毛豆……几个小伙子见了这些菜都向前探出脑袋,盯着它们一个个地看。有些是他们从没见过的品种,有些他们见过也从没想到能摆盘成那么好看的花样。有几位华人师傅问道:"哎呀,老板,这菜光是看起来就很有水平了啊,你不是上海人吗?怎么会做这么多地方的菜啊?"旁边的人应和道:"是啊,这儿除了上海菜还有好多其他菜系的嘞,你看这是东北的拉皮儿。""还有这个,是我们苏州的糖藕啊,我在美国一直思念它呢。"

大家一起开吃,李玉海忙进忙出,他一拍脑袋:"慢点慢点,我这儿还有个好东西,给大家倒上。"李玉海边说着边从后厨捧出几瓶茅台酒来,每桌放上一瓶,沈碧霄紧跟着用托盘端出几十个小小酒杯,熟练地在每人面前放下一个。"这莫非就是传说中的茅台酒?据说这是中国的国宴酒啊,好珍贵啊,今天我们算是开眼界啦。"大家一起说笑起哄。

李玉海和沈碧霄给每位朋友倒上一杯。李玉海端起酒杯:"酒的价值,就在于它所代表的情义,这段时间我们一起工作,大家都辛苦了!今天开始,我们就是一家人了,我们要齐心协力把我们的饭店做好,中国老祖宗说,有朋自远方来,不亦乐乎!我们要招待好四面八方的来客,让大家爱上我们饭店的美味,更留下美好的记忆,带着愉快的心情回家。来,这一杯我敬大家!"

大家被李玉海的激情点燃,举起酒杯一饮而尽,几杯酒下肚,人人激情澎湃,纷纷说道:"对对!以店为家,让顾客流连忘返!"

老同学们都乐开了怀:"玉海呀,这是我们吃到过的最美味的菜肴了,你这家伙真的会变戏法呀,什么时候都变成大厨了?""真神奇呀,中国菜居然可以这么做。"大家一边吃一边讨论着味道,不停朝李玉海竖大拇指。李玉海说:"这才前菜呢,你们慢慢吃,马上东坡肉就上啦!"

李玉海的东方大饭店风格独特,招待热情,来到这里的食客纷纷夸赞,很快就成为当地名气不小的餐厅。李玉海收获了这么一大成就,终日里精神抖擞,像是焕发了人生的第二春。他常说:"开饭店挣钱不是终极目标,我们的目标是给更多人带来快乐,美味美食绝对是人生一大享乐!我们通过中华美食,既传播了华夏文明,让海外华人在这里找到回家的感觉,也让更多本土美国居民了解中国。我们这里是一个快乐的家园,要给更多人带来幸福的感觉!"

李玉海为人豪爽热情又善于经营管理,善待员工,善待顾客,饭店形成了一个卓有成效的工作团队,很快东方大饭店便名声在外,成为当地居民和观光游客都喜欢光顾的地方。李玉海在饭店里结识了许多当地政要和商业大亨,还常常赞助各项慈善事业。

"这里是东方大饭店吧?李玉海先生在吗?"饭店前台的电话里传来非常正式的问话,说的是中文。

"您好!请问是哪里找他?"前台小姐非常有礼貌地询问。

"这里是中国领事馆,请问李玉海先生在吗?"原来是此地领馆来了电话。

"请留个电话号码,我们马上给您回电话。"接电话的是位能说中文和英文的兼职大学生,她放下电话后迅速跑到后厨,李玉海正在监管着后厨的方方面面。他每天一大早过来,查看新进的蔬菜鱼肉是否新鲜,那些叶尖泛黄的蔬菜都被他打回退给了供货商,供货商都知道他认真讲究不敢滥竽充数。择菜的时候他要盯着看员工是不是仔细,凡是被虫子啃噬过的残叶是绝不能作为原料下锅的;做菜的环节,他反复叮嘱厨师,如果顾客要求不放味精,那就绝对不能放;中餐油重味浓,必须按照顾客要求控制油盐。这就要求前厅服务员与顾客与厨师充分沟通。还有,火候要控制好,肉质要保持鲜嫩,不可破坏营养成分……李玉海喜欢凡事亲力亲为,当然,沈碧霄有时会怪他太啰唆。

"老板,老板,领事馆刚刚来了电话,请您回话。"那位大学生一路小跑过来还在喘着粗气。

李玉海正对着勺子轻轻吹着,汤汁表面的油膜发生一点点褶皱,汤汁应该不是很烫了,他轻轻呷了一口,味道好极了,他微笑着放下勺子让厨师继续。站立一旁的厨师赶紧关了火头,这道菜可以出锅了。李玉海头也不抬往下一个灶头走过去。李玉海一定是太投入了,竟然没有听清那女孩说的话,于是她又跟了上来:"老板,老板,领事馆有电话来了。"

"什么事?"李玉海这才从他的拿手菜中回过神来。"电话里说什么吗?"他放下勺子转过身去问那姑娘。

女生的头摇得跟个拨浪鼓似的:"那人没有多讲,我也就没多问。"

"是哪个电话?"李玉海跟着那女生走到电话机旁,深深吸了一口气,一边翻看电话记录。

女生指着最后那个号码说道:"对对对,就是这个。"

这时候,沈碧霄和前厅的几个侍应生都把目光聚到这里了,李玉海示意他们去忙自己的事情,自己拨通了领馆的电话。

"喂,您好。"电话接通了,那边人态度友善。

"哦,您好,是中国领事馆吗?"李玉海第一次与海外领馆打交道,声音有点拘谨。

"是的,请问您是?"

"我是东方大饭店的李玉海,抱歉我刚才在后厨忙没有及时接到电话。"李玉海做了自我介绍,沈碧霄走过来,站在他身后。

第二十九章
雪纳瑞成新宠儿

"爸爸,我们去领养一只小狗好吗?"这天,李若兰一早就打来电话,向老爸提出了请求。

"没问题!怎么啦?怎么突然会想到这个呀?"李玉海对宝贝女儿一向是有求必应的,不过他还是想知道缘由。

"爸爸,我看到报纸上有个广告在募捐,要给流浪的猫和狗设置集中的收容点,有些猫狗也在征集愿意收养的主人。我原来养过一条小狗叫小西施,它为了帮我被汽车压死了。想起它我就难受,也不敢再随便养宠物。现在你和妈妈来了,我们可以养一条狗狗放在饭店里呀,美国绝大多数人都是爱宠物的。"

"那好吧,我和你妈妈就跟着你一起去看看。"两夫妻把店里的事情交给了领班,稍稍整理了一下衣装。

不过也就半小时的光景,李若兰和斯蒂夫就开着车到了饭店门口,李玉海和沈碧霄正等着他们。李若兰笑着说打趣:"老爸今天想通了不要赚钱了?"

李玉海大度地说:"我不是早就开宗明义了,赚钱不是目标,快乐才最重要。既然女儿那么爱宠物,我们也要爱屋及乌呀。"

"爸爸妈妈,我在报纸上看到有好几条狗狗的照片等着爱心人士领养,有一条竟然还是Golden Retriver(金毛寻回犬),这是这里人养得最多的一种狗，它很容易养，有耐心，对主人要求不多，只要常常带它出去转转，让它吃饱就可以了。它全身金毛。腿既不太长也不笨拙，表情友善、个性热情、机警、自信还不怕生人，性格讨人喜欢。我就想去把这条狗领回来。"李若兰因为怀念小西施，似乎对各种狗狗都有点研究了。

"我会带它遛街给它洗澡的，你放心好了。"沈碧霄宠爱女儿，女儿的爱物当然不能怠慢。

车子开到报纸上留下的地址，这边原来就是个宠物店，老板是个欧洲人，他店里大大小小的笼子里关了好多小动物，李若兰一眼就看到了那只金毛狗，它被关在笼子里无精打采的，李若兰朝它走过去，它两只眼睛炯炯有神地看着他们四人，突然站立起来摇摇尾巴。那个欧洲店主忙完手头上的事情就走了过来："你们好，是来购买宠物的吗？"

斯蒂夫反问道："不是说有领养的吗？"

那位欧洲人赶紧笑了笑："不好意思，我以为你们是要购买宠物的顾客。我在周边社区捡拾到一些找不到主人的流浪猫狗，我因为没有这么大能力全部收养，去找过市议会请求帮忙，他们出主意让我刊登广告来征集爱心收养者。"

"你真的太有爱心了啊。"李玉海伸出大拇指称赞他。他看到这些宠物虽然被关在笼子里，但大都的确养得不错。

"我是很喜欢动物的，不过自己真的没有能力再收留了。"那位欧洲店主摊了摊双手，"您是看中了哪一只？"他看出来李玉海是一家之主。

"就这个。"李若兰指着这只金毛犬。

"哦，不好意思，前天刚刚发布广告，今天早上这只小狗就被人预订了，您只能重新再选了。"店主感到很是抱歉。

李若兰特别失落，她暗自责怪自己怎么没有先给店主打电话，但这时候懊悔也没用啦，只能再找有缘者吧。

"其实我们这个收养也是有偿的，市议会交代领养一只都要支付一定的费用，这笔钱会汇入动物保护基金，来帮助更多流浪小动物的。"店主站在旁边解释道。

他们在店里转来转去，看到一条小小的狗盯着他们看，眼睛里满是乞求的眼神。李若兰几乎立即想到了小西施，这么通灵性的小狗，怎么就被人抛弃了呢？于是她请店主打开笼子来看看。那只狗跟李若兰仿佛自来熟一样，李若兰把手伸进笼子，那只狗便自动靠近她，活蹦乱跳起来。

"这是只雪纳瑞，还不到一岁半，德国品种，其名字Schnauzer是德语的'口吻'之意，它们精力充沛、活泼、聪明、勇敢并且坚强，身体就像是安装了小马达一样。它性格友好机灵，还喜欢讨好主人，没有侵略性但是也不胆小。雪纳瑞特别黏人，这可以说是它的缺点，但也同样是它的优点，小雪可以很快地和人拉近距离，建立友好的关系。"店主向她介绍道。

李若兰越听越喜欢，指着这条雪纳瑞说道："我就要它了！"

"我要付多少钱比较合适？"李玉海点头同意后问店主。

"金额由您自己决定，我会给您开一个证明，这个钱都会打到保护小动物基金的账户里，并且还可以作为抵税证明。"店主怕李玉海不放心，又特意加上后面的这句话。

"碧霄，若兰，我打算捐出至少两万美元。你们看怎么样？"李玉海转过身用中文跟夫人、女儿商议。

"爸，你这会儿没有这么多钱啊。饭店开起来不久，很多钱还是你的老同学支持你的，我的私房钱也都给你装修饭店用了啊。"李若兰有点好奇，父亲以前从来不会舍得在小动物身上花这么多钱。

沈碧霄是接受新事物最快的人。她见习在中西餐馆打工的时候，已经被工友同事带到教堂去了。李若兰看见她的床头墙上贴着一段话："爱是恒久忍耐，又有恩慈；爱是不嫉妒，爱是不自夸，不张狂，不做害羞的事，不求自己的益处，不轻易发怒，不计算人的恶，不喜欢不义，只喜欢真理；凡事包容，凡事相信，凡事盼望，凡事忍耐；爱是永不止息。"若兰吃惊地问妈妈："你这么快就信基督教啦？"沈碧霄认真地回答说："我还没有行洗礼，不过我觉得他们说的话很对呀，我喜欢与他们在一起。"

沈碧霄知道老公不会乱来，点了点头表示支持。

"我是真被这些爱心人感动了，我也想来帮帮这些流浪的小动物，你看我们初来乍到时不是也有很多人帮助我们吗？现在我们算是站稳脚跟了，也应该为社区出一份力呀。"李玉海动情地说着。

李玉海拿出支票本填写了一张1000美元的支票签了名，转过身来交给店主说："我可以继续分期捐款吗？"

"这个基金账户会一直存在的，市议会也打算长期把这个工作开展下去，要是您继续支持的话，那就太好啦！"店主看了看支票，开心地回答道。

"那我想有个创新，我在这边写一个承诺书，两年里我会每月汇入1000美元，总共捐赠24000美元，作为小动物保护基金。"李玉海对店主说道。

"您真是让我太感动啦，您把雪纳瑞先带回去，以后每年您都可以到我的店铺里给雪纳瑞检查一次身体，每两个月带它过来理发洁面修剪指甲，一切服务都免费。"店主也抛出了橄榄枝，不过他又接着说道，"今天议会的工作人员不在，您还得下周二过来签署领养的协议，下周二有个集体领养的仪式。"

"好，一言为定。"李玉海特别开心，李若兰更是笑得合不拢嘴。

周二那天，李若兰陪着父亲过来签署了领养捐款的协议，当时竟有好几位记者采访拍照，因为难得有亚裔面孔出现在这种场合，记者特地采访了李玉海，他能用一口流利的英语与记者交谈，令他们十分惊奇。他说了自己年轻时在美国读书，现在又因为女儿的关系来到美国，有那么多美国朋友无私地帮助他，所以他也要回馈美国社会，帮助需要帮助的人和事。李玉海带有传奇色彩的经历，让记者们大感兴趣，仿佛捡到了报道灵感，他竟然成了这次集体领养仪式的主角。

没想到第二天中国总领馆就打来了电话："李先生，你做了一件好事，我们华人活动在美国英文媒体上报道不多，今天的许多主流媒体上都报道了你的爱心善举。"

李玉海感到非常意外，他总共也就捐出了24000美元，还是分期支付的，并没有完全兑现，媒体怎么会这么大肆地报道呢？

电话那头继续说道："李先生，我们总领事想与您通话。"

电话那头换了个雄浑响亮的男声："李先生的爱心让我很感动呀，我想邀请您和夫人作为我的客人参加总领馆举办的中国国庆宴会。您方便出席吗？"

"方便方便！"李玉海一阵惊喜，随后他马上想到，"总领事先生，我能有个不情之请吗？"

"您说！"总领事毫不含糊。

"我的女儿女婿都在这里，我能带他们一起过来参加国庆宴会吗？"

"没问题，我们领馆宴请是自助餐，客人越多越热闹，还欢迎他们带节目过来联欢啊！"总领事十分豪爽。

电话又换成了先前那位："李先生，请给我一个地址，我们马上把正式的请柬寄过来。"

果然，第二天李玉海就收到了邮局送来的正式请柬，大红底色烫金的国徽，印制十分精致。客人名字一栏上写着李玉海暨全家贵宾。

10月1日那天傍晚，李玉海把饭店生意交给了经理，自己换上一套崭新的礼服，这是女儿前几日特意带他到商店定做的，上午刚取回，还没上过身。李若兰穿上了母亲为她在上海购买的桃红色镂花薄丝绒旗袍，她本来就身材窈窕凹凸有致，穿上旗袍更勾勒出了S形线条。沈碧霄穿着从上海带来的宝蓝底色，从下到上绣着一只金色凤凰的绸缎长旗袍，她虽然不像女儿那么苗条，但善于保养，穿着略为宽松的旗袍显得雍容华贵。斯蒂夫一身休闲西装，义不容辞地成了全家的专职司机。

车子开到中国总领馆，总领事和夫人穿着正式礼服，两人胸前均别着一朵大红绸花，站在宴会厅前迎接来宾。看到李玉海一家到来，总领事忙上前一步伸出手来，双手紧紧握住了李玉海的手："欢迎欢迎，李先生好啊，我在电视台上看到了您的餐厅广告，您说东方大饭店要成为一个快乐家园，成为在美华人联系的纽带，说得太好了！"

李玉海正在暗忖与总领事从未见过面，他怎么会认得自己呢？哦，原来竟是广告效应啊。真没想到总领事还这么用心，把他在电视广告上说的话都记下来了。李玉海感觉到这位总领事举手投足之间豪爽有礼，是位值得交往的人物。

礼仪小姐带领全家步入宴会厅，进门就感觉一股暖流扑面而来，好大的一个厅堂，里面张灯结彩，富丽堂皇，地上铺着红色地毯，空气里流动着《喜洋洋》《步步高》等喜庆的民乐，里面人头攒动，挤满了衣冠楚楚的宾客：男士着深色西服，衬衫领子笔挺，戴着醒目的领带；女士有的穿中式旗袍，有的着西式连衣裙，项链耳环，涂脂抹粉，显得珠光宝气，人群中大多是华裔面孔，也有少数白人、黑人、拉丁裔的。墙上有硕大的电视投影，正在重播天安门广场上国庆游行的画面。一个表演舞台，上面有特邀嘉宾唱歌跳舞。厅堂的一侧是长长的餐桌，摆满了各式中国美食，让宾客按需自取。另一侧长桌上供应各式饮料包括啤酒、香槟、葡萄酒等，也让宾客自由选择取用。斯蒂夫有点好奇，过去要了一杯香槟酒，果然是免费的。他悄悄对李若兰说，美国的招待宴会上，各种酒类都需要自己另外付费，一方面当然是控制开支，同时也避免饮酒带来的问题比如酒驾、酗酒之类，因为是饮用者自费，所以主人也就可以免责了。李若兰笑言，如果在中国这样安排，主人肯定会被骂小气鬼的，这大约也是文化观念的差异吧。斯蒂夫调侃了一句："说明中国人有钱啊！"

晚上七点庆祝大会正式开始，总领事讲话，各界代表讲话，外国朋友讲话，宾客们在台下站立，手捧食盘或酒杯，嬉笑吃喝。开始还安静聆听，后来就一堆堆各自小圈子细声聊天。等到主持人宣布文艺表演开始，大家才又重新关注台上。国内演艺界不少明星演员在海外，这种场合最出风头。

李若兰听父亲讲过欢迎来宾演出节目，她在家里就撺掇母亲要准备上台唱几句。沈碧霄经不住女儿纠缠，她虽然多年未登台，但艺不压身，在幼儿园教孩子唱歌，也常常练练嗓子，有童子功在身从不怯场。李若兰是学什么像什么，既能唱西洋歌曲，跟着母亲哼几句京腔也有板有眼。而且她从小就有表演欲，观众越多越来劲，被笑称为人来疯。她向主持人报了名，不久就轮到她们母女出场了。

两代美女一上场，就令人眼前一亮，待到开嗓唱起来，台下已是满堂掌声，这是京剧穆桂英挂帅的经典唱腔：

（西皮快板）
猛听得金鼓响画角声震，
唤起我破天门壮志凌云。
想当年桃花马上威风凛凛，
敌血飞溅石榴裙。
有生之日责当尽，
寸土怎能属于他人！
番王小丑何足论，
一剑能当百万兵。
（西皮散板）
我不挂帅谁挂帅，
我不领兵谁领兵。
叫侍儿快与我把戎装端整，
抱帅印到校场指挥三军！

两人边唱边比画，声音嘹亮动听，一招一式功架十足，哇，简直有点轰动啦。华侨演艺界的演员当地华人大多熟悉，这两位新人是哪里冒出来的？唱功动作都是专业水准的，窃窃私语猜测询问的同时，大家都叫起来："再来一个！"

台上两人对视了一眼，点了点头。女儿活泼泼边唱边舞：

清早起来什么镜子照？梳一个油头什么花儿香？脸上擦的是什么

花儿粉？口点的胭脂是什么花儿红？

这是京剧《卖水》的唱段，母亲上前一步接着唱道：

清早起来菱花镜子照，梳一个油头桂花香，脸上擦的是桃花粉，口点的胭脂是杏花红。

女儿又架起兰花指，转着手腕，在胸前绕了一圈，然后一手举过头顶上翻，一手缓缓横拉开，跳上几步，哆哆地唱道：

什么花儿姐？什么花儿郎？什么花儿的帐子？什么花儿的床？什么花儿的枕头床上放？什么花儿的褥子铺满床？

母亲笑眯眯接唱道：

红花姐，绿花郎，干枝梅的帐子，象牙花的床，鸳鸯花的枕头床上放，木樨花的褥子铺满床。

台下掌声雷动，母女鞠躬转身走向幕后。观众记住了她俩，也知道了她们是东方大饭店的老板娘母女。

饭店生意火爆。菜品佳，服务好，许多华人冲着老板娘母女想来看个究竟。当地美国人来访宠物雪纳瑞，有些孩子还要与雪纳瑞合影留念，围着小狗转悠不肯离开，还有人专门留下小费给雪纳瑞。即便这样，雪纳瑞最亲的还是李若兰，只要她一进店，雪纳瑞就欢蹦跳跃，跟着她进进出出。李若兰也有了牵挂，似乎每天都要过来抱抱它，带它出去遛遛才安心。

领馆也看中了东方大饭店这个快乐家园，常常在此举办各种活动，李玉海总是倾力相助，只收取一点成本费，有时干脆赞助不收分文。他慷慨大度，与方方面面关系都处理得当，受到大家拥戴，成了当地华侨领袖。

　　似乎一切都很完美啦，只是有一件事情老是放不下，女儿已经不小啦，有了男朋友却不肯结婚。李玉海和沈碧霄都不是老脑筋，不能向女儿逼婚，但一个稳定的婚姻，保护的是自己的女儿啊，要怎么说服女儿呢？

第三十章
说走就走啊

"我已经达到了申请sabbatical leave(学术休假)①的工作年限了,可以带薪休假一个学期,你看我们到哪里去呢?"斯蒂夫兴冲冲地与李若兰商量。

"恭喜恭喜啊,斯蒂夫!"李若兰为男友开心。转念一想又说:"你这个学术休假应该围绕你的研究方向研究课题选地方呀,怎么能问我呢?"

"哎呀,学术休假的一个主要目的是身体康复,我要与我的未婚妻一起康复呢!"斯蒂夫真真假假地开着玩笑。

"你有休假,我可要修满学分才能毕业拿学位呢。再说老爸店里那么忙,他巴不得我每天去帮忙,还有狗狗雪纳瑞到时候就巴巴地蹲在门口,盼着我带它出门溜达撒欢。幸好我自己的小店已经全部托付给瑶瑶和托尼了,否则我真是三头六臂都忙不过来,哪里还有时间出去休假呢!"一向洒脱的李若兰似乎变得现实起来了。

"哎哟,我的fiance(未婚妻)确实是三头六臂厉害呀!不过,让你休假可不是我的主意啊,是你爸妈的心愿呢!不信你去问问他们就知道了。"斯蒂夫已经有了靠山。

"哼,问就问,我早知道你们背着我嘀嘀咕咕商量什么事情,以为我不知

---

① sabbatical Leave(学术休假)是美国大学教师服务于高等教育机构一定期限后的一种休整方式。休假后仍回原单位效力。

道呀?"李若兰的嘴从来不肯饶人。

李若兰挑一个晚上快闭店的时候去找爸妈密谈,雪纳瑞欢快地叫着,绕着她脚边乱转。李玉海还在后厨忙着,女儿先走到母亲身边,沈碧霄正在核算一天的进账,这些日子客人来得多收入喜人,李玉海关照要先把老同学的投资款还掉。

"妈,你们是怎么想的?不是忙得晕头转向了吗?老爸也在叫腰酸背痛,还要把我这个免费劳动力赶走?"李若兰有点不解地问道。

"你先帮着妈把今天的账算清,等关了店门我们回家聊。"

客人们慢慢离去,李玉海在后厨让厨师们把剩饭剩菜打包分给大家带回家。这些规矩都是自己店里定的,与其他餐厅有所区别。东方大饭店对待员工如家人,每天午餐晚餐的饭点开门营业前,都是先让员工吃饭,吃饱了才有力气干活。而有些饭店是顾客吃饭后闭店前才让员工就餐,剩下什么吃什么,这样既节省食材,吃饭时间也可以不算工作不计算在付费工时内。另外,美国餐厅规定每天的剩菜宁可倒掉也不能让员工带回家,是从制度上杜绝厨师为了带回家故意多做菜,浪费食材增加成本开支。而李玉海觉得大家在餐厅上班,带点剩菜回家给家人是天经地义,也相信厨师不可能为了带剩菜回家故意多做。这样店里就有一种互相信任以店为家的宽松气氛,大家相处都很融洽。

笑呵呵地互相告别后,李若兰抱着雪纳瑞,沈碧霄开车一起回到家里。母女俩在盥洗间边洗漱边聊了起来:"妈,你跟爸的意思是要我陪着斯蒂夫去国外转一圈吗?"

"哎哟,你俩都老大不小了,该要个孩子了。出去散散心,一不小心也就怀上了,多好呀!"沈碧霄说得很轻松。

"妈呀,你也进步太快了吧?到美国时间没我长,倒是比我还浪漫,想要我未婚先孕呀?再说,我还没敢告诉你们,斯蒂夫有暗病,过个性生活都很谨慎,我也有不孕症,哪里就能随便怀上孩子?我正为这事伤脑筋呢。"

"斯蒂夫都跟我们坦白了,说他小时候不懂事乱来,现在后悔莫及,准备一辈子不结婚了。幸好遇见了你,他有了想结婚的冲动,可是你又拖拖拉拉。他恳求我们劝劝你呢!"沈碧霄说出实情。

"哦哟,原来你们背着我就商量这些事情啊,也亏他还是了解中国文化的,知道中国女儿是要听爸妈的话的。"李若兰掌握了真相。

"说明人家还是很有诚意啊!"李玉海插了一句,原来他一直站在盥洗间外面听墙。

"哎哟,我不要,我不要!你们到底是向着我还是向着他呢?"见老爸听到了自己与母亲的悄悄话,李若兰有点不好意思,跳起脚抓住老爸的手发起嗲来了。

"还不是向着你们俩吗?"李玉海拉着女儿坐到沙发上,沈碧霄也到旁边坐了下来。

"你也听过我和你妈的故事吧?我们从原来完全不可能的两个人最后结婚成家还生下了你,现在我们过得这么幸福,说明了什么?说明了世界上没有什么事情是不可能的,只要你有这个心愿,你自己努力争取!"李玉海似乎比夫人更浪漫。

"阿兰,我也是好几年都不生育,我也没什么病,可能你就是像我,要结婚几年后才生孩子呢!"沈碧霄以自己做例子开导女儿。

"哎呀,我可没有你们想的那么多,我就是怕结婚,不想结婚,像现在这样不是挺好的嘛!"李若兰在父母面前有点耍赖。

"好吧,结不结婚随便你。我只是告诉你,我们觉得斯蒂夫是个好青年,他能这样推心置腹向我们坦陈一切,这个不容易。而且我跟斯蒂夫的父母从小就认识,这样知根知底的人家也是可遇而不可求的。另外,斯蒂夫的病,我也请教了医生专家,不是什么暗病,那是可以控制治疗的。你也没有什么病,我和你妈都很健康,基因这么好,你要相信自己,不要潜意识里还有张经纬那小子的阴影!"李玉海这次是动用了父亲的威严,说得很严肃认真。

"你就好好想想吧!时候不早该上床睡觉了,你的房间我还是每天给你整理干净的,今天还特意喷了香水呢!"沈碧霄轻轻说道。李若兰仍住在自己租的公寓里,但她知道父母家里是永远为自己留好房间的。

躺在香喷喷的床上,李若兰辗转反侧思来想去,难道张经纬那次失败的婚姻真的给自己潜意识里留下了阴影?为什么总觉得自己有不孕不育症?自己去认真检查了吗?有什么医院下过结论吗?她躲在被窝里又流眼泪又笑起来,什么事都经不起推敲细想呀,我就没有仔细想过这些吗?

第二天一早斯蒂夫开车来接了李若兰去学校。李若兰坐在副驾驶座上,看着斯蒂夫说:"我上完这学期课程就休学一学期,我们一起出去走走。不过不要去什么英国、法国人人都去过老掉牙的地方,要去就找一个惊险的有挑战性的国家,怎么样?"

"好啊,你在世界地图上随便指向哪里,我们就一起到那里去,行不行?"

斯蒂夫听到李若兰答应一起去,心里乐开了花。

"那我等会儿就找个地图去指啦!"李若兰也满面笑容。

李若兰果然找了张世界地图看来看去,想了又想,脑子里突然涌出了一个念头:以色列!耶路撒冷!那里不是一直打来打去,争来争去的,又是充满了神秘色彩,一定很好玩的哟!

下了课,斯蒂夫来找李若兰,问她想好了要去哪里。李若兰把他拉到世界地图前要他猜猜看。斯蒂夫的手指在地图上点来点去,李若兰都摇头,最后,李若兰握住他的手,把手指引导到一个亚洲、非洲交界的地方停下了,斯蒂夫凑近一看叫了起来:"以色列?"

"对呀!好玩吧?你不是有一个学期的时间吗?我们可以去的地方多着呢,先从那里开始走起,好不好?"李若兰的玩兴被点燃了。

斯蒂夫连连点头,脑子里在想着,那里可以写一篇怎样的学术论文呢?

学期一结束,两个人就整理行装出发。当然,李若兰是安排好了功课,看父母的饭店已经走上正轨,自己的小店也由瑶瑶和托尼打理。斯蒂夫那边更是得到了盖瑞特和莉娅的称赞,他们夸奖李若兰的点子好,怎么就能猜出他们多年来埋藏在心底去以色列寻根的愿望呢。

说走就走啊！买了去以色列的机票，一登机李若兰就感觉完全放松了，窗外蓝天一望无垠，朵朵白云点缀其上，似乎好久没有关注自然景象了。飞机起飞，心情也放飞，一心只想着将要抵达的远方，还有眼前的这个恋人。

第一站是以色列的海法市，入住后就在附近闲逛。海法市不大，但很有小资优雅情调，一家家小餐厅灯火闪烁，对对情人或好友同伴在那里随意吃喝。信步走到了一家花团锦簇的小餐厅，给的主菜选择是鸡肉、牛肉丸，或者奶油面，还有当地特色口袋饼，加上附赠的沙拉、冷菜、鹰嘴豆等，配一点法国庄园葡萄酒，已然酒不醉人人自醉啊。

在异国他乡的床榻上甜蜜共寝，两个人似乎回归原始状态，如此地全情投入，感觉忘记了一切，只有赤身裸体的亚当和夏娃，享受着男欢女爱，巫山云雨。精疲力竭之后沉沉酣睡，早晨醒来，又是活力满满。

早餐丰盛得出奇，大盘大盘的鸡肉、牛肉、羊肉、烤鱼、黄油、面包、蛋糕、巧克力铺满餐桌，水果、饮料堆成小山，让住客随意自取。两人正好需要食物补充能量，一边往嘴里塞着美食，一边感叹，以色列好富裕啊。

在酒店参加了一个当地的旅行小团队，请了一位名叫阿米尔的以色列年轻导游，他先带着去看附近的巴哈伊空中花园。据他介绍，巴哈伊教又称大同教，创建于19世纪的波斯，其三个核心原则为：上帝唯一，宗教同源，人类一体。要求教友服从政府，不参与政党政治，消灭极端的贫困和富有等。这座花园被称为世界七大奇迹之一，耗资2.5亿美元，各种建筑依山而立，世界大同的思想体系指导的设计理念，使这座花园体现了各大建筑学派的精髓，花园的最高点能够俯瞰到美丽的地中海，导游带领登上迦密山欣赏花园全景，满眼是各种风格流派的亭台楼阁点缀在花海绿浪之中，只觉得美轮美奂，令人陶醉。

旅行团包了一辆大客车，到附近的名胜古迹转一圈。大家坐在车上听导游阿米尔介绍以色列和宗教。他说，宗教也是管理系统，国王用宗教统治管理人民。当时的罗马王有五个管理中心：大马士革、君士坦丁堡、希腊、叙利亚和埃及。马丁·路德创立了新教,也就是现在的基督教。目前基督教全球有13亿～14亿人,伊斯兰教有10亿人。一国一地信基督教的人多,科学发达,太太工作,福利好;信伊斯兰教的人,不相信政府,只信《古兰经》,不愿意读书,太太不上班的。

斯蒂夫对李若兰耳语:"这位导游倒是像在给我们上宗教历史课呀,也不知道他是哪里来的这些统计数字,姑妄听之吧。"

李若兰来得直接,她笑眯眯地问导游:"阿米尔,你信什么教呀?"

阿米尔眨着眼睛回答说:"我的宗教是睡觉。"

李若兰哈哈大笑:"那你是不信教的啰!"

阿米尔也笑着摊开双手耸耸肩。

李若兰和斯蒂夫从车窗向外望去,只见一望无垠的土地划成了一小块一小块网格化,每个小格子块里都有一小堆外面运来的沃土,工程之大令人叹为观止。导游指着这些土地上的小土堆解释说:以色列1948年立国。联合国给的这块土地,65%是沙漠,剩下的土地也很贫瘠,地里有太多的矿物质泛出白色,现在从外面运来褐色沃土,倒在贫瘠土壤上中和,改善土质形成较好的土壤。

旅客们都在啧啧称道。阿米尔又说,世界上最大的海水淡化工程也在以色列。以色列缺淡水,以前都不敢种花养草,浇灌土地用淡水简直是奢侈。现在有了淡化工程,大家都可以敞开用水了。

旅游车开动,可以看到窗外远处有长长的一片高地,似一堵土墙矗立,导游指着那里说:"这是戈兰高地,海拔500～1000米样子,住有30万人口,风景极美的地方。"

李若兰和斯蒂夫都一下子振作起来,这就是遐迩闻名的戈兰高地啊,也是战争不断炮火纷飞的危险地带哟。导游压制住自豪的口吻介绍:"1948年,第一次中东战争,当时联合国批准以色列建国,周围的伊斯兰七国黎巴嫩、叙利亚、埃及、约旦、伊拉克、沙特阿拉伯、利比亚向这个只有65万人口的犹太小国宣战。打了几个月,以色列赢了。

"1967年,第二次中东战争,又叫六日战争,与中东三支最强大的军队约旦、埃及、叙利亚大战六日,结果以色列攻克了戈兰高地,使之作为缓冲区,疆土扩大了六倍,占领了耶路撒冷。

"1973年,赎罪日战争。1983年,黎巴嫩向以色列开战。这些战争以色列都打赢了。战争调教了以色列,使它成为现在的以色列。"

李若兰有点迫不及待地请求:"我们快开到戈兰高地去看看吧!"

导游看着李若兰调侃道:"别的旅客都要求赶快离开这个还有炮弹飞舞的地方,你想去看?问问大家同意不同意。"

当然,除了斯蒂夫,没有旅客同意的。本来戈兰高地也不在行程中,就是纸上谈兵,让旅客有点惊险的感觉罢了。

车子开到了传说中圣母马利亚的故乡拿撒勒。《圣经》故事说这里是耶稣父亲约瑟夫与马利亚见面的地方。马利亚在这里的井边遇到天使,告诉她怀了天子的儿子。约瑟夫把马利亚带回自己伯利恒的家,之后耶稣在伯利恒出生。

导游阿米尔说,小镇拿撒勒住的是严格的犹太人,约4万人。他说犹太人分为自由犹太人、现代犹太人、传统犹太人(戴小帽子)、严格犹太人(戴黑色帽子,衣服保守,天天学习犹太教义)。严格犹太人认为,结了婚的女人,漂亮的头发要包起来,不能给别人看的。

又说,犹太教认为,有些人赚钱能力强,可送钱给学习能力强的人,让他们多读书。崇尚学习让犹太人学新东西很快,得诺贝尔奖的有22%是犹太人。

一行人在拿撒勒稍做停留,镇上人不多,还是很古老的样子。走路的人低着头,男人女人都是一身黑袍,不苟言笑。李若兰拉着导游说快走吧,又对斯蒂夫说:"幸好你没有出生在这里,我可受不了啊!"斯蒂夫调侃道:"很难说啊,我出生在这里天天读书,说不定就得了诺贝尔奖呢!"

车子又开动起来,路过一片长着庄稼的地方,阿米尔说这里是社会主义公社,每个公社有10到50户人家自愿组成,也称人民公社。这里人人平等,甚至有原来的总经理等也参与,与其他人一样每周一次轮流打扫卫生。他们一起劳作,平均分配收入,他们自称是现代犹太人,或无信仰犹太人。

斯蒂夫说:"他们似乎在做一种社会体制实验,倒是蛮有意思的。"

李若兰戏语:"我们也去参加吧,体验一下不一样的人生。"

第三十一章
斯蒂夫的学术论文

乘车前往耶路撒冷，远远地看去已经有一种神圣敬畏的感觉了。

橄榄山，是传说中耶稣被捕之地。那里有个万国教堂，又叫主泣教堂，阿米尔说是耶稣最后与三个徒弟祷告的地方。教堂彩色玻璃富丽堂皇，外面的院子花鲜树绿，打点得很精致。有趣的是当时不开门，李若兰去敲门说是从老远的地方过来的想看看，守门的就说要付钱才能进去看。李若兰朝大家扮了个鬼脸，大家也一起笑着摇头。

又到耶稣出生之地伯利恒，那是在巴勒斯坦控制地区。导游把大家带到一家基督教圣品商店，都是些刻着《圣经》故事的杯子、冰箱贴、T恤衫、玻璃制品，还有祭祀用品等，商店关起门来让游客买东西，先要敲上一笔。买好后才能从商店后门出去，算是进入了伯利恒。阿米尔说伯利恒有四五万人，周围村庄人口加起来约20万人。当地人的收入，一是旅游业，二是石材厂，此地规定用石材盖房子。

就肉眼所见，巴勒斯坦控制区，人多嘈杂，比以色列显得脏乱，据说这里人们的收入是以色列的40%。参观耶诞教堂，人山人海拥挤不堪。基督教、东正教、天主教、伊斯兰教都认为这里是发源地，都在这里有财力势力的渗透。大教堂连着小教堂，大教堂地下一块土地，据说是耶稣诞生的地方，瞻仰要排队两个小时，阿米尔让大家在旁门看了一下。另外一个据说是全世界天主教的中心教堂，全球的圣诞节庆典从这里开始。100年前这个地方曾属于土耳其,当时的统治者说谁出价高就卖给谁。现在亚美尼亚东正教、希腊东正教拥有这个耶诞教堂。

车子往老城开去,耶路撒冷海拔800米,路上看到道路开阔,留有停车道,公交车加长超大,车内并不拥挤。以色列是新建国家,这些设计明显比老旧的欧洲更先进。

导游介绍,1948年到1967年,耶路撒冷老城属于约旦,现在地属以色列。此地居住的大多为巴勒斯坦人,他们算以色列国籍,但没有选举权。老城居民3万人,2.5万人是阿拉伯伊斯兰人。

在老城区看了苦路、哭墙、圣墓教堂、伊斯兰圣殿山,参观了锡安山、马可楼、大卫王墓、圣母安眠教堂等。

导游带领旅行团一行人踩走苦路。那是一条窄窄的巷子,碎石路面,现在两边都开着各种小店铺。这条路据说是当年耶稣被判刑走向刑场的道路,共有14站,每一站都有一个故事。有的是妇女为耶稣擦汗的地方,有的是市民帮耶稣背十字架的一段路。据导游说,外乡人耶稣指责耶路撒冷商人只为牟利,遭到当地人反对。当时的统治者认为可以赦免耶稣,但是当地民众都要求杀掉他。走到最后第十四站的地方,据说是耶稣的坟墓,现在建了一个大教堂,人头攒动拥挤不堪。还有不少人在此哭泣。

听到这里,斯蒂夫愣了一下,再次问导游:"统治者愿意赦免耶稣,是老百姓不同意?是民众要杀他?"

阿米尔笑了笑说:"看来你是不读《圣经》的,也有许多人只读牧师让他们阅读背诵的地方,并没有真正研读《圣经》。《旧约·圣经》中讲得很清楚,耶稣被钉在十字架上遭受极刑,其实是被拥护他的犹太人利用'广场政治'一致投票通过的,本丢·彼拉多迫于人民的压力不得不判处耶稣极刑。当然,这也可以说是一家之言,有些事情已经无法考证。"

"哦,是这样啊?"斯蒂夫陷入沉思。

到处是熙熙攘攘,到处是激动的人群。

李若兰向斯蒂夫感叹:"宗教竟然有那么大的力量,那么多的信徒,可见是人们感觉控制不了自己的命运啊。"

斯蒂夫似乎在想更多的事情："我在想,那个时候就有民粹主义①啊。"

"什么?"

"我还在琢磨这个事情,你想啊,是民粹主义在挑动不明真相的老百姓一起反对耶稣,这才造成当地居民一致投票要求判处耶稣极刑。民粹主义好可怕啊!"

一天的活动紧凑刺激。脑子里装了一大堆冲击性的信息,身体有点疲乏,天色暗了,一行人回到宾馆。阿米尔经验不足,忘记向酒店订晚餐,厨师都已经下班了。临时召唤厨师过来,说要八点半、九点才能吃上饭。大家又累又饿,一阵抗议。宾馆为表歉意,请大家到十八楼酒吧随意饮酒品尝小餐点,没想到酒吧品种多样,有香槟酒、白葡萄、红葡萄酒,还有威士忌、伏特加、龙舌兰等任人畅饮,各种下酒冷菜、小点心也十分精致。李若兰、斯蒂夫二人坐在窗边欣赏万家灯火,边饮酒边说着悄悄话,情意绵绵,疲乏全消。到九点钟餐厅准备好晚餐,大家其实都已经吃饱了,气也消了。看着厨师为这一行十人准备了起码二十人可以吃饱的丰盛晚餐,有新烤的鸡肉、牛肉、鱼肉,加上各式蔬菜和甜点,大家觉得以色列人做事还真的很认真哟。

再一天安排去参观大屠杀纪念馆。这恐怕是以色列政府对来旅游的客人安排的必看项目。二战时期纳粹对犹太人的屠杀令人发指。二战后犹太人要求建立自己的国家,联合国给了这块土地,这就是以色列的开国。展览馆讲解员说到纳粹杀人工厂奥斯维辛集中营负责人战犯阿道夫·艾希曼的追捕归案。这个战犯运用所谓的"科学解决手段",煤气毒杀200多万犹太人,战后改名换姓逃到了阿根廷,他儿子在追求女友时吹牛说出了他父亲的

---

① 民粹主义(Populism)又译为平民主义,19世纪俄国兴起的一股社会思潮。民粹主义的基本理论包括:极端强调平民群众的价值和理想,把平民化和大众化作为所有政治运动和政治制度合法性的最终来源;依靠平民大众对社会进行激进改革,并把普通群众当作政治改革的唯一决定性力量;通过强调诸如平民的统一、全民公决、人民的创制权等民粹主义价值,对平民大众从整体上实施有效的控制和操纵。

真相。这个女友是犹太人,她把事情向有关部门报告后,就有人去核对他的身份,确认后设法将他带出阿根廷到以色列接受公审后处死。这是迟到的正义的判决,大快人心!

  参观结束后在门口等车,看到大批年轻的男女军人持枪等在门口。李若兰上去与他们搭话,他们说是18岁的现役军人。导游说每个月一个星期天是士兵文化日,他们是来接受教育的。平时士兵每周或隔周可以回家休息两天。男生服兵役三年,女生两年。所有以色列男人每年集训一个月,回到原来兵役时编制,以保持军事能力。

  午餐时旅行社因为阿米尔的失误道歉,买了几瓶红酒来请大家喝,弄得李若兰他们都有点不好意思了。吃饭时阿米尔告诉大家说,以色列是没有户籍制的,只有身份证。一般工作者平均工资大约2000美元一个月。像他这样的三口之家,两夫妇加一个小孩,大约需要3000美元一个月生活费,所以太太也要工作。孩子从3岁起上幼儿园免费,每天早上8点到下午2点30分由幼儿园看护。他的孩子也就三四岁,他和太太轮流提早回家接孩子,昨天有点心神不定,忘记该做的工作了。大家都安慰阿米尔,说我们已经忘记这件事情了,你原本不必要去向旅行社报告的。

  旅行车开往特拉维夫。特拉维夫面临地中海,是海滨城市,空气清新,新城才100来年历史,进城转了一圈,这是一个非常现代化的城市。新建的玻璃高楼好几十层,抬头看帽子都会掉下来的。途经拉宾广场,好多人不想下车了,只有李若兰、斯蒂夫下车跟着导游看了拉宾1995年11月遇刺的地点。以色列总理拉宾是被以色列自己人刺杀的,说是因为不放心他与阿拉伯人谈判让出更多土地。斯蒂夫被触动了,想着这又是一次民粹主义的暴行。

  斯蒂夫对这段历史还是知道的。但世界大事频繁发生,当时读了报纸看了电视过后也就忘记了。这次实地查看,却深深地敲击了他的心灵,当时的情景又浮现出来了。拉宾在1967年的六日战争时担任以色列总参谋长,之后在1974年、1992年两次出任以色列总理,1994年获得诺贝尔和平奖。就是这样一位为和平奋斗奔走的老人,却因为与巴勒斯坦领导人签署和平协议遭到本国极端分子的死亡恐吓,而拉宾仍然鼓励民众展开各种各样的和平活动,来让这些极端分子感受到和平的美好,希望能感化他们。1995年11月4日正是犹太人的安息日,也是以色列的法定节假日。在这一天拉宾要与10万名支持他的民众在特拉维夫国王广场前举行集会,而集会的主题就是"要和平,不要暴力"。集会开始前以色列安全部门建议拉宾穿上防弹衣,但是这个建议被拉宾一口否决了,因为他相信他的国民不会刺杀他,一旦穿上防弹衣就是对参加集会人员的不信任,这有损于他的形象。一个国家的领导人怎么能向自己的国民展现出不信任的举动呢?在集会上拉宾和众人一起高唱《和平之歌》,拉宾深情地说道:"我从军27年,只要和平一天不到来,我就会一刻也不停息地努力下去。"集会结束后拉宾在保镖的簇拥下离场,在此期间拉宾还不忘和周围热情的人群握手致意,然而就在此时,一个年轻人拔出手枪向拉宾连开数枪。在人群的一片惊呼声中拉宾倒在了血泊中。人群拥堵,花费了许多时间拉宾才被送到医院,晚上11点15分拉宾在医院不幸离世。

而刺杀拉宾的人自称是为了以色列的民族利益,为了保护以色列领土。

斯蒂夫的心被刺痛,又是民粹主义造成的,他沉默了。

之后阿米尔带大家看了有6000年历史的雅法港,是特拉维夫的老城区,这里是世界上最古老的港口之一,现在是以色列艺术家聚集的地方,有许多艺术展览馆可以免费参观,斯蒂夫都无心进入,李若兰也就陪着他,两个人默默地站在外面。两颗心是相通的,站着不说话,也能彼此理解,也很美好。

汽车经过美国大使馆,在地中海边,无法停靠,远远看了一下,只是栋很不起眼的小楼。

李若兰与斯蒂夫在特拉维夫住下,斯蒂夫构思他的学术论文,李若兰去参观艺术展览,各得其所,其乐融融。

"《民粹主义终究害民》,我的论文标题有了!"斯蒂夫兴奋地对回来的李若兰说道,"精英要求的是竞争过程的公平,这样社会才会充满活力;而民粹追求的是结果的公平,劫富济贫,反而阻碍了社会的进步。"

第三十二章
我们在世界之巅

"你们看看,居无定所的吉卜赛人为了找寻史前祖先赐给他们的福佑,也来到了这里……"纳什笑着摇头。

李若兰听得入迷,越发对这里产生了浓厚的兴趣。傍晚他们订了一家附近的酒店,打算停留几天,一探吉卜赛人的奥秘。

"远道而来的贵客,吉卜赛人在东边田野旁的荒地表演绝技了,听说这次还有吉卜赛女巫上场,要在那里施法祭祀,这可是难得一见的仪式,票价不贵,你们要不要去看看?"酒店服务员过来拉客。

斯蒂夫听完眼睛一亮,立马站了起来:"这还等什么,哈哈,我们运气可真好,这种事都被我们碰上了,赶紧去瞧瞧啊。"

李若兰跟着他到了东边的田野,看到一圈火红的火把荒地围了起来,里面有一簇熊熊燃烧的火堆,几匹棕色的骏马拉着一辆花团锦簇的巨大马车,吉卜赛男男女女穿着他们暴露肉身的服饰,身上、脸上都文着些奇特的花纹,正手舞足蹈边唱边跳。两排稚嫩的吉卜赛女孩站成两列,嘴里碎碎叨叨念着外人听不懂的话语,手里敲着摇着她们奇特的乐器和法器。最中央是一位正在舞蹈的吉卜赛女郎,她美艳妖娆,浑身皮肤光亮,身材窈窕诱人,两边的耳垂上吊挂着造型夸张的锥状银白色耳坠,脖子上精致的银质项链中间镶嵌着一颗晶莹剔透的红宝石,随着舞动的身躯熠熠闪光。过腰的黑色长发系成五根大辫,彩色条带绑着许多小辫穿插在大辫中,露肩露乳沟的红色上衣紧绷在身上,中间一段镂空露出纤细的腰身,宽宽的腰带紧扎在肚脐下面,透过长长的裙摆仍能感觉到细长的双腿和紧翘的臀部,手环和脚环随着身躯舞动发出叮叮当当的声响。李若兰、斯蒂夫都从未置身过如此强烈的感官冲击,一时竟有镇魂摄魄的眩晕,"吉卜赛女人就是有一种异样的妖艳的美!"李若兰不知不觉脱口而出。斯蒂夫也附和道:"是啊,虽然不能理解她舞蹈的含义,但就是能感受到那股莫名的吸引力。"一起买票进场的观众解释说:"她就是吉卜赛女巫啦,据说她还会算命占卜呢。"

斯蒂夫听了脑子里忽然一激灵,他看着火堆旁的女巫若有所思,点了点头突然朝火堆跑了过去。"你去哪里啊,斯蒂夫?"李若兰有点惊奇地问道。旁边的观众起哄道:"他不会被女巫给勾走了吧?"

李若兰见斯蒂夫被几个吉卜赛青年拦了下来,他挥动着手臂跟他们不知道在说着什么,几人摇着手又点着头。女巫朝斯蒂夫走过去,斯蒂夫向她礼貌地鞠了一躬,双手捧上什么礼物,指了指李若兰这边,继续交谈着,女巫朝李若兰看了一眼,点了点头。

李若兰好奇地跟了过去,她心里有些激动,在异国他乡这个神秘的夜晚碰见这样一个神秘的女人,对任何人来说都有一种无法抗拒的吸引力。斯蒂夫见她过来,忙提高了音量说道:"太神奇了,你怎么知道我的过去?嘿,若兰,你快过来,这位女士简直让人太不可思议了。"女巫目光在李若兰身上停留了一会儿,她要李若兰伸出手来让她看看。看了左手又看右手,眼珠灵活地在旷野四处转动,口中念念有词:"我不知道你的过去,我只是将我所见的世间万象和神灵给予的指点相照应。你是芸芸众生中的一分子,世间万象的一部分。"女巫说完,闭眼仰面晃了晃双手手腕上的铃铛手环,李若兰礼貌诚恳地对着女巫微笑。

"你是东方人,你千里迢迢寻找美好的人生。"女巫边说边从胸衣里面取出一粒形似珍珠的乳白色小石头放到李若兰手心,"如果这颗石头在你掌心裂开了,你就能心想事成。"李若兰觉得不可思议,这怎么可能呢?围观的人都一同聚精会神地盯着她手心里的石头,过了一会儿,石头并没有反应。她回过神来想问几个问题,女巫已经走出了好几米远,斯蒂夫正要上前去追赶,李若兰拉住了他,原来她手中的石头,竟缓缓出现了一条裂纹。此时远处传来了女巫的声音:"东方佳人,上天眷顾,已遇良人,儿女绕膝。"

李若兰觉得不可思议,因为女巫回答的正是自己想问的问题,她将信将疑,但这神秘女巫所告知的信息,让她心里感觉如释重负。斯蒂夫默默地朝着女巫离去的方向弯腰鞠了一躬,脸上露出了得意的微笑。

渐渐变亮的天空把他俩拉回了现实,等待着即将到来的美丽日出。李若兰静静地看着斯蒂夫的身影,不知不觉嘴角微微上扬了,她突然感受到现在是那么幸福的时光,而长期以来步履匆匆的她都没能停下来好好感受生活和生命,其实自己已经是那么幸运。

歇了一日,他们驱车去看好望角(Cape of Good Hope)。好望角属于开普敦市(Cape Town),开普敦的英文原意就是海角的城,而好望角的英文原意就是美好希望的海角。哇,这著名的、只从地理书上看到过的海角,可以去亲身经历啦。这是大西洋和印度洋交融的大海,两大洋海水的颜色明显不同。好望角好大的风,吹得人都站不住,两个人回到车上取下外套穿上抵御冷风,好不容易拍了几张照片,也都被大风吹得晕晕乎乎的,头发把脸蛋都遮住了,人也似乎模糊不清。好望角标记牌旁边有个岗楼,许多人因风大都不再登高攀缘了。李若兰想:这可是真正的天涯海角啊!心里突然冒出了一句老歌:"天涯呀,海角,觅呀觅知音。小妹妹唱歌郎奏琴,郎呀咱们俩是一条心!"这么有意义的地方,再难也要爬上去!她抓住斯蒂夫的手,两个人依偎着相互扶持,顶着飓风一级一级攀登,好不容易登上顶层。岗楼顶上风更大,好像随时都可以把人吹走,两个人紧紧拥抱在一起。斯蒂夫大声叫喊:"李若兰,嫁给我吧!"李若兰激情澎湃,心想天涯海角觅知音,这个知音就在自己身旁啊!她也大声喊叫起来:"斯蒂夫,咱俩结婚吧!"

"太好了!太好了!你真的答应我了。"斯蒂夫一把抱起了李若兰,在顶楼上迎着狂风旋转了两三圈,气喘吁吁地大笑起来,请同在顶层的游客拍下了两人相拥的视频,对着镜头两人又大声重复喊叫了一遍。拍出的视频中,海水被大风吹得翻卷浪花,连山石都似乎被风吹得抖动起来,就在这样壮阔的背景下,斯蒂夫、李若兰完成了一场全方位结合的心灵之旅。高天阔地大海,是这场旅程的见证者;大风浪花山石,是这场旅程的参与者。啊,啊,心儿在激荡,灵魂在震颤,心灵伴侣找到啦!抬头看蓝天白云,人有飘飘欲仙的感觉,从来没有如此快乐舒畅!

两个人在岗楼顶上观望,身旁有指向世界各地的指示牌,标示着方向和里程数,到纽约——12541 km,伦敦——9623 km,阿姆斯特丹——9635 km,悉尼——11642 km,啊,如此壮观,如此豪迈! We are on top of the world ! ①

走访附近的维多利亚与艾伯特博水滨码头,看当地著名的跳蚤市场,有许多手工艺术品,李若兰忍不住买了一对接吻的长颈鹿,店主一位黑人女子说是她自己雕刻的,是鹿爸爸和鹿妈妈。哇,爸爸和妈妈哟,两人相视而笑。

从码头登船观景,船开出不久,看见大量海狮群,大片大片的海狮温驯地躺在海边岩石上,旁若无人,自顾自晒着太阳享受天伦之乐。本来海狮就很少见,而这里有一大堆一大堆的海狮成群结队,简直是天下奇观!

到了开普敦,不能不看西蒙镇(Simon's Town)的企鹅岛。两个人慕名而去,海风极大,企鹅比想象中小得多,数千只企鹅一堆一堆地散布在博尔德斯海滩(Boulders Beach)各处,在海风中颤颤巍巍地走着,好似蹒跚学步的小孩,摇头晃脑,十分可爱,又像是穿着燕尾服的小小绅士,神气活现地昂首阔步,你只要不去冒犯它,它们旁若无人,自得其乐,与人类和平共处,相安无事。

回到了酒店。从没有哪一次的夜晚有今晚这样含情脉脉,也从来没有哪一次的夜晚有今晚这样耳语温存,异国他乡的夜啊,也从来没有哪一次如

---

① We are on top of the world. 这句话的字面意思是"我们在世界顶峰",实际意为"我们是世界上最幸福的人"。

今晚这样感受不到一点点的陌生。

入睡后,李若兰做了一个梦,梦里摇摇晃晃走路的企鹅走着走着竟变成了一个小小的男孩,也是这么步履蹒跚跌跌撞撞地冲向她奔跑过来,她张开怀抱抱住了这个可爱的小男孩。呀,她开心得笑醒了,双手还环绕着紧抱住这个梦中的小孩。

从开普敦驱车约四小时到达南非首都比勒陀利亚。南非有三个首都:比勒陀利亚是行政首都,开普敦是立法首都,布隆方丹是司法首都。估计曼德拉是在此地上班的,但国会大厦已显得很陈旧,大厦前矗立着大于真人数倍的曼德拉雕像,有一些小混混在那里,抢着要帮游客拍照。李若兰想到有警告说那里不安全,设法婉拒了。

继续开车前行,途中显得荒凉,大片草地上有些稀稀拉拉的牛羊,路边上有些不整齐的凉棚,农户在出售一两样水果,也有几个精瘦的黑人提了少量水果向游客兜售,谄媚的样子看了让人心酸。到傍晚时分,车子抵达太阳城,入住皇宫酒店。哇,这真是皇宫般的大酒店哟,比拉斯维加斯的豪华酒店更气派,据说太阳城的面积有半个台湾大。

连着几天贵宾般的享受。

清晨集合开车去附近原野看野生动物,有好几批斑马奔走出没,还有犀牛羚羊大象等,据说有狮子,许多人等着看,但狮子终究没有出来见客。

每天的自助早餐,安排在一座高大宽敞优雅的大厅,食物丰盛应有尽有,竟然还供应香槟、葡萄酒,感觉就像古希腊皇家宴会,穷奢极侈啊!

三点供应下午茶,镶金边精美茶具,各式糕点美不胜收,还有钢琴伴奏,极尽人间享受。

饮茶点心后到附近走走,走不远就见一个绿草湖泊的高尔夫球场,有白鹤亮翅噗噗高飞,令人心旷神怡。山头上有一个酒吧,似是高尔夫俱乐部,放眼看去打球饮酒的全是白人。

晚餐有全球各种特色餐厅供选择。每个餐厅都精致高雅,光怪陆离的彩灯吸引来自世界各国的游客,一道道菜肴点心,一瓶瓶佳酿美酒。仔细看去,坐着吃饭享受的都是白人和亚洲人,端盘服务的都是黑人。唉!

不知不觉这样美好的日子已经过了一周,两个人都很满足,但又觉得哪里不对劲。

斯蒂夫觉得脑子都要被美食塞满了,还怎么写论文啊?李若兰想起路上那些精瘦的黑人,感觉自己离他们太远了。两人商议下来,还是离开这里吧。

与地陪纳什商量,找一个可以接触当地老百姓,相对安全,而且互联网通畅的地方,租房子住一段时间。

斯蒂夫从网上下载各种资料,又由纳什介绍认识了更多南非朋友,向他们做问卷调查,开始了他的论文写作。李若兰常去超市农贸市场走走,试着与黑人姐妹交谈,也熟悉了此地的生活风俗。他俩还可以通过网络与在美国的父母通话通视频,斯蒂夫又把这句话挂在了嘴边:"我们是地球的公民,我们住在世界地球村啊!"

李若兰有一个好处,到哪里都不会水土不服,身体一切照常,也从来不挑食,吃什么都香,感觉自己的适应性特别强,常常自夸自己生来就是地球的公民。

可这几天不知怎么搞的,她有点蔫儿了。南非这么热的地方,她竟然怕冷,吃东西也不行,还常常胃里泛酸呕吐。斯蒂夫没招了,围着她团团转,想着要不要请个医生看看,但想起纳什的话,又不敢轻举妄动。李若兰与父母通话时说起这些,李玉海搓着手干着急,还是沈碧霄脑子灵光,突然冒出了一句话:"你是不是怀孕了?"

啊?怀孕了?小两口赶紧去药店买来验孕棒,一测试,还真是的呢!

斯蒂夫的论文已经纲举目张了,李若兰怀着盼望已久的孩子。两个人漫卷诗书喜欲狂,青春作伴好还乡。

飞机从非洲的最南端出发,跨越大西洋,飞往北美洲。李若兰闭目片刻,想起了当年从上海起飞跨越太平洋的情景,当时满怀憧憬却又忐忑不安,不知迎接自己的会是怎样的未来。现在,未来已来,曾经的彼岸已经是家的方向。不不,家就在这里,就在自己身边,跟斯蒂夫在一起就是家,现在

第三十二章 我们在世界之巅

又添了这个爱的结晶,三个人,就更有家的感觉了。想着想着,就这么靠着斯蒂夫美美地睡了过去。

也不知道是什么时候,斯蒂夫突然睁开眼睛醒了,清晨的一缕阳光洒在李若兰的脸庞上,斯蒂夫认真地端详着她,生怕她有哪里不舒服,轻轻地给她把毯子往上提了点,若兰却醒了:"呀,这是到哪里啦?""嗻!"斯蒂夫示意她看看舷窗外面,一望无垠的蓝天,朵朵白云堆成种种美丽的造型,"你看,那朵像不像一只狗狗?像不像我们的雪纳瑞呀?"斯蒂夫用相机拍下了这一刹那,若兰听到咔嚓一声回眸一笑,斯蒂夫接着又是咔嚓一声又来了一张,若兰轻轻推开了相机:"好啦,都没洗漱,拍起来不好看呀。"斯蒂夫只是逗她:"你现在面如桃花,正是最美的时候!"两人簇拥着看着窗外浩瀚的太空,飘飘欲仙的感觉,仿佛置身神仙世界,不知道什么时候又迷迷糊糊睡着了。

跨越大洋大洲,飞机上的旅程实在漫长,他们数次醒来又数次进入梦乡,时差转换,也分不清白天黑夜,只是从飞机上的实况电视屏幕上得知,不知不觉中底下的海洋就消失了,迎接他们的是大片的陆地。渐渐地,飞机往下降落,看得到地面星罗棋布的楼房道路,那些流光溢彩的线条如同血管一般分布在大地的肌肤上,而道路上飞奔的汽车犹如行星般闪亮流动。

飞机靠近地面转了几圈,噌的一下稳稳地着陆,在地面跑道上逐渐放慢了速度,渐渐地,渐渐地停稳了。

"我们到家啦!"斯蒂夫轻轻一声欢呼,站起来打开头顶上面的行李舱取下随身背包,搀扶着李若兰走下飞机。两个人到行李转盘找到了自己的滑轮箱,缓缓走出机场。

在接机口迎接他们的,有斯蒂夫的父母盖瑞特和莉娅,李若兰的父母李玉海和沈碧霄抱着狗狗雪纳瑞,还有一位意想不到的接机者——斯蒂夫的系主任弥尔顿。他大步走来一把抱住还有点迷糊的斯蒂夫:"你小子的论文提纲太吸人眼球了,赶快给我写出来!"

第三十三章
给中国人露露脸

　　斯蒂夫带着儿子亨利在洒满阳光的草坪上玩耍，孩子刚刚学走路，草坪上铺着一块厚实的雨布任由他爬动，几次他蹬着腿试着想站起来，腿一软又坐了下来。斯蒂夫捧着一本书在看，有时候抬眼看一下儿子，笑嘻嘻地欣赏，拍手鼓励一下，又低头看书了。亨利就这么一次次地爬起跌倒，见父亲不理睬他，小亨利生气了，噌噌地爬过去，一把抓住父亲手里的书扔了出去，两个人都哈哈大笑起来。斯蒂夫抱起儿子走进室内。

　　眼前的厨房简直成了战场，各种奇形怪状的锅碗瓢盆，盛放着一些他从来没有见过的食材，"让我看看都是些什么？"他怀着十分好奇的眼神注视着这些食物的半成品。

　　这是庆祝小亨利的周岁生日派对。小说第一部中写到的葛小平，大学毕业后接手了他父亲的生意，在美国销售中国制造的沙滩汽车（Off Road Car）。得州是著名的牛仔州，有大片草地农场，得州人彪悍好勇，大人孩子都喜欢开着这种车在自家地盘上转悠，沙滩汽车销量全美第一，葛小平就把美国总部设立在了得州，成了斯蒂夫、李若兰的近邻。葛小平来了，母亲张丽华也来了，女友王爱华也跟着来了，周怡婷、孙宏钢来得州看望女儿爱华，也被邀请一起来参加派对。当然，钱佩瑶和托尼也在受邀客人之列。

　　"左请右请你们不来，没想到沙滩汽车一来你们都来了！"李若兰有点嗔怪地打趣道，大家也都嘻嘻哈哈笑起来。

周怡婷、孙宏钢和张丽华都在厨房和客厅间忙进忙出，一派欢快景象。

斯蒂夫抱着儿子忍不住过来欣赏品尝。李若兰指点着想给他们一点中国烹饪文化启蒙："这个菜叫作蚂蚁上树，听见过吗？是粉丝油炸后，把炒熟的肉末撒上去，看看，像不像？尝尝，好吃吗？那个汤叫作佛跳墙，是各种海鲜加上鸡肉炖的汤，因为太香了，出家的和尚也忍不住翻过墙头去喝这个汤，所以叫作佛跳墙。那个是狮子头，大肉圆，吃起来十分带劲。"

斯蒂夫有点惊讶："你们什么时候买到了狮子肉？从来没听过哪里有卖呀！"

一众人笑得肚子痛。周怡婷嘲笑他："你敢吃，我们也不敢烧呀。美国教授果然想象力不同凡响。"

李若兰走过去打开了投影电视，大家边看边吃边聊天。

欢声笑语中，电视里传来的一阵独特的歌声吸引了众人的注意，这是一档火热的美国选秀节目，节目里一位亚洲面孔的男孩站在舞台中央，他微笑地面对着观众席，一只手拿着麦克风陶醉地唱歌，一边迈开腿，跟着音乐跳着走着，男孩的英文不是十分标准，却带有独特的个人特色，他舞姿拙劣，跟音乐的节奏总是无法合拍，歌声也有一些奇怪的走音，只唱了一半，台下的几位评委就已经笑开了花，男孩有一些脸红，但还是开心地表演着。

一位黑人评委用纸遮着脸大笑，一位女性评委一边笑着一边摇头，另一位年龄较大的评委干脆打断了他，问道："Why do you come here if you don't have any talent for singing or dancing？（你又不会唱又不会跳，到这里来干什么？）"

评委们以为他会害羞逃跑，没想到他礼貌大方地回答道："各位评委老师好，我叫比尔，11岁时从中国来到美国，现在是大学三年级学生。刚到这里时，我几乎听不懂身边同学说的话，每天回到家后我就打开电视跟着电视里的人物说话，后来我的英文口音被一些同学嘲笑，我的母亲告诉我，这是我的特色，让我不要在意别人的眼光，做我自己就好。我尽了自己的努力，现在能够站在这里表演，已经没有任何遗憾了。我并没有受过任何专业训练,但是,我喜欢音乐,所以也想勇敢地尝试一下。"

评委们互相对视了一眼,从摇头转变为点头。那位挖苦他的评委也改变了态度说:"你的表演给我们带来了许多欢乐,谢谢你。"他开心地笑了,向评委鞠躬致谢后,大大方方地背着书包走了,昂首挺胸,就像一个大学生走向图书馆那么自然。

李若兰等人在电视机前看着男孩略显滑稽的表演,先是和评委们一样开怀大笑,但听了他的说明后一下子严肃起来,露出了赞赏的微笑,相互之间点头议论:"这个小伙子了不起,不在乎别人的眼光,敢于尝试实践,将来会大有作为的,他是给我们亚洲人长脸了。"

"这个男孩虽然长得不帅,但我觉得他好可爱啊!"王爱华评论道,一旁的葛小平认真地瞧了瞧王爱华的表情,说道:"他身上的这种自信,确实很吸引人。"钱佩瑶紧跟着说:"我也很喜欢这种男孩,敢作敢为的。"说着,还看了一眼托尼。

"他好有趣啊,我也很喜欢他。"李若兰频频点头。

这时周怡婷忽然站起来了:"若兰,你是学艺术受过专门训练的,你为什么不去参加电视选秀呢?"

大家一致叫好:"若兰,你去给我们中国人露露脸!"

斯蒂夫也跟着大叫:"Go for it!(快去参加吧!)"

李若兰被大家投射过来的目光弄得有些不知所措,她确实有这方面的才艺,但她从来没想过登上电视节目去展示,她冷静地摇摇头说:"我都什么年纪了还去参加这些小年轻的玩意儿?你们知道吗,参加这个节目的年龄限制是28岁以下呢。"斯蒂夫听了皱起眉头,愤愤不平地说:"美国一直讲究平等,这不是年龄歧视吗?我要去电视台质问他们!"

李若兰已经把这件事放到一边不去想它了,而斯蒂夫却较上了劲,一直把这件事情放在心上,平时不爱看电视的他现在专心看起选秀节目来了,他还找朋友详细了解参加这类节目的相关要求。这天李若兰正在房间里整理小亨利的衣服,斯蒂夫满头大汗地跑回来,兴冲冲地对妻子说:"阿兰!我做媒体工作的朋友跟我说,现在电视台正在评选美国太太,你应该去试试。"李若兰赶紧伸出食指放在嘴前,对斯蒂夫轻声说:"嘘,亨利刚睡着,你别把他吵醒了。"斯蒂夫连忙用手捂了嘴,蹑手蹑脚地走到小床前,看了看熟睡中的亨利,伸出食指开心地在他肉嘟嘟的小手上戳了戳。斯蒂夫滑稽的动作逗笑了李若兰,他又轻轻地走到李若兰身边,拿出一张照片给李若兰看,照片上是一位满头白发的白人老太太,正拿着麦克风唱歌,照片不是很清晰,老人有些佝偻,布满皱纹的脸上皮肤也松弛了,尽管如此,仍能体会到她身上散发出的那种优雅的仪态和生命的热情。李若兰看着照片心里有些触动,斯蒂夫告诉她,这位92岁的老太太评上了美国最美老太太,你也可以去试试。

李若兰以为斯蒂夫是开玩笑,说道:"那等我到80岁的时候再去试试吧,那时亨利也长大了。"斯蒂夫把李若兰拉到客厅,不依不饶又认真地说道:"阿兰,我是说认真的,我觉得你完全有这样的条件,你长期以来都是骄傲自强的人,我知道你内心里一直有一种渴望,要做最好的自己,从我认识你的时候就是那样,你怀孕生孩子都没有丢掉读书,这两年硬是读出了硕士学位,我很佩服你的。现在我觉得你正可以通过这个机会,发挥你的专长,真正聆听自己的心声,也让美国人好好领略一下东方女性的魅力。"斯蒂夫一番话让李若兰有些心动,可她看着眼前的儿子轻轻说道:"你以为上电视那么容易啊?如果要去参加节目的话,每天从早到晚要排练,哪里还有时间照顾亨利?"

斯蒂夫沉思了一会儿说:"总会有办法的,我是希望你能为自己而活啊。据我的观察思考,我觉得中国女人一贯的思维是把儿女放在第一位,认为女人为子女牺牲自己是天经地义,等子女长大了,又把自己不能实现的目标要求子女去实现。这样实际上是绑架了两代人,影响了两代人。其实每一代人都有实现自己愿望的权利,每一代人有自己的奋斗目标,这个目标要靠自己努力来实现,不必要也不应该留给下一代去完成。而年轻的一代有选择自己愿望和目标的自由,老一代也不能去强求他们。你觉得我的想法对吗?"

李若兰望着斯蒂夫出神,仔细想来,觉得丈夫说的话真有道理,自己也一直隐约有这种感觉,但就是不能用如此简洁的话语清晰地表达出来,或者说,不能够把它上升到这样的高度。她愈加感觉丈夫真的是理解自己珍惜自己的,于是笑着说:"你这么急着要我去出洋相啊?那我就只好去试试啦,到时候可不许笑我啊!"

斯蒂夫举起右手做宣誓状:"我保证,除了鼓掌,我什么也不做!"

电视台的美国太太评选,分成自我介绍、才艺展示、泳装表演、晚礼服走台、现场答题等步骤。为了这次评选,李若兰每天早上天不亮就起来练声,晨跑一小时后回到家里给家人做早饭;之后练习模特儿式的舞台走步,管理自己的表情;把晚上弹奏钢琴的时间也延长了一小时,还经常叫斯蒂夫当评委给她提意见。小亨利蹲在父亲身边听着歌声琴声开心地跟着手舞足蹈,十分配合。

斯蒂夫担心李若兰每天这样苦练太累,睡眠时间不够,建议道:"阿兰,你身材已经很完美了,我看之前节目那些参加选秀的,还没有谁身材比你好呢。你不用每天起那么早啊,要注意休息。"

"斯蒂夫教授,你说话可要严谨啊,你看的那些都是中老年组的,你是没见到年轻妈妈,那些妈妈一个比一个苗条,你要是看了,没准魂都收不回来了呢。"李若兰带些玩笑地说,接着又拍了拍他的肚子,认真地看着他说道,"我们女人跟你们不一样,生完孩子后身材就会慢慢走形,必须坚持锻炼才能保持苗条,既然决定了参加这个选秀,我就要把一切都做到极致。参赛的妈妈个个很优秀,要从她们当中脱颖而出,不下功夫是不行的,我想这也是这个节目的意义所在吧,让每个妈妈都了解到自己的价值,在准备活动的过程中能够变得更加完善,成为更好的自己!况且,我还是斯蒂夫教授的妻子呢,还是代表着漂洋过海来到美国寻求美好人生的中国女人呢,我不想留下任何遗憾!"

斯蒂夫边听边点头,一把抱住了李若兰,开心地说道:"That's my girl!

（真是我的好女人！）"李若兰，还是那个一往无前、自立自强的李若兰！

剧院绚丽多彩的灯光照着不同的角落来回移动，四位评委坐在舞台前方，低头看着各自面前的选手资料信息，不时地交头接耳，交流一下各自的看法，台下的观众席人山人海，议论纷纷。灯光熄灭了，剧院里安静了下来，主持人的声音响起："让我们欢迎下一位选手的精彩表演！"

李若兰登场了。一束深蓝色的灯光照在舞台中央，灯光下有一架钢琴，钢琴前面坐着一位黑色长发、身穿纯白色长裙的女子，慢慢地灯光散开、扩大，女子在柔和浪漫的灯光下演奏了一首优美动人的乐曲，台前的评委们先是频频点头，闭着眼睛感受音乐的美，在乐曲起伏处又睁开眼，表现出一种惊讶。观众席上有的人陶醉地享受着，有的人睁大了眼睛仔细地望着这位演奏的妈妈，想看清她的容貌。音乐结束，全场响起了雷鸣般的掌声。表演结束，李若兰仪态万方地走到舞台正中，以一口流利的英语，大方而又幽默地做起了自我介绍。

评委和观众被美妙的乐曲吸引，现在又对这个黑头发的东方妈妈感到好奇，四位评委一连问了好几个问题，她把自己在美国这些年的经历大致告诉了他们，还提到了自己的祖父、父亲和丈夫："我祖父18岁时来到美国大学求学，毕业后把美国的先进科技带回去，在中国实业救国。我父亲15岁时就来美国读书，与美国同学建立了深厚的友情，进入大学后更与一位美国同学称兄道弟，有趣的是，我的丈夫就是这位美国同学的儿子，不过我们不是父母指腹为婚的包办婚姻，我们认识的时候压根不知道各自的父亲竟然是好朋友，我们是在我进入大学读书时，机缘巧合自己认识的，中国把这叫作缘分。"

李若兰的自我介绍为她赢得了评委和观众的浓厚兴趣。台下的斯蒂夫看着台上满脸放光的妻子，心中激动不已，高举双手对她竖着大拇指。李若兰动人的钢琴演奏和礼貌自信的表现赢得了高分，顺利进入了下一轮评选。

从海选到州选，每一场比赛，李若兰都精心准备，通过完美的表现一场场过关斩将。她在选秀中展现的魅力和个人漂洋过海奋斗的传奇经历征服了众多观众，在民众投票中她得到了无数粉丝的支持。她常常跟周怡婷她们说，自己从没想到作为一个中国女人，在大洋另一端的国家，竟然能得到那么多人的喜爱。

评委上台宣布评选结果："Now the final ten are: Alice, Tina, Caroline, Emily, Lisa, Wendy, Grace, Linda, Vivian, and Ruolan Li！（现在我宣布，进入前十名的是：爱丽斯、婷娜、凯洛琳、爱米丽、丽莎、温迪、格蕊丝、琳达、薇薇雅和李若兰！）"

李若兰进入了选秀竞赛的全美十强，最后的几场比赛愈加紧张激烈。

李若兰一袭玫瑰红的紧身旗袍，把她窈窕的身材衬托得恰到好处。她坐在钢琴前边弹边唱，表演法国歌剧《卡门》（*Carmen*）中的歌曲《爱情像一只自由的小鸟》。唱着唱着，她离开钢琴来到舞台中央，手握一把羽毛扇翩翩起舞，她收放自如，时时甩出高难度动作，把卡门这位吉卜赛女郎豪爽、奔放而富有神秘魅力的形象表演得淋漓尽致，也充分展示了她自幼苦练、基本功扎实、能歌善舞的高超艺术素养。

接下来是晚礼服走台，李若兰穿着露肩泡袖中西结合新样式的宝蓝色绸缎旗袍，腰肢款摆，落落大方地跨步行进，也在众位太太中崭露头角，令人眼前一亮。

泳装表演也难不倒若兰，在那么多美国太太中，李若兰几乎保持了姑娘般的完美体态，一套黑白相间的泳装，既凸显了她的S形身材又不失雍容华贵。

竞赛进入白热化阶段，李若兰在获得众多喜爱和肯定的同时，也有一些人因为她的亚裔底色不喜欢她。一些极端的民族主义分子不希望在美国本土进行的比赛中有亚洲人名列前茅。

一次演出中，有位评委刻意为难她，在她的中国身份上做文章，现场问答时故意问她："你出生在中国，但你的丈夫是美国人。如果美国和中国打仗，你会站在哪一边呢？"问题一出，全场都沉默了，这是一个明显带有挑衅意味的问题，此时心怀叵测的人正在等着看李若兰的笑话，因为无论她站在哪一边，她的回答都可以成为人们攻击她的把柄，而她的支持率也会因此一落千丈；如果她选择沉默，那她在这一环节就无法获得分数。这位评委还在心中窃喜，李若兰微笑着，冷静地说道："无论我是哪国人，我都希望和平，历史告诉我们，战争对人类有百害而无一利，如果发生战争，受苦的是全体公民，尤其是底层老百姓。中国历来是一个爱好和平的国家，绝不会去主动攻击任何一个国家，现在中国一心搞改革开放，努力建设现代化国家，提高全民生活水准，只有一个和平的环境才能达到这个目标。而美国的建国理念，是平等、人权、共和、民主。执政者声称一切为了人民，如果发动战争，那就是伤害了人民的利益，所以我们理智的美国政府也不会发动战争去与中国打仗，大家同意吗？"观众一致高呼同意，李若兰一边说着，一边情绪也激昂起来，"世界是一个整体，我们每个人都是这美好世界中的一分子，我们是地球的公民，各国各民族都应该抛开彼此的偏见，携手共进，让全世界人民都有更美好的未来！"观众也跟着群情激昂，掌声雷动，斯蒂夫一脸骄傲地看着自己的妻子。

企图攻击李若兰的人反而让李若兰找到了与现场观众互动的机会，李若兰的出镜效果好得出奇，她机智的回答引发了人们的共鸣，得到了大家的肯定，她在舞台上的从容和优雅获得了其他评委的青睐，她在紧张窘迫的环境中展示的从容不迫、睿智大气，折服了现场和电视机前的观众。问答环节结束，全场都在为这位美丽自信的东方妈妈鼓掌，掌声经久不息，李若兰昂首挺胸，骄傲地站在舞台中央，一瞬间，她似乎漫游着世界，看到了各种肤色种族的人民正在自强不息努力前行，看到了与自己一起远渡重洋来到美国打拼的小伙伴好闺密，看到了父母亲人、丈夫斯蒂夫和儿子小亨利，她微笑着，朝四周深深地鞠躬。

这一次的评选表演，媒体报道后迅速在美国各地传播开来，李若兰和她的回答成为报道的重点，她开始收到不少媒体的采访邀约，她的照片登上了各大报纸，一时间，李若兰这个名字在美国太太中间被火热地议论起来。

一次访谈中，有人专门调查了李若兰的中国家庭背景，问道："听说你祖父是在中国'文化大革命'中被人整死的,你恨不恨那些人?"李若兰冷静地回答说:"上帝告诉我们要宽容,宽容是善待别人,也是善待自己。仇恨会使人丑陋,宽容才能让人美丽。所谓的'文化大革命'是中国历史上无法忘记的伤痛,但正是这种刻骨铭心的伤痛给予我们教训和警示,我希望,我也相信,未来这个国家将会更加谨慎、理性地前行!"

李若兰进入了前三。她在演讲环节满怀深情地说道:"支撑我一直走到最后的是爱的力量。我们今天在这里评选美国太太,真正的目的是想找到活跃在我们身边的鲜活的力量,找到可资学习仿效的榜样偶像。可是我们自己的偶像又是谁呢?给予我们前进的动力又是什么呢?来美国这么多年,给我最大帮助、最大推动力的就是我的丈夫斯蒂夫。像我这样初出茅庐的黄毛丫头,能够成为美国太太偶像,正说明爱情的力量是神奇的,爱情能够创造奇迹啊!"李若兰抑扬顿挫,字字珠玑,话语激昂有力,每一个字眼都饱含深情。斯蒂夫在台下凝望着出言不凡语惊四座的妻子,回想起与李若兰相识相爱的每一个片刻,他又何尝不是因为李若兰而改变,因为爱情的奇迹而活力再现呢?

第三十四章
抬头望月摘星星

"咚咚咚——"敲门声略微轻柔,斯蒂夫放下手中搅拌鸡蛋的筷子,他寻思着李若兰不会回来得这么早吧,昨天明明说要比较晚的。这敲门声也不太像是邮差,他也不多想了,只是赶紧擦了手,一路小跑着去开门。

三个陌生的面孔盯着斯蒂夫万分诧异,但还是小心地问道:"这是李若兰的家吗?"他们语气十分迫切。

斯蒂夫一开始有点警觉,但想到李若兰现在已是小有名气的公众人物,会不会是专门找上门的粉丝呢,于是谦逊地回答道:"是的,这里正是她的家,请问有什么事情吗?"

"哦,是这样——"三个人异口同声又相视一笑,其中年龄最大的一位赶紧说道:"我们是李若兰的堂兄堂姐,我们在电视上看到了李若兰的节目,是想来告诉她,当初她来美国的时候,我们的父亲,她的伯父在遗嘱里面交代要给李若兰一笔教育经费。"

斯蒂夫半信半疑,但还是很有礼貌地邀请他们进入家中客厅。他们在沙发上一落座,就急着把李若兰伯父和父亲年轻时候的照片从包中取出,又把遗嘱拿给斯蒂夫看。斯蒂夫一时眼花缭乱有点不知所措,他把这些东西一件件拿在手中,那张李玉海年轻时的照片他是见过的,也算是确认了。斯蒂夫赶紧去厨房煮了咖啡又端上水果。他先给岳父打了电话,李玉海那边也很惊讶:"来美国后我一直尝试联系他们的,但原来的房子说是卖掉了,地址变了找不到什么线索。"李玉海表示干脆请他们来饭店便餐,随后斯蒂夫又打电话给李若兰,让她直接去爸爸的饭店那里。

这会儿亨利突然哭了起来,想必是醒了。"是李若兰的孩子吗?"堂哥堂姐听到哭声关切地问道。斯蒂夫赶紧跑到儿子房间,三位客人都跟着走了过来,他们一起帮着斯蒂夫给小亨利穿好衣服。等到小亨利喝了牛奶以后,他们分坐两辆车去了李玉海的饭店。三个小辈见到叔父的一刹那痛哭流涕,一个个抱紧了李玉海,亲人相聚也让李玉海感慨万千,他把自己随身携带的影集拿出来,自己和大哥当年的合影勾起了他的许多陈年往事的记忆,也让小辈们感觉踏入了一个尘封已久的世界。

"若兰回来了。"一家人正动情地倾诉往事,李若兰推门而入,小亨利抬头一看,双手像鸭子张开了双翅扑打似的向妈妈扑过去,斯蒂夫站起身把孩子递送到妻子的怀抱,李若兰顺势把自己获得的奖杯递给了丈夫。

"我在电话里没有听太多,是怎么一回事?"若兰小声问道。

"坐在你爸身边的是你的堂哥堂姐,他们看了电视节目后找到家里来的,说伯父有一笔资金要给你。"斯蒂夫小声说道。

李若兰的堂姐站起身把若兰伯父的遗嘱文书放到李若兰手上:"若兰,很抱歉,这么多年我们一直都在找你,要不是这次你出现在电视上,我们估计这辈子都要留下遗憾了。"

"快别这么说,我也一直在念着你们呀。"李若兰宽慰道。

"你伯父当年给你留下了一笔教育经费,当时我们都只顾着处理他的丧事,当然也想看看叔叔的女儿到底有没有决心和能力在此地留下来。你就这么走了以后再没有来找我们,后来也就没有办法跟你联系了。父亲过世后我们卖了他的房子各自都搬到了不同的地方,但遗嘱中的这件事没有办妥,我们内心也都是遗憾愧疚的,这笔钱你伯父生前就放在一个信托账户里面,总额已经不少,你看看怎么来处理,因为受益人是你。"堂姐很诚恳地说道。

李若兰听到这些,不住地掉着眼泪,她呜咽着说:"我没想到伯父想得这么周到，更没想到你们会亲自找到这里来，我只是想着应该自力更生在美国站稳脚跟，在这个过程中我得到了许多好心人的帮助，现在我想还是应该把伯父的爱心传递下去。"

她从包里掏出一张支票，是这次选秀比赛的奖金，她给丈夫过目后征求他的意见："斯蒂夫，我想把奖金全部捐赠给需要的人，你看可以吗？我要把伯父留下的教育基金加上这笔奖金放在一起来设立一个信托基金，帮助初来美国的华人求学上进。你能不能帮忙去你的学校咨询一下捐赠的程序？"

"太好了，我们要把爱心传递下去！"斯蒂夫一口应承。

不久，李若兰受聘成为美国一家电视台的节目主持人。

李玉海现在充满了幸福感，女儿的成功唤醒了他内心的一个夙愿——回到大学完成几经中断的学业。他记起了一句美国谚语："Shoot for the moon, even if you miss, you'll land among the stars." 意思是抬头望着月亮，才能摘下星星，要设置远大的目标，才能实现心中的愿望。回想自己青少年时代激情满怀，还没有完成学业拿到学位就急赶着回国参加新中国建设，这次办了个学生身份来到美国，却因为没有经济基础又搁置了读书求学。现在家里收入稳定，饭店生意已经走上正轨，他意识到自己内心还是渴望读书获取学位的，即使自己已经六十来岁，但现在不是提倡终身学习、永不懈怠吗？我要跳一跳把果子摘下来，不能长期待在舒适区内。他知道夫人有能力撑起饭店业务，于是与夫人和股东同学商量，建议让夫人来经管饭店，自己回到大学继续深造，完成年轻时候的那个心愿。

李玉海返校进修的想法得到了家人和同学的支持，"如果一直在国内，可能自己再不会有这样的想法了。"想到这些，他自己也是哑然失笑。

秋天傍晚的微风吹拂着淡黄色的树叶，那些记忆里的教学楼还是当年的样子，红色的爬山虎覆满了砖墙，空旷的活动教室里偶尔传来诗歌的朗诵声。时隔多年，李玉海又回到了这个充满青春记忆的地方，他来到教学楼顶，眺望着远方夕阳的霞光，想起了曾经在校园的每一个晨昏。他已经不是当初那个激情洋溢的追风少年，他的额头已经有许多皱纹，两鬓的头发都已花白,但此时他感觉到,那个曾经无畏的少年正渐渐地向他走来。

李玉海有扎实的英文基础加上人生阅历,只花了两年时间,他获得了英语文学硕士学位。

美国人对毕业典礼最当回事儿了,无论是哪一级的学校毕业,都要举行盛大的毕业典礼,而且必须呼朋唤友,亲戚故旧一大堆都来参加祝贺。李玉海是这么特别这么有着不寻常意义的毕业典礼,过来庆贺的就是他在美国的所有亲朋啦!

明亮开阔的大操场搭起了高高的主席台,校长、院长和资深教授们整齐地坐在主席台上,一个个庄严肃穆,戴着他们的博士帽、院士帽穿着黑色镶着金边红边的大礼服。操场四周的看台上坐着本校学生和来自世界各地的家长嘉宾。这是学校最喜庆最隆重的日子,广播大喇叭放送着激情四射的摇滚音乐,彩旗迎风招展,各种色彩形状的氢气球形舒意广摇曳生姿。人人喜笑颜开,一派盛大节日的气氛。李玉海内着一身笔挺的西装加领带,外面套着黑色的硕士长袍,一顶黑色的硕士帽把他原来就高大的身材更拔高了好多,帽穗从左边飘逸垂落,好潇洒好英俊啊,整个人似乎年轻了10岁,在一帮他的老同学包括盖瑞特、莉娅的簇拥下笑嘻嘻步入典礼操场。李若兰呼唤来了周怡婷一家、陈卫红一家,加上沈碧霄、斯蒂夫、小亨利、托尼、钱佩瑶等浩浩荡荡也进入了大操场。大家凝神屏气,就等着这激动人心的一刻。

校长讲话啦,文学院长也讲话了,接着就要颁发毕业证书。校长手捧着毕业生名单一个个念着名字,点到名字的同学上台鞠躬领取毕业证书,沈碧霄陪同李玉海走到主席台边在台下等他。

读到李玉海的名字了,台下的同学亲友们一阵鼓掌欢呼,校长认识这位特殊的学生,念了他的名字后特意介绍说,李玉海同学15岁就来美国读书,之后他经历了生动有趣的人生,现在60多岁拿到了硕士学位。全场一片欢呼,掌声笑声淹没了校长的讲话声。校长示意大家听他讲完:"我们要向这位终身学习永远年轻的李玉海同学看齐!他是我们这个时代的榜样,无论在怎样的环境下永葆一颗上进心,永远自强不息,永远在时代大潮中冲浪前进!"又是长时间的掌声。

李玉海向校长教授们鞠躬,向台下的同学亲朋鞠躬,他高高举起毕业证书,大声呼喊着:"感谢这个伟大的时代,感谢所有的亲朋好友给予我的深深的爱,是爱创造了奇迹啊!"

李玉海、李若兰父女邀请所有前来祝贺的亲友留下来,在东方大饭店聚餐联欢。顺便提一句,沈碧霄经管时期,又买下了附近的大楼房产,东方大饭店扩张了业务范畴,增加了住宿项目,这样客人过来吃住全包,真正是宾至如归了。

傍晚的步行街人来人往,热闹非凡,光滑的石板路面上行走的人们有说有笑,十字路口中间,一位长发披肩、满面胡须的音乐人肩扛着一架小提琴,侧着脸正在忘情地演奏乐曲,来往行人时时驻足聆听,投来赞许的目光。斯蒂夫轻轻晃着脑袋在不远处听得入迷,李若兰带着儿子小亨利拽了拽他的衣角:"下次再来听吧,别让大家等我们。"

道路两旁的梧桐树上挂起的各色彩灯组成了美丽的图案,夕阳刚刚西沉,彩灯便闪闪烁烁发出优雅的暗光。葛小平和王爱华替周怡婷提着大包小包,作为一位企业家,周怡婷还是时刻不忘拓展业务,她在步行街上看到任何有趣的玩意儿都要买下来,说带回去让设计师借鉴研究,兴许能搞出什么新产品来。王爱华嘟着嘴对葛小平说:"你看看我妈那副永不消停的样子,越买越多,也不管人家拿得动不,受得了吗?"葛小平哈哈笑着说道:"你有这样的老妈太幸福啦。"一边说着一边走到王爱华身边打算从她手里拿过两个袋子,王爱华手一缩,快步向前走去。孙宏钢在旁边听到这两个年轻人嘀咕,上去搂着周怡婷的肩膀说:"算啦,适可而止吧,这次我们又不是过来出差的,休假就要有休假的样子嘛!"周怡婷笑着说:"我是跟人家李伯伯李伯母学的,你看他们那股劲头,我们怎么好意思松劲呢?"

糖果商铺的门前站满了小朋友,一个滑稽的小丑手里拽着一把五颜六色的气球,一边表演着戏法,一边招呼大家进店购买。陈卫红和吴大伟[①]带着女儿晨茜走在后面,吴大伟见女儿看着小丑哈哈大笑,赶紧到店里买了好几盒巧克力送到女儿手里。没想到女儿不肯接,还睁大眼睛瞪着父亲说:"爸爸,我都上大学了,你还拿我当小孩子。现在潮流不提倡吃糖,尤其我还怕胖呢!"吴大伟看着夫人陈卫红讨救兵,陈卫红嘲笑丈夫:"看看,你好久没和女儿在一起了,不知道她在想什么吧?"又对着女儿说,"茜茜,快把你爸买的巧克力给小亨利送过去,他保证喜欢!"吴晨茜开心地接过巧克力跳跳蹦蹦去找亨利了。

这里已经是城市的繁华地段了,灯火璀璨的饭店门面,闪亮的霓虹灯组成了中英文的"东方大饭店"字样。饭店门前的台阶上,李玉海和沈碧霄两人衣冠楚楚站在两边迎接宾客,李若兰和斯蒂夫快步走过来,给了父母一个大大的拥抱,大声说道:"爸,妈,你们辛苦了。我们站在这里迎接大家吧,你们先进去坐坐。"

客人们陆续到来,宾客自动分成了两桌,一桌是李玉海的老同学们,一桌是李若兰的闺密及家人。大家聊着这些年各自那些有趣的经历,老少中青,各得其乐。

沈碧霄带领着服务生给大家端来了一碟碟前菜。

"看到这么多中国菜,感觉像是一下子回到了国内呢。"周怡婷颇为感慨。

李玉海到后厨指挥布阵,李若兰和斯蒂夫到盖瑞特、莉娅那一桌,一道道地给大家介绍菜名:"这是烤乳鸽,这是卤凤爪,那是桂花糖藕,那是凉拌时蔬,还有这个,你们猜猜,蒸玉米芋头花生……"

"那叫五谷丰登吧。"盖瑞特这个中国通名不虚传。

---

① 陈卫红和吴大伟是《海那边的中国女人:爱情三部曲》第二部《爱情是不离不弃》中的主人公,两人是一对夫妻,原为国内大学年轻教师,去美国当访问学者后遇到一系列意外状况。吴晨茜是他们在美国生下的女儿。

威廉姆和丽莎探探头看看这个,又看看那个,开心地打趣道:"中国的菜品实在是太丰富了,跟你们吃了这么多年中餐,还是有好多菜不认识。不过,不识菜没关系,只要识人就可以了,我们认准了李玉海,这些年就是跟着他赚钱,哎呀,中国开放国门把李玉海送过来了,我们可是捡到宝啦!"

"这还只是前菜,大菜在后面呢。"莉娅也为这个亲家自豪。

说话间,从门口传来了一阵浓浓的酒香,盖瑞特"咚"地敲了一下桌子,率先站起身来说道:"啊哈哈,这酒我知道,中国茅台!"说完向门口迎去,只见李玉海带着葛小平、王爱华和吴晨茜,每人手捧着一瓶茅台酒走进门来。

李玉海让大家斟满酒杯,他哈哈笑着,脸上露出难掩的激动,他高举酒杯深情地说道:"感谢大家远道而来参加我的毕业典礼,我真是做梦都没有想到,自己六十来岁居然还拿到了硕士学位,我觉得自己是生逢其时,我碰上了中国改革开放的好时候,碰上了中美关系友好互动的好时机,碰上了一个全球化的好时代,当然,更是碰上了我的这帮好同学好朋友。我要向大家报告,我这个文学硕士可不能白读,接下来我又想摘星星啦,我要用英文写小说,把我自己的生平故事写下来,请大家支持我,我先干为敬啊!"李玉海意气风发,一仰头把酒喝干。

"哇,哇!"一阵喧哗,阵阵掌声!

"李玉海这家伙总是让人始料不及啊!"同学那桌的赞叹声不绝。

"李伯伯叫我们年轻人情何以堪?我们怎么跑都追不上呀!"李若兰那桌的闺密朋友啧啧称赞。

"你们就不要谦虚啦,我是永远以年轻人做榜样的!看看周怡婷小姐和孙宏钢先生,不不我错啦,要叫孙先生孙太太,你们的中美合资企业越开越大,听说在浙江开出了一条街,一个镇,在上海买下了几栋楼,厉害呀!还有我们的吴先生吴太太,吴大伟先生,陈卫红女士,一个是名牌大学的知名教授,一个是上市公司的老总,做了互联网又做人工智能AI,在全宇宙横冲直撞!当然我家的女儿女婿也是我的骄傲,你们才是时代的弄潮儿,我打着赤脚也追不上你们呀!"听到李伯伯说打着赤脚,大家一起哈哈大笑起来。

各式各样的菜品陆续上桌，大家又吃又喝几乎停不下来。李玉海的美国同学也都可以娴熟地使用筷子了，李玉海一边吃一边还向大家介绍着各个菜品："这是我们的招牌菜东坡肉，这是宫保鸡丁、麻婆豆腐，它们是川菜；这是脆皮乳猪、清蒸笋壳鱼、冬瓜盅、文昌鸡，这些是粤菜；这个葱爆羊肉、红烧海螺是鲁菜；这个狮子头、松鼠鳜鱼是淮扬菜；这个佛跳墙，是闽菜；这个雪冬烧山鸡是徽菜，这个剁椒鱼头就是湘菜了……"大家一边吃着一边听李玉海介绍中华美食文化，这个友谊的大家庭，给了人们一种心理的归属感。

王爱华、葛小平和吴晨茜，这三个在美国长大的青年，在成功的父母面前毫不逊色，甚至还总爱以批判的眼光时不时嘲笑调侃一下自己的长辈。王爱华算是这帮人的小头目，她嘲笑自己母亲总爱叫她多吃苦才能懂得社会懂得人生，"叫我们重新吃一遍苦，那她们吃苦奋斗是为了什么？"吴晨茜则嘲笑父母总爱安排她的人生规划，"好像哪个名人说过，年轻人不要听上一辈人的话，这个社会才能进步，这个人我喜欢！"葛小平已经接班了父亲的生意，确实对社会人生有比两个女生更多的体会，"不听老一辈的话，那经济文化怎么传承？听还是要听的，只不过不必全盘继承，要有自己的分析判断罢了。""哎哟，你这种话老掉牙了，你好像也变老了耶！"王爱华专爱挑他的刺，自己的爱人嘛，挑刺是她的专利。

周怡婷和孙宏钢，陈卫红和吴大伟，李若兰和斯蒂夫，三对夫妻互相敬了酒，谈笑间，微醺的几个姐妹都不觉红了眼眶，以往漂洋过海拼搏奋斗的曲折经历，如今成了值得自豪的难忘记忆；虽然都已事业有成，她们依然憧憬着更美好的前景，还在大谈自己的事业发展。自然，她们稳定的婚姻状态是前进的强大后盾，也是她们互相调侃的永久话题。李若兰是最活泼的，她指着周怡婷夫妇笑道："婷姐，宏钢哥是你永远的精神支柱，如今你修成正果了，爱情事业双丰收，人生赢家啊！你的故事叫作：爱情是不可替代的，对吗？"又对着陈卫红说道，"卫红姐，你和大伟哥的故事也很有名啊，当初人家出100万美元要娶你，大伟哥就是不动摇，也算是海枯石烂不变心啦！"陈卫红瞪了李若兰一眼:"你这个小妖精就是调皮捣蛋,哪壶不开偏提哪壶,要真是海枯石烂不变心就好啦!"吴大伟沉默不语,周怡婷是大姐出来解围:"最后结果还是拆不散分不开的好夫妻嘛,有点曲折才叫传奇呢。所以说,他们的故事叫作:爱情是不离不弃!"陈卫红转攻为守:"你小妖精的故事最多,波涛起伏,石破天惊,最后居然也惊起一滩鸥鹭,让你找到了斯蒂夫这个好男人,还是家里几代的世交,真是令人难以置信啊!"斯蒂夫笑着搂起爱妻:"所以说,我们的故事就叫作:爱情是奇迹!"

后　记

　　背井离乡，夫妻分居，几乎是单枪匹马地在美国奋斗了十多年，我没有像传奇人物那样发了大财，衣锦还乡，还失去了在国内发展的大好时机，但是我始终无怨无悔，甚至还暗暗自得，因为我亲历了一个历史时刻，一个中国人在海外由弱变强、由社会底层走向上层的转折时刻。海外华人的这种结构性变化，是与国内改革开放相对应的，是国内发展在海外的缩影和写照。

　　也许是因为一个人在海外，接触深交的大多是同性。敢于漂洋过海闯荡美利坚的中国女人，总有某种强项绝技，而美丽是她们最起码的武器。走在洛杉矶、旧金山的大街上，随随便便就能碰上国内的明星大腕。但是，光靠美丽和性感打天下的女人，似乎都没有好结局。我的几位女性朋友，个个艳丽照人，但聪明的她们，不肯使用这个最起码的武器，而是善用中国女人的撒手锏——坚韧、刻苦和智慧。当然，在生存竞争的舞台上，不用性别去软化异性的女人，总是会更辛苦、更惨烈。我与她们朝夕相处，常常被她们冥顽不化般的刚毅所撞击，总在构想着全方位呈现她们坚毅前行的音容笑貌。在中国的剧变与世界文化的相互观照这个大环境下，写海那边的两代中国女人生存奋斗的经历，就是三部曲《海那边的中国女人》要表现的内容。

　　我出国前在复旦大学新闻学院教授广播电视专业，开始动笔写的是一个电视剧本,之后将剧中三位女主角的故事改写成三部小说,就成了这"爱情三部曲"。第三部写作中,我得到了苏州大学博士胡祥、硕士徐浩乾的大力帮助,他们是"自天降临到我书桌的天使"(借齐邦媛语),在此对他们两位表示衷心感谢。

  当然,能够完成这部著作,最应该感谢的是我的丈夫李良荣,他一贯纵容我去做自己喜欢的事情。当年他支持我出国闯荡看看世界,之后又鼓励我把这段经历以艺术的形式记录下来。还要感谢我们的儿子李岗,他18岁赴美深造,已在美国读书工作30多年,凡是有我有不能确认的美国方面的知识,他都能像百科全书似的给予及时详尽答复。

  感谢文汇出版社接受了这部小说,谢谢张涛编辑为这部书的问世花费了大量时间和心血。

施天权

2023年3月

图书在版编目（CIP）数据

爱情是奇迹 / 施天权著. —上海：文汇出版社，2023.8
（海那边的中国女人：爱情三部曲）
ISBN 978-7-5496-4093-5

Ⅰ.①爱… Ⅱ.①施… Ⅲ.①长篇小说—中国—当代 Ⅳ.①I247.5

中国国家版本馆CIP数据核字（2023）第126963号

海那边的中国女人（爱情三部曲）

爱情是奇迹

作　　者／施天权
出 版 人／周伯军
责任编辑／张　涛
封面装帧／梁业礼

出版发行／文匯出版社
　　　　　上海市威海路755号
　　　　　（邮政编码200041）
经　　销／全国新华书店
排　　版／南京展望文化发展有限公司
印刷装订／上海新文印刷厂有限公司
版　　次／2023年8月第1版
印　　次／2023年8月第1次印刷
开　　本／787×1092　1/16
字　　数／250千字
印　　张／17.75

ISBN 978-7-5496-4093-5
定　　价／45.00元